30인의
회귀자

30인의 회귀자 4

이성현 장편소설

초판 1쇄 찍은 날 § 2018년 1월 22일
초판 1쇄 펴낸 날 § 2018년 1월 29일

지은이 § 이성현
펴낸이 § 서경석

총괄팀장 § 최하나
편집책임 § 이지연

펴낸곳 § 도서출판 청어람
등록번호 § 제387-1999-000006호
등록일자 § 1999. 5. 31
어람번호 § 제1-2836호

주소 § 경기도 부천시 부일로 483번길 40 서경B/D 3F (우) 14640
전화 § 032-656-4452 팩스 § 032-656-4453
http://www.chungeoram.com
E-mail § chungeorambook@daum.net

ISBN 979-11-04-91614-4 04810
ISBN 979-11-04-91551-2 (세트)

4

변화된 미래

이성현 장편소설

FUSION FANTASTIC STORY

30인의 회귀자

도서출판 청어람

30인의 회귀자

목차

C O N T E N T S

제1장
왜곡된 배려

그레인의 멱살을 움켜쥔 쉐일.

영문을 모른 채 쉐일의 적의를 온몸으로 받아내고 있는 그레인.

성당 기사단원들이 두 사람의 주위에 모여들어 말리려 했지만 쉐일의 시선은 그레인에게 고정된 그대로였다. 펠릭스는 인상을 찌푸리긴 했지만, 나서지 않고 팔짱을 낀 채로 둘을 내려다보고 있었다.

"말해라! 왜 네가 트윈 엣지를 가지고 있는 거지?"

"…이스트라 교관께서 주셨습니다."

"이스트라가? 정말로?"

"네."

그레인의 대답에도 쉐일은 멱살을 움켜쥔 양손의 힘을 빼지 않았다.

"크루겐, 정말이냐?"

쉐일은 믿기지 않는다는 눈빛으로 이번에는 크루겐 쪽을 바라봤다.

"네! 맞습니다! 벤트 섬에서 수료할 때 이스트라 교관님께 받았어요!"

워낙 쉐일의 기세가 살기등등해서 끼어들 타이밍을 못 잡고 있던 크루겐은 손짓, 발짓을 동원하며 열심히 그레인을 변호했다.

"그래, 그랬단 말이로군."

쉐일은 그레인의 멱살을 쥔 손에 힘을 천천히 뺐다.

"흥분해서 미안하다."

떨어뜨렸던 해머와 방패를 주워 든 쉐일은 계속 자신들을 지켜보고만 있던 펠릭스를 향해 고개를 숙였다.

"전하 앞에서 추태를 부려 죄송할 따름입니다."

"됐다. 그것보단 왜 화를 냈는지 이유를 알고 싶군. 하지만 나보다는 그레인에게 먼저 설명해야 하겠지. 나중에 따로 둘이서 해결하든가 해라."

"알겠습니다."

뒤돌아선 쉐일이 다시 걷기 시작하자, 모여들었던 성당 기사단원들이 다시 오와 열을 맞춰 그를 따라갔다.

그레인은 아무 일도 없었다는 듯 걸어가면서 목에 오른손을 가져갔다. 옷깃에 스쳐 벌게진 살갗이 손끝에 만져졌다.

"왜 저렇게 화를 냈지? 넌 짐작되는 부분 없어?"

"나도 잘 모르겠다."

"결국 본인에게 물어봐야 알겠네. 지금은 무리겠고."

크루겐과 그레인은 주위 사람들에게 들리지 않게 귓속말을 주고받았지만 의구심은 풀리지 않고 더욱 커지기만 했다.

'왜 트윈 엣지를… 그것도 하이브리드에게 주다니……'

쉐일은 아까와는 달리 그레인의 뒤가 아닌 그를 앞질러 걸어가는 중이었다. 트윈 엣지를 고든이나 이스트라가 아닌 다른 이가 차고 있다는 모습 자체를 차마 볼 수 없었기 때문이다.

머리로는 방금 전의 실수를 인정했다.

하지만 마음속에선 트윈 엣지를 봤을 때 느꼈던 분노가 여전히 사그라지지 않고 남아 있었다.

*　　　　*　　　　*

국경선을 따라 오전 내내 이동하던 일행은 점심때가 되자 행군을 중지하고 벌판 한가운데에서 식사 준비를 시작했다.

모든 성당 기사단원이 식사 준비에 동원되었지만, 특이하게도 잡일에 가장 먼저 동원될 법한 세 명의 하이브리드는 아무 것도 하지 않았다. 그레인과 크루겐은 펠릭스의 경호 자체에만 신경 쓰라는 지시 덕분에 가만히 앉아서 배식을 받는 입장이었고, 베스티나는 제임스에게 붙들려 설교를 듣는 중이었다.

"예전부터 느꼈던 거지만, 요 근래 내 지시를 종종 잊어버리더군. 아까도 내 옆에서 따라오라는 지시를 잊고 혼자 늦게 오고… 무슨 문제라도 있나?"

"그건 아닙니다."

"흐음, 앞으로는 좀 더 매사에 집중하도록. 특히 교단 밖의 인물 앞에서 흐트러진 모습을 보여서는 안 돼. 아까처럼 어설픈 모습은 자제해 주길 바라네."

이단 심문관 제임스는 하이브리드인 베스티나를 상대로 '상냥하게' 실수를 지적했다. 검문소를 늦게 통과한 그녀를 꾸짖었을 때와는 정반대였다.

"무엇보다 자네는 성지행을 허락받은, 선택받은 하이브리드라는 사실을 잊지 말도록. 예하께서 거는 기대가 크다는 걸 잘 알고 있겠지?"

"명심하겠습니다."

물론 잔소리 자체는 지겹게 이어졌지만.

"베스티나, 이쪽으로 와! 같이 먹자고!"

성당 기사단원들과 떨어져 식사 중이던 크루겐이 베스티나를 향해 손짓했다.

"저들과 아는 사이인가?"

"벤트 섬에서 같이 수료한 사이입니다."

"그래? 그러면 가서 같이 식사해도 상관없겠군. 물론 대공 전하에게 절대 누를 끼치진 말도록. 아, 그리고……."

제임스는 무언가 베스티나에게 말한 뒤, 가도 된다고 허락했다.

베스티나는 음식이 담긴 식판을 들고 그레인과 크루겐이 있는 자리로 걸어갔지만, 막상 가까이 가니 거대한 덩치의 펠릭스에게 위압감을 느끼며 더 이상 다가갈 수 없었다.

"뭐 해? 앉아서 먹어야지."

크루겐은 자신의 옆자리를 손바닥으로 두들겼지만, 베스티나는 우물쭈물하며 펠릭스의 눈치를 볼 뿐이었다.

"전하, 합석해도 괜찮겠습니까?"

"상관없다."

펠릭스는 빵을 두 쪽으로 가르더니 한쪽을 입에 넣고 씹었다.

베스티나가 다소곳하게 다리를 모으고 풀밭에 앉자 맞은편에 식사 중이던 그레인이 가볍게 고개를 끄덕였다.

"우리 이렇게 같이 밥 먹는 거 처음이지?"

"벤트 섬에서 2년간 같이 있었지만."

"그때나 지금이나 베스티나는 말이 없네. 따로 사귄 친구는 없어?"

"……."

"이런, 굳이 대답을 안 들어도 알 것 같아."

음식을 삼키면서도 입을 조금도 쉬지 않는 크루겐.

표정 변화 없이 이야기하는 그레인.

한술 더 떠서 식사할 때를 제외하고는 입조차 열지 않는 베스티나.

펠릭스의 눈에는 세 남녀의 구도가 묘하게 비춰졌다.

"서로 친한 사이인가?"

"베스티나하고는… 본인을 앞에 두고 말하긴 그렇지만, 친하다고 말하기엔 좀 애매하고요. 대신 2년간 같은 곳에서 교육을 받았죠. 참고로 그레인이 수석이고 베스티나가 차석으로 수료했죠."

"너는?"

"베스티나에게 지지만 않았다면 최소한 차석은 차지했겠죠."

"이상하군. 이 아가씨는 성지에서 왔다고 들었는데, 성지행은 수석에게만 허용된 게 아니었나?"

"사정상 제가 양보했습니다."

"참, 성지는 어땠어? 난 한 번도 가본 적이 없는 곳이라 궁금하거든."

엄밀히 따지면 전생의 크루겐은 결사대원들과 함께 성지 근처까지 가본 적은 있었다.

고된 전투 끝에 성지로의 입성을 앞둔 결사대는 이번에야 말로 교단을 섬멸하리라 확신했었고, 그런 그들 앞에서 교황 아르디언이 병력을 직접 이끌고 결사대원과 맞섰다. 하지만 교황 아르디언의 예상을 넘어선 빛의 힘은 결사대에게 치명적인 패배를 안겨주었고 결국 회귀라는 극단적인 선택으로 이어져야만 했다.

"저도 궁금합니다. 어떤 분위기입니까?"

크루겐은 물론 그레인도 현재의 성지가 어떤 곳인지 알고 싶었기에 베스티나의 대답을 기다렸다. 그러나 베스티나는 계속 제임스 쪽을 바라보며 그가 했던 말을 전달할 타이밍을 기다리고 있었다.

"베스티나라고 했지?"

"네, 전하."

"할 말이 있으면 해라. 아까 제임스 사제에게 부탁받은 게 있지 않았나?"

방금 전 제임스와 베스티나가 주변에 들리지 않게 귓속말을 주고받는 걸 봤던 펠릭스는 머뭇거리는 그녀의 태도에서 뭔가 있다고 짐작했다.

"전하 앞에서 쉐일 사제가 저지른 무례한 행동에 대해 대신 사과드린다며 제임스 사제가 말했습니다."

"그건 그 남자와 그레인 사이에서 해결해야 할 문제다. 난 그렇게 나온 이유가 궁금했을 뿐, 행동 자체에 대해서는 관여치 않겠다."

"그리고 쉐일 사제의 행동은 현 교단의 방침과 어긋난다는 점을 말씀드리라고 했습니다. 현재 교단에서는 확실한 이유 없이 하이브리드를 핍박하는 행위가 금지되어 있습니다."

"어? 그러면 안 되는 거였어?"

"그렇습니까?"

인간 대 인간으로선 무례한 짓이 분명했지만, 어디까지나 그레인은 하이브리드이기에 교단의 성직자들에게 푸대접받는 일 자체는 익숙했다. 그렇기에 왜 쉐일이 그렇게 나왔는지를 이해할 수 없어도 행동 자체는 있을 법하다며 넘어갈 수 있었다.

"나도 믿기 힘들군. 제루드 성에서 이 둘이 겪었던 일과 전혀 딴판이야. 내가 알던 교단과는 다른데?"

펠릭스마저 믿을 수 없다는 눈으로 베스티나를 바라봤다.

"그건… 아마도 현 교단의 방침이 대륙 전체에 확실히 자리 잡지 않아서일 것입니다. 실제로 각 교구에서 반발이 있기도 했습니다. 그러나 최소한 성지 내에서는 하이브리드에 대한 대우가 상당히 개선된 편입니다."

"정말로? 그 교단이? 베스티나, 진짜야?"

거듭된 크루겐의 의문에 베스티나는 입술을 굳게 닫은 채로 고개를 끄덕거렸다.

"이야, 세상 진짜 좋아졌네. 하이브리드에게 그렇게 융숭한 대접을 해줄 줄이야. 생각해 보니 식사 준비를 우리들은 물론이고 베스티나에게도 안 시켰잖아?"

'어쩐지 우리들을 보는 눈빛이 다른 교구와 다르다 싶더니만, 그런 이유가 있었군.'

던컨과 같이 일하던 성직자들, 그리고 프란디스 교구의 발렌 사제를 제외하면 여러 교구에서 하이브리드로서 겪은 일들은 전생과 크게 다르지 않았다.

하지만 제임스와 쉐일이 각각 데리고 온 성당 기사단원들은 그를 얕보거나 경멸의 시선으로 바라보진 않았다. 아까 쉐일이 그레인의 멱살을 붙들었을 때도 그냥 지켜보면 될 일이었지만, 쉐일을 말리기 위해 성당 기사단원들이 달려든 이유도 다르게 이해되었다.

'난 그저 전하 앞에서 다투는 모습을 보이지 않으려는 의도로만 생각했는데, 그랬단 말이지?'

"하긴, 나도 하이브리드이니… 내 앞에서라도 그렇게 보여야 하겠지."

"아, 그렇기도 하겠네요. 그런데 또 곰곰이 생각해 보니, 저희들이 벤트 섬에서 수련을 받을 때의 대접도 그렇게 나쁘진 않았어요. 엄하긴 해도 인간 대접은 해줬다는 느낌이랄까?"

처음에는 의아하게 받아들이던 크루겐도 베스티나의 말에 신빙성이 높다고 판단했다.

회귀로 인해 일어난 변화의 영향인지, 아니면 교단 자체가 스스로 변하는 것인지 알기 힘들었지만.

"그러면 전 식사를 마쳤으니… 이만 물러나 보겠습니다."

급히 자리에서 일어선 베스티나는 식판 위의 음식을 반도 비우지 못했다. 멀리서 손짓하는 제임스에게 다급히 달려가는 그녀의 뒷모습을 그레인은 안쓰럽게 지켜봤다.

"느낌이 달라졌군."

"너도 그랬어? 옛날에도 감정을 좀체 드러내지 않았지만 지금과는 확실히 달라. 처음에는 교단에서 구박받아 그런 줄만 알았는데, 아까 한 말과는 안 맞으니… 무슨 고민이기에 저러는 걸까?"

"되도록이면 교단의 관계자가 없는 곳에서 물어봐야 알 것 같아."

성지로 간 이후 무슨 일이 있었는지, 하이브리드에 대한 처사가 구체적으로 어떻게 변했는지 더 파고들고 싶었지만 지금으로선 무리였다.

"어, 다들 벌써 식사 마친 거 같네. 우리들도 서두르자."

이야기를 나누느라 늦장을 부린 크루겐이 허겁지겁 식판 위의 음식들을 삼키기 시작했다.

먼저 식사를 끝낸 성당 기사단원들이 여송연을 꺼내자, 쉐일은 조용히 자리에서 일어나더니 수풀 안쪽으로 사라졌다.

"잠시 바람 좀 쐬고 오겠습니다."

그레인은 쉐일이 사라진 쪽을 바라보며 천천히 걸음을 옮겼다.

*   *   *

그루터기에 홀로 앉은 쉐일은 하늘을 멍하니 바라보고 있었다.

카르디어스 교단의 경전에 따르면 신을 위해 일한 자들은 죽어서 신이 있는 하늘로 간다고 한다.

성직자로서 인생의 마지막에 갈 수 있는 가장 영광된 자리.

그러나 너무 이른 나이에 신의 곁으로 가버린 친구를 떠올리는 그의 마음은 무겁기만 했다.

"아까 일은 미안했다."

그럼에도 뒤에서 다가오는 그레인의 기척을 알아채고 쉐일은 말을 걸었다.

"이미 사과하시지 않았습니까? 전 그저 왜 그렇게 행동하셨는지에 대해서 알고 싶을 뿐입니다."

"아까 말한 대로다. 트윈 엣지는 하이브리드에게만은 줘서 안 되는 물건이기 때문이다."

쉐일은 등을 돌린 채로 단호하게 대답했다. 이 부분에 대해서만은 조금도 물러설 수 없다는 의지가 느껴지는 대답에 그레인은 살짝 비꼬고 싶은 충동이 들었다.

"대답하기 곤란한 질문일 거라 예상해서 일부러 자리를 비운 겁니까?"

"그건 아니다. 여송연 냄새를 싫어하거든."

하지만 정작 싫어한다고 말한 것과 달리 수풀 사이 건너편에 피어오르는 여송연 연기를 애절한 눈길로 바라보고 있었다. 순순히 잘못을 인정하는 태도와 정작 잘못한 이유를 말하지 않는 이중적인 그의 자세와 일치되는 모습이었다.

"이스트라 교관님께선 피우시는 것 같습니다만."

"원래는 안 피웠지. 던컨도 마찬가지고. 피우던 쪽은 오히려 나였다."

"던컨 님과도 아는 사이입니까?"

"알다마다."

쉐일은 여전히 그레인에게 등을 보인 채로 오른손을 펼쳤다.

"나와 이스트라, 던컨, 그리고……."

약지를 접으려다가 멈춘 쉐일의 표정이 어둡게 변했지만, 그의 정면을 볼 수 없는 그레인은 조용히 대화가 이어지길 기다렸다.

"지금은 없는 친구 한 명을 포함해 네 명이서 단짝이지. 아니, 단짝이었다."

다른 세 명과의 관계를 과거형으로 정정하며 쉐일은 고개를 숙였다.

"혹시 그분의 이름이 고든, 아닙니까?"

"이스트라가 말해줬나?"

전생의 기억에 의존해 물어본 질문에 쉐일이 물음으로 대꾸했고, 그레인은 침묵했다.

"고든에 대해 알고 있나?"

"직접 만나본 적이 없어서 모릅니다."

'현생에서는.'

쉐일이 자신에게 불리할 거라 여겨지는 부분에 대해 입을 다문 것처럼 그레인 역시 말해서는 안 되는 부분을 마음속에서만 읊었다.

"고든은 이스트라와 함께 벤트 섬의 교관이었다. 당시 다른 교구에 있던 나는 일부러 시간을 내서 벤트 섬을 방문했었지. 그리고……."

그루터기에 얹었던 그의 왼손이 미세하게 경련했다. 애써 진정시켰던 감정이 다시 끓어오르기 시작했다.

"고든은 가장 뛰어나다고 평가받았던 수련생에게 목숨을 잃었다. 내 품에서 숨을 거둔 고든을 바라보면서… 나에게 성자(聖者)의 자질이 없음을 그토록 한탄한 적은 그때가 처음이자 마지막이었다."

고든이 가장 아끼던 수련생의 검이 그의 가슴을 꿰뚫었고, 뒤늦게 달려온 쉐일은 서서히 죽어가는 친구를 보며 오열했다.

"고든은 하이브리드라는 이유만으로 수련생들을 차별해서는 안 된다고 말했다. 동시에 교단을 위한 노예로서 하이브리드를 가르치는 자신에 대해 고뇌했지. 하지만 결국 고든을 죽인 건 하이브리드였다. 이런 내가, 하이브리드를 어떻게 생각해야 하지? 대답해 봐라."

진한 증오가 묻어나오는 쉐일의 말에 그레인은 침묵으로 일관했다.

'고든의 죽음이 이렇게까지 쉐일을 바꿔 버릴 줄이야……'

그레인은 맥스가 벤트 섬을 탈주하는 과정 속에서 일어난 비극에 대해 상세하게 알 수 없었다.

고든이 회귀한 상태가 아니었기에 맥스가 죽일 수밖에 없었다는 추측이 틀렸을지도 모른다.

하지만 지금 와서는 어느 쪽이든 상관없는 문제가 되어버렸다. 고든의 죽음으로 쉐일은 전생과는 확연히 다른 길에 들어선 것이 분명했기에.

"그 후 고든과 이스트라가 각자 한 자루씩 나눠 가졌던 트윈 엣지는 이스트라 혼자 가지게 되었지. 그랬던 트윈 엣지가, 하이브리드인 너에게 두 자루 모두 가 있었다. 설명이 더 필요하나?"

쉐일이 왜 그렇게 나왔는지 감정적으로는 이해가 되었다. 하지만 완전히 받아들인 건 아니었다.

"그렇지만 현 교단의 방침에 따르면……"

"교단의 방침? 아아, 그거 말인가?"

쉐일은 다리를 꼬더니 깍지 낀 두 손을 무릎 위에 얹었다.

"확실히 내 행동은 그런 면에서 앞뒤가 맞지 않지. 하이브리드에 대한 괄시나 핍박을 금하자고 제안했던 내가 그런 짓을 해버렸으니. 사실 아까의 내 행동을 성지에서 했다면, 며칠 동안 근신 처분을 당했을 거다."

"네?"

"짧게 끝날 이야기는 아니겠군. 어디서부터 말해야 하려나……."

쉐일은 예전의 버릇대로 오른손을 입가로 가져갔지만, 여송연이 없다는 걸 알고 도로 손을 내렸다.

"고든이 죽은 이후, 나는 고든을 죽인 탈주자들의 뒤를 쫓았다. 하지만 나 혼자서는 역부족이었고, 교단 측은 나처럼 적극적으로 탈주자를 쫓진 않았다. 어차피 그보다 더 좋은 하이브리드를 육성하면 된다는 생각이었겠지."

하나의 거대한 조직으로서의 교단은 당연히 쉐일처럼 탈주자 추적에만 매달리지 않았다.

그런 교단에 쉐일은 당연히 실망했지만, 이내 생각을 바꿔 다른 방향으로 그만의 복수를 하기로 결정했다.

그것은 바로……

"…교단의 의향대로 더 강한 하이브리드를 육성해서, 그 하이브리드로 탈주자들을 잡으면 되지 않을까 하는 생각으로 이어졌다. 다행스럽게도 탈주자들 못지않은 잠재력의 하이브리드들이 대륙 곳곳에 등장했지. 교단 역사상 유례없을 정도로."

쉐일은 여전히 등을 보인 채로 고개만 살짝 옆으로 돌렸다. 그의 시야 끄트머리에 그레인이 살짝 들어왔다가 이내 사라졌다.

"그 실력자 중 하나가 바로 너, 그레인이다. 탈주한 놈들보다 하찮은 코어를 이식받았음에도 말이다."

"그건……."

수십 년 간의 기억과 경험을 가지고 과거로 돌아온 회귀자들이 분명하다는 말을 삼키며 그레인은 말끝을 흐렸다.

콜린과 니카 부부, 그리고 스코트와 리카르도처럼 회귀자들 모두가 하이브리드가 되진 않았겠지만, 쉐일이 말한 이들에 회귀자들이 포함되었을 가능성은 매우 컸다.

"하지만 그렇게 강한 하이브리드들을 이전과 똑같이 괄시하고 핍박한다면, 그들의 성장은 어느 지점에서 멈출 것이 분명하다. 실력 있는 자들에게는 그에 걸맞은 대접을 해줘야 더 위로 올라가고 더욱 강해지는 법이니까."

"……."

"아까도 말했다시피 나는 하이브리드를… 증오할 수밖에 없는 입장이다. 그러나 목적을 위해서라면 개인적인 감정 따위 충분히 버릴 수 있다."

쉐일의 목적.

그것은 고든을 죽인 탈주자들에 대한 응징.

그것을 위해서라면 뭐든 할 수 있다는 입장을 쉐일은 스스럼없이 드러냈다.

"내 제안을 받아들인 예하께서는 우선 두 곳의 수련소부터 변화시킬 것을 지시하셨다. 네가 머물렀을 때는 아직 과도기여서 크게 달라지지 않았겠지만, 지금은 많은 것이 바뀌었을 것이다."

하이브리드들을 대하는 교관들의 태도가 전생과 달라진 이유가 단순히 이전에 탈주자가 발생했기 때문은 아니라는 생각을 하며 그레인은 고개를 끄덕거렸다.

"그리고 그 조그마한 변화의 결과가 바로 너와 베스티나, 그리고 크루겐이다. 특히 너는 코어의 열등함을 극복하면서까지 수석으로 수료했지. 덕분에 나는 성지에서도 내 입장을 고수할 수 있었다. 그 점에 대해서는 하이브리드에 대한 감정과 별개로 고맙게 생각한다."

쉐일은 교단을 위해서라도, 엄연히 교단의 일원인 하이브리드들에게도 위로 올라갈 길을 마련해 줘야 한다고 주장했다. 동시에 실력에 맞는 대접 역시 해줘야 한다고 성지의 수뇌부들에게 역설했다.

"네가 거쳐 갔던 교구들에서의 평가는 꽤 좋은 편이었다. 특히 던컨은 당장 성지에 보내도 모자랄 것 없다는 평가를 내렸지. 베릴란트 성에서의 평가는 예상 외로 박했지만, 애초에 그곳 주임 사제의 성격상 너와 크루겐이 이룬 공을 가로채려고 그랬을 거다."

전형적인 소시민 타입인 달렌트는 펠릭스의 설득에 자신이 가장 큰 역할을 담당했다고 당당히 보고서에 써서 올렸다. 하지만 '그런 달렌트'였기에 반대로 그레인과 크루겐의 공이 크다고 확신할 수 있었다.

"나 역시 너를 높게 평가한다. 하이브리드가 되기 전에도 그랬고, 된 이후에는 더욱더. 하지만 그렇기에 네 수준과 어울리지 않는 코어의 이식을 주장했다."

"그 이유를 지금 설명해 주시겠군요."

"아까 말했지만… 뛰어난 자질을 지닌 수련생에게 처음부터 너무 좋은 코어를 이식해 주고, 뒤통수를 제대로 맞았던 적이 있었다. 그래서 단번에 파악할 수 없는, 교단에 대한 충성심 부분에서 나는 물론이고 수뇌부를 납득시켜야 하는 근거가 필요했다. 특히 너는 그 부분에 있어서 다른 이들보다 엄격한 기준을 적용받았다."

그레인도 익히 알고 있는 사실이었지만, 하이브리드가 된 직후 교황 아르디언을 공격하려 했던 일은 계속 그의 발목을 붙들었던 것이다.

"너는 벤트 섬을 수료한 이후 근 2년간, 교단에 대한 충성을 확실히 증명했다."

"제루드 성의 비리를 파헤친 건 오히려 충성도 부분에서 감점 아닙니까?"

"아니, 반대로 높게 평가해야 하는 부분이다. 조직이라면 당연히 부패하게 마련이고, 그걸 내부에서 고발하는 용기야말로 충성심 그 자체다. 내 말이 틀렸나?"

충성심을 증명했다는 표현에 그레인은 씁쓸하게 웃었지만, 여전히 등을 돌리고서 이야기하고 있는 쉐일의 눈에는 들어오지 않았다.

"그래서 성지에 도착하기에 앞서 너에게 포상이 내려질 예정이다. 너뿐만 아니라 대륙 각지에서 오는 다른 실력자들에게도 주어지겠지만 말이다."

"포상, 말입니까?"

"그중 하나가 더 강한 코어로의 교체다."

"……!"

그레인은 자신도 모르게 빙룡의 비늘이 뒤덮인 왼손을 강하게 움켜쥐었다.

"마음 같아서는 현재 있는 코어를 유지한 채로 상위 코어를 추가해 주고 싶지만, 아쉽게도 교단의 기술력은 거기까진 미치지 못했다. 빙룡의 눈은 이미 베스티나에게 이식되었으니, 빙룡의 어금니로 교체 이식될 예정이다."

"내가… 빙룡의 어금니를……."

코어의 교체를 통해 더 강해질 수 있다는 생각에 그레인은 흥분을 감추지 못했다.

예전 화룡의 어금니를 이식받았을 때를 떠올리며, 지금은 아무것도 튀어나오지 않은 왼팔의 팔꿈치를 오른손으로 어루만졌다.

"아, 그렇다면 크루겐과 베스티나도 포함됩니까?"

"크루겐 역시 그럴 예정이었지만 다른 포상이 내려질 예정이다. 현재 교단의 기술력으로는 이식받은 코어와 비슷하거나 같은 속성의 상위 코어로만 교체가 가능하고, 아쉽게도 보유한 코어 중에선 크루겐에게 맞는 건 없다. 그리고 베스티나의 경우는……."

베스티나에 대해 설명하려던 쉐일은 턱을 매만지면서 아쉬워하는 표정을 지었다.

"애초에 그럴 목적으로 동행한 건 아니었고, 무엇보다 그녀의 대한 최근 평가는 기대 이하라고 들었다."

"그 베스티나가 말입니까?"

"너는 높게 평가하는 모양이군."

"네."

'그야 회귀하지 않았으면서도 나를 뛰어넘을 뻔했으니까.'

그레인은 마음속과 다르게 짤막하게 대답했다.

"정신적인 부분에서 많이 흔들리는 것 같더군. 이건 직접 본인에게 사정을 물어보지 않으면 알 수 없겠지."

이야기하는 내내 그레인에게 등을 보였던 쉐일이 고개를 옆으로 돌렸다. 하지만 시야 한구석에 그레인의 얼굴이 들어오자 다시 고개를 원래대로 돌렸다.

"원래 이런 이야기를 하려던 게 아니었는데. 아무튼 넌 그동안 고생한 대가를 받을 자격이 충분하다. 그러니 절대로……"

쉐일은 무릎 위에 올려둔 두 손을 꽉 움켜쥐었다.

"교단을 배신하지 마라."

고든의 죽음을 떠올리는 그의 두 주먹이 부들부들 떨기 시작했다.

"하이브리드가 되기 전의 너희들이 어떤 처지였는지를 떠올려라. 가진 것 하나 없이 밑바닥 인생으로 끝날 운명이었다. 그런 너희들에게 힘을 준 곳은 다름 아닌 교단이다."

하이브리드를 그 누구보다 안타깝게 바라봤던 고든은 정작 하이브리드에 의해 목숨을 잃었다.

그리고 하이브리드를 증오하면서도, 그 증오를 복수로 잇기 위해 고든이 말했던 대로 쉐일은 하이브리드의 처우 개선을 주장했다.

이미 먼 곳으로 가버린 친구와 그 친구를 잊지 못하는 쉐일의 삶은 그레인이 기억하고 있는 '전생'과는 다른 방향으로 흘러가고 있었다.

"고든이 바랐던 대로 너희 하이브리드들은 이전과 다른 대접을 받게 될 것이다. 이전보다 더 많은 것을 누릴 수 있고,

더 높은 곳으로 올라설 수 있을 거다. 그렇기에 너희 하이브리드들은 교단을 배신해서는 안 된다."

자리에서 일어난 쉐일은 뒤돌아서며 정면을 응시했다. 시야의 중심 바깥쪽에 있는 그레인의 모습을 애써 외면하며 그는 걸음을 옮겼다.

"이미 배신한 자들에게는 처절한 응징을 선사할 것이고, 앞으로 나타날 하이브리드들은 절대 배신할 수 없게 만들 것이다."

그레인의 옆을 스쳐 지나가는 쉐일의 시선은 그레인과 단 한 번도 겹쳐지지 않았다.

"……"

그레인은 말없이 우두커니 서서 쉐일의 말을 곱씹었다.

"교단을 배신하지 마라."

전생의 쉐일이라면 절대 하지 않았을 말.

그러나 고든의 죽음으로 시작된 시간의 뒤틀림은 쉐일을 완전히 바꿔 버렸다.

'쉐일이 왜 저렇게 변했는지는 이해되는군. 하지만 결국 쉐일은 인간 입장에서 하이브리드를 판단했어. 그것도 단 하나의 경우만으로.'

하이브리드인 그레인 입장에서는 쉐일의 주장을 모두 받아들일 수 없었다.

생각할 수 있는 존재라면 흔히 저지를 수 있는, 하나의 예만
으로 나머지 모두를 판단해 버리는 경우였기 때문이다.

그러나 그걸 굳이 쉐일 앞에서 지적할 생각은 없었다. 이성
적인 판단으로 상대를 설득할 수 있는 상황이 아니었기에.

"크루겐."

홀로 남게 된 그레인은 주변을 두리번거렸다.

"있다면 나와."

순간 그레인의 왼편에 우뚝 자라 있던 나무 아래 그림자가
꿈틀거리더니, 어둠 속에 숨어 있던 크루겐이 모습을 드러냈
다.

그는 단둘이 우거진 숲으로 가는 걸 보고 만약의 사태를
대비해 쫓아왔다. 다행히 크루겐이 우려하는 일은 없었지만,
다른 방향으로 뒤틀린 사연을 들었기에 마음은 편치 못했다.

"일이 이렇게 꼬일 수도 있구나."

크루겐의 표정 역시 그레인 못지않게 심각했다.

"예전에 비해 하이브리드들을 좋게 대접해 주겠다는 건 좋
게 봐주더라도, 그 이유가 고든의 복수이니… 이것 참."

둘은 회귀를 통해 전생에는 아무런 인연도 없던 이들에게
적잖은 도움을 받았다.

하지만 같은 편이었다가 완벽하게 적으로 돌아선 경우는
처음이었기에 그레인과 크루겐은 난처할 수밖에 없었다.

"저렇게 되었으니 전생처럼 쉐일이 결사대를 도와줄 일은 없다고 봐야겠지. 아쉽기보단 착잡하네."

전생의 쉐일은 고든과 친구였기에 인간임에도 하이브리드를 도와주었다.

그러나 현생의 쉐일은 하이브리드에게 소중한 친구를 잃었기에 적이 될 수밖에 없다.

"그런데 막상 하이브리드를 증오한다고 말한 것치고는 너와 이야기 잘하던데? 뭔가 묘한 느낌이었어."

"그동안 가슴속에 담아둔 이야기를 누군가에게라도 하고 싶어서였겠지."

"그게 하이브리드라 해도 말이지?"

"그래."

크루겐이 이야기해 줬던, 고든의 조력자이자 친구였던 전생의 쉐일과 현생의 그는 거리가 멀었다.

아니, 애초에 다를 수밖에 없었다.

회귀로 인한 변화는 회귀한 이들 본인만 아니라 관련된 자들의 운명까지도 함께 뒤틀어 버린다는 걸 알고 있었기에.

*   *   *

카르디어스 신성력 1398년 4월 5일.

교단의 성당 기사단원들과 함께 이동 중이던 그레인 일행은 바로 이틀 전 베릴란트 왕국의 국경선을 넘어 레오디알 왕국으로 진입했다.

베릴란트 왕국과는 정반대로 카르디어스 교의 교세가 강한 지역인지라, 이전과는 다르게 지나가는 마을마다 환대를 받았다. 법의를 걸친 사제들을 보고 사람들은 성호를 그으며 반겼고, 반대로 펠릭스는 불쾌한 표정을 금치 못했다.

많은 이의 환영 속에서 해당 교구의 성당에 도착한 일행은 오래간만에 휴식을 취했다.

단, 그레인과 크루겐은 쉐일을 따라 수풀 깊은 곳에 위치한 비밀 장소를 향해 다시 이동했다.

*   *   *

"이곳입니까?"

이틀 내내 밤낮을 가리지 않고 이동한 그레인은 한적한 마을을 둘러보며 말했다.

겉보기에는 숲 깊은 곳에 자리 잡은, 인적이 드문 마을이었지만 실체는 교단이 만든 비밀 연구소 중 하나가 지하에 운영 중이었다.

"그냥 보면 평범한 마을 같은데……."

"그렇게 보이도록 만든 곳이다."

"저라도 그냥 이곳에 들렀다면 모르고 지나쳤겠네요."

마을 주민 전원이 교단의 성직자들이었고, 혹시라도 마을을 들르는 이방인들의 눈을 속이기 위해 평범한 사람으로 위장 중이었다.

쉐일을 알아본, 마을 촌장 역할을 담당 중인 늙은 사제가 세 명을 이끌고 마을 한구석의 여관으로 데리고 갔다. 허름한 복장의 여관 주인은 쉐일을 보자마자 정자세로 서더니 인사를 했고, 2층에 방이 있다며 그들을 안내했다.

"오늘 하루는 여기서 푹 쉬어라. 식사든 뭐든 원하는 게 있으면 이 사람에게 부탁하면 된다. 마을 안을 돌아다녀도 상관없지만, 절대 마을 밖으로 나가서는 안 된다."

쉐일은 2층 전체를 차지하는 넓은 방 안을 가리키며 말했다.

앞서 방 안에 있던 다섯 명의 하이브리드는 그레인과 크루겐을 흘낏 쳐다보더니 아무런 관심이 없는 '척'하며 각자 하던 일에 몰두했다.

"저, 쉐일 님. 이제 와서 물어보는 거지만… 굳이 저까지 데리고 오신 이유는 뭐죠?"

크루겐의 때늦은 질문에 쉐일은 가볍게 미소 지었다.

"내가 없는 사이 너에게 이식 가능 한 코어가 들어왔을지도 모르니까."

"아, 그래서였어요?"

"그래도 너무 큰 기대는 하지 마라. 그런데 한 명이 모자라 보이는군."

쉐일은 그레인과 크루겐을 뺀 방 안의 인원을 하나씩 세어 보고선 턱을 매만졌다.

"아, 그게 말입니다. 롤랜드 사제님께서 늦을 거라고 미리 연락하셨습니다."

여관 주인 역할을 담당하는 사제가 난감하다는 표정으로 설명하자 쉐일은 평소에 종종 있던 일인 것처럼 아무렇지 않게 넘어갔다.

"그분이 그렇다면 어쩔 수 없지. 그러면 내일 보도록 하자."

말을 마친 쉐일이 방문을 닫고 아래층으로 내려가자 넓은 방 안에 침묵이 감돌았다.

그레인과 크루겐을 제외한 세 명의 남자와 두 명의 여자로 구성된 하이브리드들은 서로 눈치를 보느라 입 한번 뻥긋 안 했다. 다들 그레인과 비슷한 나이대로 보였고, 몸에 이식된 코어는 법의에 가려져 어떤 것인지 확인하기 어려웠다.

'이번보다 나은 대우라. 확실히 나아지긴 했지. 하지만……'

그레인은 방 입구 안쪽에 우두커니 서서 안을 둘러봤다.

전생에서 하이브리드들이 교단에게서 받았던 취급으로 치면, 이 방을 벗어나는 것조차 불가능했을 것이다. 그러나 쉐일의 본의 아닌 배려에 의해 마을 밖으로 벗어나는 게 아닌 한, 마을 안을 맘대로 돌아다닐 수 있는 권리가 주어졌다.

그래봤자 한정된 공간 자체가 넓어졌을 뿐, 교단에 영원이 얽매여야 하는 운명까진 바뀌지 않았다.

　"흐음, 이 방 분위기 왜 이래? 너무 무겁잖아."

　탁자를 사이에 둔 소파 한쪽에 턱 하니 앉은 크루겐이 양팔을 소파 윗부분에 걸쳤다.

　"다들 눈치만 보고 입 하나 뻥긋 안 하고."

　크루겐은 오른손을 까닥이며 그레인에게 바로 옆에 앉으라고 손짓했다.

　"서로 모르는 사이도 아닌데. 그렇지, 그레인?"

　"……!"

　그레인이라는 이름에 먼저 방에 있었던 다섯 명의 눈빛이 확 바뀌었다.

제2장

빙룡의 어금니

"아, 역시 네 이름을 말하니 다들 알아보네. 나는 여전히 몰라보고."

크루겐은 고개를 설레설레 저으며 푸념했지만, 몇 번이나 반복되어 익숙한지 금방 평소의 얼굴로 돌아왔다.

그러나 여전히 크루겐 말고는 아무도 입을 열지 않았다. 아까보다도 서로를 몰래 쳐다보는 횟수만 늘었을 뿐, 무거운 공기는 여전했다.

"안 되겠다. 그레인, 네가 한마디 해줘."

"뭐를?"

"우리 모두가 기억하고 있는 그 숫자."

그레인은 크루겐의 옆에 앉은 뒤 깍지 낀 양손을 코에 걸치도록 가져갔다.

모두의 시선이 그레인에게 쏠렸고, 그레인은 조용히 숨을 들이마셨다.

"1416."

그레인의 입에서 아무렇지 않게 흘러나온, 절대 잊을 수 없는 년도를 가리키는 말에 나머지 다섯 명의 눈동자가 흔들렸다.

"99."

그 뒤, 그레인은 특유의 무뚝뚝한 어조로 자신의 옛 코드네임을 말했다.

"3… 33."

그레인의 맞은편에 앉아 있던, 20대 초반으로 보이는 청년이 더듬거리며 또 다른 숫자를 말했다.

"33호라면 켈텍스겠네. 인상이 좀 변하긴 했지만, 더듬거리는 말버릇은 여전하구나."

크루겐은 과거의 켈텍스를 떠올리며 씨익 미소 지었다.

"87."

"55."

"8."

"…47."

그러자 하나둘씩 자신에게 부여되었던 코드네임을 읊으면서 서로가 누구인지 밝혔고 확인했다. 기어들어 가는 목소리로 말하기도 하고, 떨리는 목소리로 간신히 말하는 등 가지각색이었지만 한 가지만은 확실했다.

이 자리에 모인 이들은 전원 옛 결사대원이라는 점.

"마지막으로 나는 12호, 크루겐이야. 회귀 전에는 눈에 띄지 않아서 모를 테고, 지금은 회귀 전과 너무 달라져서 모르겠지?"

크루겐은 얼굴에 두른 머플러를 풀어 얼굴을 드러냈다. 전생과 성격이 딴판이 된 그를 단번에 알아보는 이들은 없었지만, 코드네임과 일치하는 이름만으로도 더 이상의 설명은 필요 없었다.

그레인과 크루겐을 포함한 일곱 명의 소년 소녀들.

회귀 이후 처음으로 만난 이들은 자신의 코드네임을 밝힌 후에 다시 침묵에 들어갔다. 이전에는 서로를 경계했기에 그랬던 거지만, 지금은 다시 만났다는 사실 자체가 믿기지 않아서 무엇을 말해야 할지 감이 안 잡혔기 때문이다.

"전부는 아니지만 드디어 다시 만났구나."

그레인의 말에 켈텍스가 움찔거리더니 고개를 천천히 숙였다.

"크흑……."

그는 결국 참고 참았던 감정을 주체하지 못하고 울먹이기 시작했다. 그러자 다들 억눌렀던 감정이 일제히 터져 나오면서 하나둘씩 눈물을 흘리기 시작했다.

그레인과 크루겐을 제외하고.

"진짜 너희들을 만날 수 있을 거라고는… 생각도 못 했어."

"어이, 넌 그레인만큼이나 무뚝뚝했잖아. 그런데 왜 갑자기 울어? 게다가 우리들 나이, 전생 때 것까지 합치면 다들 40은 넘겼는데 이렇게 질질 짜면 주책 맞잖아."

크루겐은 대수롭지 않은 일을 가지고 왜 우냐고 살짝 구박했지만, 켈텍스의 눈물은 멈추지 않고 계속 흘러내렸다.

"그야… 너, 너무나 길었어. 길었다고! 너희들을 다시 만나기까지!"

올해로 회귀한 지 10년째가 되었다는 켈텍스의 한탄이 계속 이어졌다.

"나는… 옛 동료들이 하나도 없는 케오릭 숲에서 2년을 버텼고, 그 이후 여러 교구를 전전했지만 역시 옛 결사대원을 단 한 명도 만나지 못했어. 혹시 나 혼자만 회귀 이후 살아남은 건 아닐까 하는 불안감에 얼마나 떨었는지 너는 모를 거야. 하지만 이제… 다행히도… 크흑!"

그의 울음에 다른 네 명은 뼈저리게 공감하며 눈물을 훔쳤다.

반면 그레인은 하이브리드가 되기 전에 옛 동료 중 한 명이었던 크루겐을 만났고, 계속 크루겐과 함께 회귀 이후의 삶을 살아왔다. 과거를 공유하는 동료와 함께.

당연하게 여겼던 것들이 사실은 우연이 만들어낸 엄청난 특혜였다는 걸 깨달았다.

게다가 이제까지 한 명씩만 만났던 경우와 달리, 다섯 명이나 되는 동료를 한꺼번에 만난 적은 처음이기에 감정의 변화 폭이 더욱 클 수밖에 없었다.

"아, 진짜… 나까지 눈물 나게 만드네."

크루겐은 투덜거리면서 손등으로 눈 아래를 훑었다. 하지만 한 번 흐르기 시작한 눈물은 좀처럼 멈추지 않고 볼을 따라 아래로 흘러내렸다.

*　　　　　*　　　　　*

회귀 이후 겪어야 했던 두려움과 설움, 그리고 외로움을 일순간에 터뜨린 그들의 눈물은 쉽게 멈추지 않았다.

그렇게 시작된 울음이 잦아들자 그들은 그동안 각자 겪었던 이야기를 늘어놓았다. 마치 경쟁이라도 하는 듯 각자 회귀 이후 걸어온 길을 말했고, 크루겐은 적절한 타이밍에 끼어들면서 대화의 흐름을 조율했다.

그레인은 모두의 이야기를 묵묵히 들으면서 이따금씩 고개를 끄덕이며 동조했다.

"…그러니까 다들 예전의 목표를 다시 이루기 위해 또 한 번 하이브리드가 되는 길을 택했다, 이거지?"

이 자리에 모인 이들의 공통점 중 하나는 하이브리드가 되기 전의 과거로 회귀했다는 점.

시간적으로 따지면 하이브리드가 되지 않고 평범한 인간으로 살아갈 선택지가 분명히 존재했다.

"그런데 용케도 그런 코어를 이식받고도 높게 평가받았네."

다섯 명의 육체에 이식된 코어 수준은 그리 높지 않았다. 꼼꼼하게 따지면 크루겐이 제일 높은 수준의 코어일 정도였다.

"나도 전생의 경험과 기억이 이렇게 도움이 될 줄은 미처 몰랐어."

"전생에 이렇게 코어를 능숙하게 다뤘다면… 지지 않았을 텐데."

"그래도 덕분에 더 좋은 코어로 새롭게 이식받을 기회를 얻었으니 다행이지. 정말 기대돼."

다섯 명의 옛 동료는 앞으로 얻게 될 더 강한 힘에 대한 기대감을 감추지 않았다.

그러나 그 기회가 고든의 죽음에서 시작된, 시간이 뒤틀린 결과라는 걸 지금 당장 알릴 분위기는 아니었다.

"흐음… 내 생각이긴 한데, 쉐일이 어떤 기준으로 너희들을 뽑았는지 알 것 같아."

크루겐은 오른손으로 턱을 괴고서 머릿속에 떠오른 생각을 차분하게 정리했다.

"우선, 이식된 코어에 비해 뛰어난 성과를 보인 하이브리드이면서, 동시에 겉보기에는 보통의 인간과 다를 바 없는 애들로만 뽑았어. 아무래도 인간에 가까운 하이브리드여야 높으신 분들을 설득하기 용이하겠지."

"꼭 그럴 필요가 있어?"

"있지. 그나마 인간처럼 보인다는 점이 꽤 중요하다고. 잘 생각해 봐. 그냥 딱 봐도 괴물을 데리고 와서 '이들에게 인간처럼 공평하게 대우해 줍시다'라고 말하는 것과 코어가 이식된 부위만 가리면 인간으로 보이는 우리들을 보여주고선 아까와 같은 말을 하는 것, 어느 쪽이 더 설득력이 높겠어?"

인간이라면 본능적으로 타인을 평가할 때 우선 외양부터 본다.

전생에 하이브리드였던 이들 중에선 아무리 봐도 인간이라 보기 힘든 경우도 종종 있었다.

"네리스, 넌 예전에 켄타우로스의 코어를 이식받았었지?"

결사대의 55번째 대원, 네리스는 자신을 가리키는 크루겐을 바라보며 고개를 끄덕거렸다.

"그때는… 인간들이 날 보자마자 소스라치게 놀라곤 했었어."

반인반마라 불리는 켄타우로스처럼 네 개의 다리를 지닌 그녀의 콤플렉스 중 하나가 바로 자신을 바라보는 다른 인간들의 시선이었다. 지금은 오른팔에 수룡의 비늘을 이식받았기에 오른팔만 가리면 되었다.

"그런데 인간과 공평하게 대우해 주겠다니, 그게 무슨 소리야?"

"너희들, 아까 우리들을 데리고 온 쉐일을 기억해?"

"쉐일? 쉐일이라면……."

"그 사람이 고든 영감님과 친구였던 그 쉐일이었어?"

"그래, 현재 쉐일은 하이브리드를 다른 교단 소속의 인간들과 거의 동등하게 취급받도록 노력 중이야. 그래서 코어에 비해 뛰어난 실력을 지녔으면서 인간과 다를 바 없는 너희들이 뽑힌 거야."

인간과 동등하게 취급해 준다는 말에 나머지 다섯 명은 고개를 갸웃거렸다.

교단 입장에서 노예나 다름없는 자신들을, 교단이 먼저 나서서 잘 대해줄 이유를 찾기 힘들어서였다. 물론 전생에 비하면 수련소 시절부터 교단의 핍박이나 괄시가 덜하긴 했지만.

"하지만 아쉽게도 쉐일의 의도는 진정으로 하이브리드를 위해서가 아니야. 개인적인 복수를 위해서지."

크루겐은 잠시 말을 멈추고선 옆에 앉은 그레인을 쳐다봤다.

잠자코 대화를 듣고만 있던 그레인은 말없이 고개를 끄덕거렸다. 어차피 언젠가는 알게 될 내용이었고, 지금이 아니면 말하기 힘들다는 생각 때문이었다.

"여기, 이번 생에서 맥스와 수련소 동기인 사람은 없지? 맥스가 고든을 죽였기 때문에… 그 맥스를 죽일 수 있는 더 강한 하이브리드의 육성을 위해서 쉐일이 그러는 거야."

"뭐? 고든 영감님이… 돌아가셨어?"

"맥스가?"

"응. 이전 교구에서 기록된 보고서의 내용도 그러했고, 쉐일

본인에게 직접 들은 내용이기도 해. 안타깝지만."

말을 마친 크루겐은 한숨을 길게 내쉬었다.

방 안의 분위기는 다시 무거워졌고, 목을 축이기 위해 크루겐이 물을 두 잔 연속 마시는 와중에도 입을 여는 사람은 아무도 없었다.

"우리들처럼 살아서 만나는 경우가 있다면, 그 반대도 있는 법이야. 그래도 이 이야기는 가급적·하고 싶지 않았어. 고든은 결사대 내에서 남다른 의미를 지니고 있었으니까."

여전히 목이 마른지, 크루겐은 물병을 기울여 빈 잔에 물을 조금씩 부었다.

잔에 물이 조금씩 차오르는 동안에도 크루겐은 계속 이야기를 이어나갔다. 쉐일이 하이브리드에 대한 대우를 개선하려는 이유와 목적에 대해 크루겐은 상세히 설명했고, 다른 이들은 굳은 표정으로 듣기만 했다.

"…그러니 혹시라도 교단이 자신들에게 잘 대해준다고 해도, 그건 쉐일의 개인적인 목적 때문이라는 걸 잊지 말아줘. 아무리 교단에서 많은 걸 베풀더라도 하이브리드가 교단의 노예라는 사실에는 변함이 없어."

잔 밖으로 넘쳐난 물이 탁자 위에 퍼지더니 카펫 위로 뚝뚝 떨어졌다. 뒤늦게 그레인이 크루겐의 팔을 붙든 후에야 물은 더 이상 흘러내리지 않았다.

"휴우……"

크루겐은 물을 벌컥벌컥 마신 뒤 잔을 뒤집어 한 방울의 물도 남기지 않았다.

"그러면 본론으로 들어갈게. 다들 코어를 교체받은 후에는 어떻게 할 작정이야? 설마 계속 교단에 눌러앉을 생각은 아니겠지?"

핵심을 찌르는 크루겐의 말에 나머지 다섯 명의 눈빛이 확 달라졌다. 실제 나이와 걸맞지 않게 오래간만의 재회에 울음을 터뜨리기도 했지만, 이 자리에 있는 이들 모두 현실에 대해 망각하지는 않았다.

"어차피 교단에서 출세하려고 버티고 있는 건 아니야."

"나도 그래. 코어를 더 좋은 걸로 바꿔준다면 더 이상 남아 있을 이유는 없지."

"그런데 떠나더라도 어디로 가야 하지? 다시 모일 장소가 있어야 해."

이제까지 그레인의 이야기를 듣기만 하던 다섯 명은 교단을 벗어난 후 머물 만한 장소의 물색을 시작했다.

"회귀 직전 모였던 그 고성(古城)은 어때?"

"결사대에 있어서 상징적인 의미를 지닌 곳이니… 우리들과 똑같은 생각을 하는 다른 동료들이 분명히 있을 거야."

"하지만 거기는 여기서 너무 멀어."

"그리고 여기에 있는 모두가 모일 때까지 고성에서 무작정 기다릴 수도 없는 노릇이고."

한때 그레인과 크루겐이 다른 동료들과 만날 장소로 염두에 뒀던 고성에 대해 이야기가 나왔지만, 둘이 보류했던 것과 같은 이유로 그들은 난색을 표했다.

"다들 스코트는 기억하지?"

크루겐이 스코트라는 이름을 언급하자 다섯 명의 소년 소녀들이 동시에 인상을 살짝 찌푸렸다.

"그 스코트가 왕으로 있는 베릴란트 성으로 가도록 해. 하이브리드는 아니지만, 여전히 우리와 뜻을 함께하고 있어."

스코트가 왕자가 아닌 왕이라는 사실에 그들은 경악했다.

"다들 스코트를 탐탁지 않게 여기는 건 알겠어. 그래도 현재 우리들이 안전하게 모일 수 있는 장소는 그 녀석이 있는 베릴란트 성뿐이야."

크루겐의 설득에도 그들은 내키지 않는 듯 고개를 가로저었다.

"크로드가 이미 가 있을 거다."

이야기를 듣고 있던 그레인이 불쑥 끼어들자, 순간 분위기가 반전되었다.

"크로드가?"

"크로드도 살아 있었어?"

"이미 누군가 가 있다면야… 상관없겠지."

그레인의 한마디에 나머지 다섯 명의 망설임이 사라졌다. 대신 이번에는 크루겐 쪽에서 퉁명스러운 표정을 지었다.

"쳇, 내가 말할 때와 다른 반응이잖아. 역시 네가 말하면 같은 내용에도 설득력의 정도가 달라진다니까."

"대신 나는 너처럼 유창하게 설명하는 것은 무리다."

"뭐, 그래도 덕분에 다들 모일 장소는 확정된 거 같으니 속 편하네. 그러면 다시 원래 이야기로 돌아가 볼까? 다들 어떻게 지냈다고 했지?"

의견이 하나로 일치되자 크루겐은 화제를 원래대로 돌렸다. 아까는 좀 무거운 분위기에서 현생의 경험을 늘어놨다면, 이번에는 좀 가벼운 일상 이야기로 전환되었다.

특히 수련생 시절의 이야기를 늘어놓을 때는 언제 울었냐는 듯 키득키득 웃기 시작했다.

아무래도 20년도 전에 있었던 일을 다시 겪다 보니, 회귀하지 않은 일반 수련생들과의 입장이나 사고방식의 차이가 어느새 주 화제가 되어버렸다.

"…그래서 나보다 무려 3년이나 나이를 더 처먹은 그놈의 손가락을 하나씩 분질러 줬지."

"나는 그냥 간단하게 취침 시간에 습격해서 눈물 좀 빼게 해줬지. 그다음부터는 나와 눈도 못 마주치던데?"

"역시 우리 나이쯤 되니까, 얼마 차이 나지도 않는 나이 가지고 뻐기는 놈들이 진짜 꼴불견으로 보이더라."

나이로 으스대던 수련생들을 혼내준 이야기를 너도나도 하기 시작하자, 그레인은 조용히 자리에 일어나 창가로 다가갔다. 옛 동료들의 이야기를 들으면 들을수록, 이곳에 같이 있어야 했던 그녀가 떠올랐기 때문이다.

'아딜나……'

과거를 공유하지 못하는 옛 연인의 이름이 그의 마음속에서 허망하게 메아리쳤다.

새로운 동료들을 만났다는 기쁨이 커질수록 이젠 그 혼자만의 추억이 되어버린, 아딜나와 보낸 시간들이 아쉽게만 느껴졌다.

*   *   *

다음 날.

쉐일이 부른 하이브리드들은 지하의 비밀 연구소로 들어가기 전의 마지막 시간을 보내는 중이었다.

일곱 명의 소년 소녀들의 이야기는 밤늦게까지 계속되었고, 결국 새벽녘이 되어서야 모두 곯아떨어지면서 끝났다.

뒤늦게 일어난 그들은 점심 식사에 한 입도 대지 않았다. 식사할 시간을 아껴서라도 더 이야기하고 싶은 마음도 있었지만, 다시 한번 코어를 이식받는 고통에 먹은 걸 모두 게워낼 것이 뻔했기 때문이다.

"그러면 이제 내려갈 시간이네. 다들 각오는 되었지?"

크루겐의 말에 전원 고개를 끄덕거렸다.

하루라는 짧은 시간 동안 그들은 많은 이야기를 나누었고, 목표가 같다는 걸 재차 확인했다.

마지막으로 다시 모일 곳까지 정해진 이상, 남은 것은 결의의 확인뿐.

"지금은 모두 한자리에 모이지 못했지만……."

크루겐이 먼저 주먹 쥔 오른팔을 들어 올렸다. 그러자 누가 시킨 것도 아니었음에도 시계 방향으로 한 명씩 크루겐을 따라 오른팔을 들어 올렸다.

마지막으로 크루겐의 오른편에 선 그레인이 오른팔을 들어 올렸다.

"다시 만날 때는 다들 모일 수 있겠지?"

크루겐이 싱긋 웃으면서 한 말에 몇몇이 눈시울을 붉혔다.

"지금은 울지 말자. 우리는 옛날처럼 다시 만나고, 뭉치고, 그리고……."

정작 말을 이어가는 크루겐의 목소리는 떨리고 있었지만, 그 누구도 지적하지 않았다.

"옛날과 달리 우리들의 목적을 이룰 수 있을 거야. 그때까지 반드시 살아남자."

*　　　　*　　　　*

"으아아악!"

두꺼운 석문을 넘어 퍼지는 비명 소리에 그레인은 자신도 모르게 왼손을 꽉 쥐었다.

"긴장돼?"

그레인 옆에 앉은 크루겐은 그레인의 어깨 위에 손을 살짝 얹었다.

"아무래도 저 고통은 익숙해질 수 있는 성격의 것이 아니니까."

"하필이면 네가 마지막이라니…… 뭐, 가끔씩은 운도 없어야 하잖아? 진짜 중요할 때 운이 없으면 더 큰 문제라고."

마지막으로 서로의 결의를 확인한 하이브리드들은 지하에 위치한 비밀 연구소 앞에 집결했다.

그리고 쉐일의 부름을 받아 한 명씩 상급 코어로의 교체 과정을 마치고 나왔다. 당연히 연구소 밖으로 비명 소리가 울려 퍼졌고, 이식을 마친 옛 동료들은 교관들의 부축을 받고 나와야만 했다.

그렇게 코어의 교체 과정이 거의 다 끝나가고 단둘이 남게 되자 그레인의 긴장은 더욱 커져만 갔다.

"하암… 역시 졸리네."

반면 코어를 교체받지 않는 크루겐은 그레인보다 한결 여유 있는 표정으로 하품을 반복했다. 고통의 당사자가 자신이 아니라는 점도 있었지만, 다른 이유가 더 컸다.

"괜히 밤새면서 쓸데없는 걱정한 것 같아."

만약에 있을지 모르는 배신을 막기 위해, 크루겐은 모두가 잠든 이후 어둠 속에 녹아들어 날이 밝을 때까지 옛 동료들을 감시했다. 다행히도 도중에 일어나 교관에게 보고하거나, 수상한 행동을 하는 이는 하나도 없었지만.

"그래도 한 가지 가정은 들어맞은 거 같아."

"무엇인데?"

"여태까지 교단에 하이브리드로 남아 있는 동료들이라면, 배신할 가능성이 적다는 거."

"아, 나도 그렇게 생각하긴 했어."

이미 하이브리드가 된 이후 시점으로 회귀했다면 모를까, 전생과 달리 현생에서 하이브리드가 되는 건 어디까지나 선택이다.

하이브리드가 된다면 강력한 힘을 얻을 수 있지만, 단독으로 교단에 맞서기엔 불가능하기에 다른 동료들을 만날 때까진 어쩔 수 없이 교단에 머물러야 한다. 더욱이 단순히 힘을 얻기 위해서 하이브리드가 되는 건 너무나 위험 부담이 클 수밖에 없다.

"그냥 회귀로 인한 이득만 챙기려면 하이브리드가 되지 않는 쪽이 훨씬 더 합리적이지."

"콜런과 니카 부부처럼?"

"응, 물론 너무 이득을 챙기다간 다른 동료들의 눈에 띌 수도 있지만, 그건 그런 선택을 한 본인이 알아서 잘 처신할 문제이지. 뭐, 더 깊게 파고들면 리카르도 같은 예외도 있지만…

아무튼 내 생각은 그래."

크루겐은 어제, 그리고 이제까지 만난 동료들의 수를 하나씩 세었다.

"우리들까지 포함해서 교단에 맞설 의지가 있는 녀석들의 수가 12명 정도네. 대장이 따로 모았을지도 모르는 동료들 수까지 감안하면 대충 절반 정도는 되려나?"

"많다고 하기엔 애매하고, 그렇다고 적다고 보기에도 묘하군."

"그리고 100명 중 회귀할 수 없었던 70명의 행방도 감안해야 해. 전생 때처럼 살아서 탈주하길 바라야겠지. 아무튼, 다섯 명이라도 더 만난 게 다행이야. 쉐일의 의도를 알려줄 수 있었으니까."

하이브리드의 처우를 개선해 주겠다는 쉐일의 의도 자체는 좋게 받아들일 수 있다.

하지만 그건 어디까지나 교단을 배신하지 않는 하이브리드에 한해서고, 시련을 받지 않는 이레귤러는 제외될 것이 뻔한 상황.

어차피 전생에 비해 결사대원이었던 이들이 받는 대우는 크게 달라질 게 없었다.

"아무튼 우리들은⋯⋯."

끼이익.

두꺼운 석문이 열리면서 코어의 교체를 마친 33호, 켈텍스가 교관의 부축을 받으며 힘겹게 걸어 나왔다.

전신이 땀투성이에 입 주변은 흘러내린 피로 범벅이 되었지만, 켈렉스는 마지막으로 기다리고 있던 그레인을 향해 성공했다는 미소를 보여주는 걸 잊지 않았다.

그렇게 모두 다시 겪지 않으리라 여겼던 고통을 견뎌내고 상급 코어로의 이식을 성공했고, 마지막으로 그레인의 차례가 왔다.

"그러면… 다녀올게."

자리에서 일어선 그레인은 꽉 움켜쥐고 있던 왼손을 펼쳤다. 흥건하게 맺힌 땀이 아래로 뚝뚝 떨어지자 애써 잊었던 긴장이 왼팔이 부들부들 떨렸다.

'이거 참, 웃긴 상황이로군.'

빙룡의 비늘을 이식받기 전에는 이렇게 긴장하지 않았다.

하지만 더 좋은 코어로의 교체 자체는 처음이었기에, 앞서 간 동료들이 모두 성공했음에도 쉽사리 긴장을 떨쳐내기 힘들었다.

"반드시 살아서 돌아와야 해. 알겠지?"

크루겐은 그레인의 등을 가볍게 툭툭 쳐주면서 실험실 안으로 들어가는 그의 뒷모습을 끝까지 지켜봤다.

끼이익.

석문이 닫히면서 다시 어두컴컴해진 실험실 안에는 오직 하나의 촛불만이 시야를 밝혔다.

촛불 옆 의자에 앉아 있던 쉐일은 말없이 오른손을 내밀며 촛불 앞쪽에 설치된 석판을 가리켰다.

전생에 한 번. 그리고 현생에 또 한 번.

그 이후 다시는 겪지 않으리라 믿었던 고통의 순간을 앞에 두고 그레인은 마른침을 꿀꺽 삼켰다.

석판에 등을 대고 눕자 앞서 들어갔던 동료들이 흘렸던 땀과 침, 그리고 피가 마구 뒤섞여 기분 나쁜 끈적거림이 느껴졌다.

"마지막으로 선택의 기회를 주겠다. 만약 지금이라도 원치 않는다면, 포기해도 좋다."

"아닙니다."

조금의 망설임도 없이 대답하는 그레인을 쉐일은 묘한 표정으로 내려다봤다.

"이번에 온 녀석들은 한결같이 똑같은 결정을 내리더군."

"그랬습니까?"

"덧붙여서 결정을 내리는 데에 망설이는 모습을 조금도 보이지 않았어. 다들 긴장은 했지만 말이야. 나중에 도착할 하이브리드도 똑같았으면 좋겠군."

쉐일은 촛불 뒤에 놔두었던 무언가를 집어 들더니 겉을 싸고 있던, 신성 문자가 빽빽이 적혀 있는 종이를 벗겨냈다.

차가운 냉기가 사방으로 퍼져 나가며 방 안에 뿌연 안개가 자리 잡았다. 촛불이 밝히는 좁은 시야 밖에 있어서 제대로 알아볼 수 없었지만, 그레인은 자신보다 더 많은 냉기를 머금고 있는 저 물체가 무엇인지 직감했다.

'저것이… 빙룡의 어금니인가.'

용의 코어 중, 심장 다음으로 잠재력을 지닌 코어.

하지만 용의 심장은 전생에도, 그리고 현생에도 이식에 성공한 사례가 없다고 알려졌기에 실질적으로 용의 어금니가 가장 강한 코어였다.

"미리 말해두지만 한 번 이식에 성공한 육체에 상위 코어로 이식 자체에 실패한 경우는 '아직까진' 없다."

"그것참 다행이로군요."

"하지만 예외는 어디에나 있게 마련이다. 다시 한번 물어보겠다. 지금이라도……."

"빨리 시작해 주십시오."

앞서 이식을 시도했던 여섯 명의 경우 마지막이라고 물어본 뒤 또 한 번 물어봤을 때 조금이라도 망설였지만, 그레인은 이번에도 재빠르게 대답했다.

"좋다. 그러면 시작한다."

쉐일이 오른손을 아래로 뻗자, 그레인의 왼팔 아래에서 마법진이 빛을 발하며 천천히 위로 떠올랐다.

"으윽……."

빙룡의 비늘이 투명해지자 그레인의 입에서 신음이 흘러나왔다.

온몸의 기운이 마법진을 향해 빨려 들어가는 느낌은 결코 유쾌하지 않았다.

어느새 그레인의 전신은 땀으로 흥건하게 젖었고, 코에서 흘러내린 피가 인중을 타고 입 주변을 축축하게 적셨다.

하지만 진정한 고통은 아직 그를 찾아오지도 않았다. 원래 있던 코어인 빙룡의 비늘에 머무르는 냉기를 억누르면서, 그 자리에 빙룡의 어금니를 이식하는 과정의 준비에 불과했다.

"크윽!"

갑자기 그의 왼팔을 덮친 차가운 기운에 그레인의 입에서 격한 신음이 터져 나왔다.

순간 비명을 지르고 싶은 충동에 휩싸였지만, 그레인은 이를 악물면서 버텨냈다. 빙룡의 비늘을 이식할 때와는 비교조차 불가능한, 전신을 휘감은 차가운 고통에 등이 활처럼 휘어졌다.

전신에 흘러나왔던 땀이 빠르게 식더니 서릿발로 변해 전신을 뒤덮었고, 고통 때문에 흘러나온 눈물마저도 서릿발로 변했다.

"굳이 비명을 참을 필요는 없다."

아무런 감정도 느껴지지 않는 쉐일의 말에 그레인은 고개를 가로저었다.

"아닙… 니다."

힘겹게 대답한 그레인은 다시 이를 악물고 뼛속까지 스며드는 냉기를 버티기 위해 안간힘을 썼다.

'빙룡의 비늘 때보다… 더 심하군. 화룡의 어금니 때와 비교해 보면… 잘 모르겠어.'

전신이 불타오르는 고통이나, 차가움 속에서 서서히 몸이 굳어가는 고통 중 어느 것이 더 괴로운지 판별하는 것 자체가 무의미했다.

"그래, 버텨라. 네가 받은 고통만큼 너는 강해질 거다."

쉐일의 말대로 그는 강해지기 위한 '시련'을 온몸으로 받아내고 있었다.

살을 에는 냉기는 더욱 강렬하게 그레인을 괴롭혔고, 시야가 뿌옇게 변하면서 그의 의식이 희미해졌다.

'버텨야 해. 이딴 고통에 죽을 수는… 없어!'

그레인은 두 눈을 질끈 감으며 의지를 굳건히 다졌다.

　　　　*　　　　*　　　　*

"성공입니다."

성공이라는 말에 그레인은 두 눈을 번쩍 떴다.

"11번째에서 드디어 성공했군. 새로운 비약의 효과는 이로써 확실하게 증명되었다. 모두들 고생이 많았다."

아까 들린 목소리보다 좀 더 굵직한 음성에 그레인은 몸을 꿈틀거렸다.

'이곳은 어디지?'

의식을 잃기 전까지 있었던 어두운 지하 실험실이 아닌, 건물 양쪽에 설치된 유리창을 통해 빛이 들어오는 공간이었다.

그리고 쉐일과 그레인, 단둘이 있던 상황과 달리 로브와 후드로 전신을 감춘 다섯 명이 그레인이 누워 있는 석판 앞에서 이야기를 나누는 중이었다.

그레인은 고개만이라도 들어 올리려고 힘을 주었지만, 자신의 의지대로 몸을 움직일 수 없었다. 그저 석판에 드러누운 채로 그들의 이야기를 듣고 있어야만 했다.

'설마 이건……'

이식을 받기 전과 완전히 상황이 달라졌지만 아주 낯설지만은 않았다.

무엇보다 그의 전신에서 느껴지는 감각은 냉기와는 정반대되는 뜨거움이었다.

현생에서는 있을 수 없는 일.

하지만 전생에는 있을 법했던, 아니… 있었던 일이다.

'꿈인가.'

아지랑이처럼 울렁거리는 시야 속에서 그레인이 보고 있는 건 현재가 아닌, 회귀 전의 기억이었다.

'그렇다면 아마도 다음에 할 말은……'

"이로써 용의 어금니가 이식 가능 하다는 사례가 나왔습니다."

'그래, 이거였지. 이제야 기억났어.'

전신이 불타오르는 듯한 고통을 버틴 후, 거의 의식이 없는 상태에서 '전생'에 들었던 대화들이 하나둘씩 머릿속에서 되살아났다.

그러나 꿈이란 것은 제멋대로다. 꿈이라는 걸 인지하면서도 자기 마음대로 깨어날 수 없고, 더 꾸고 싶은 욕구에 상관없이 현실로 되돌려 보낸다.

'새로운 비약, 용의 어금니, 새로운 비약, 용의 어금니……'

무엇보다 꿈에서 보고 들은 기억은 빠르게 사라진다.

그렇기에 그레인은 혹시라도 잊어버릴까 봐, 우선 기억해 둬야 하는 것들을 마음속으로 반복해 읊었다.

"하지만 이건 시작에 불과하다. 더 나아가서 용의 코어 중 궁극의 코어, 용의 심장을 이식하는 일에 성공해야 해."

"그건 이미 중단된 계획 아니었습니까? 그레인보다 더 뛰어난 자질을 지닌 인간이 벌써 10명이나 죽어나갔습니다. 차라리 다른 용의 어금니들을 이식하는 편이……"

"선례가 아주 없는 건 아니다."

"그러나 그 문서에 적힌 내용들은 황당한 부분이 너무 많습니다."

"용의 어금니의 이식도 성공하기 전에는 그렇게 인식되었지. 어차피 비약의 대량 생산에 성공하면 이식에 적합한 자들을 더 찾는 건 시간문제다."

그레인의 의사와 상관없이 일방적인 기억의 재생이 진행되면서 사내들의 이야기는 이어졌다.

"그러면 한 명만 남고 모두 휴식을 취하도록. 예하께는 내가 직접 보고하겠다."

사내들을 지휘하는 이로 보이는 남자가 나머지 인원을 이끌고 밖으로 나갔고, 한 명만이 남아서 그레인을 우두커니 내려다봤다.

"휴우."

홀로 남은 사내의 입에서 한숨이 길게 새어 나왔다. 후드에 가려진 얼굴은 여전히 보이지 않았지만, 목소리만은 익숙했다.

"이스트라가 살아 있었다면, 이 연구를 더 발전시킬 수 있었을 텐데."

'이 목소리는… 쉐일?'

"더 이상 의미 없이 희생당하는 목숨도 없을 테고, 더 나아가……."

*　　　*　　　*

"……."

그레인은 꿈속이 아닌 현실에서 두 눈을 떴다.

다시 원래대로 돌아간 어두컴컴한 방 안.

후드로 얼굴을 가리지 않고, 촛불 아래 얼굴을 훤하게 드러내고 있는 쉐일.

석판에 누운 채로 고개를 옆으로 돌린 그레인의 시야 끄트머리에 전에 없었던 무언가가 들어왔다.

팔꿈치를 뚫고 나온, 왼팔 안에 이식된 빙룡의 어금니.

더 이상 냉기의 고통은 느껴지지 않았다. 전신을 뒤덮었던 서릿발도 언제 있었냐는 듯 녹아서 완전히 사라졌다. 대신 그가 누워 있는 석판을 중심으로 방바닥에 서릿발이 우수수 돋아나 있었다.

"일어날 수 있겠나?"

쉐일은 흡족하다는 의미의 미소를 지으며 오른손을 내밀었지만, 그레인은 그의 도움 없이 스스로의 힘으로 천천히 상체를 일으켰다.

"성공… 입니까?"

"네가 더 잘 알 거다."

그레인은 쉐일이 바라보는 방향을 따라 시선을 옮겼다. 아까 확인했던 빙룡의 어금니를 다시 보고도 믿기지 않는 듯, 오른손을 조심스럽게 어금니 끝부분에 가져갔다.

'있어. 빙룡의 어금니가… 정말로.'

그레인은 과거 화룡의 어금니를 이식받았을 때에는 느끼지 못했던 뿌듯함에 가슴이 두근거렸다.

그때엔 하이브리드가 어떤 것인지 제대로 알지 못했고, 용의 어금니가 얼마나 대단한 코어인지 몰랐기에 그럴 수밖에 없었다. 게다가 이식받는 내내 전신을 지배했던 고통에서 해방되었다는 거 자체만으로도 안도했기에, 당시에는 이런 기분을 느낄 겨를이 전혀 없었다.

"아, 혹시 며칠이나 지났습니까?"

여전히 어두컴컴한 방 안을 밝히는 건 촛불 하나뿐이라 시간이 얼마나 흘렀는지 짐작할 수 없었다.

"하루도 안 지났다. 아니, 몇 시간 걸리지도 않았군."

'아, 그렇겠군.'

그레인은 전생에 화룡의 어금니를 이식받았을 당시를 떠올렸다.

고통스럽기는 매한가지였지만, 현생 기준으로 몇 년 전에 빙룡의 비늘을 이식받았을 때와 달리 지금처럼 오랜 시간이 소모되진 않았다.

"그때와는 다르군요."

"육체의 성장 정도에 따라 이식 후의 후유증에서 벗어나는 시간이 결정되기 때문이다. 그래도 후유증 자체는 아직도 남아 있는 것 같군. 냉기의 제어도 흐트러진 느낌이고."

쉐일은 그레인에게서 뿜어져 나오는 냉기로부터 한걸음 뒤로 물러섰다.

그의 말대로 그레인은 제멋대로 흘러나오는 냉기를 예전, 빙룡의 비늘을 이식받은 직후처럼 제어하기 힘들었다.

"이런, 아무래도 혼자 일어서긴 무리로 보이는군."

쉐일이 아까와는 반대로 한걸음 앞으로 다가가더니, 다시 한번 오른손을 내밀었다.

그러나 그레인은 부들부들 떠는 손을 내밀며 이번에도 거부했다.

"혼자 설 수… 있습니다."

일어서기 위해 두 손을 석판에 대자 손 주변의 석판이 얼어붙기 시작했다.

그레인은 결국 누구의 도움도 없이 스스로 일어섰지만, 계속해서 몸 밖으로 흘러나오는 냉기를 도로 거두기엔 무리였다. 서릿발이 아닌 얇은 얼음으로 석판이 뒤덮였고, 바닥을 따라 방 전체를 얼리기 시작했다.

"죄송합니다. 힘을 제어하기가 힘들군요."

"잠깐만, 냉기를 억지로 거두려고 하지 말고 그대로 유지해

봐라."

"네?"

쉐일은 난감해하는 그레인을 기대감을 품은 눈빛으로 바라봤다.

"평상시에 냉기를 사용할 때처럼 제어하라는 의미가 아니다. 주변 환경과 자신을 하나의 냉기로 묶는다는 이미지로 구현해 봐라."

"주변과 나를 하나로……."

"내가 생각해도 애매한 설명이지만, 그 이상으로 자세히 설명하기 난감하군. 어떤 의미인지 알겠나?"

"그렇게 말씀하셔도……."

그레인은 잘 모르겠다는 반응을 보였지만, 우선 시키는 대로 냉기를 조율하기 시작했다.

석판을 뒤덮은 균등한 높이의 얼음에 균열에 가기 시작하더니 울퉁불퉁 솟아올랐다. 이전보다 확실히 거친 이미지의 냉기가 그레인에게서 흘러나왔지만 쉐일이 원하던 결과에는 아직 미치지 못했다.

"흐음, 뭐라고 추가 설명을 해야 할까? 아, 그렇다면… 냉기의 힘을 반드시 써야 하는 경우를 상정해 보도록. 예를 들면, 냉기의 힘으로 누군가를 보호해야 하는 상황처럼 말이다."

보호라는 단어를 듣는 순간 그레인의 뇌리를 스치고 지나가는 이름이 하나 있었다.

아딜나.

그때 자신이 소유한 힘이 화염이 아닌 냉기였다면, 자신은 물론이고 그녀까지 보호할 수 있었을 것이다. 그리고 회귀 이후 혼자만의 일방적인 기억을 가지고 그녀 앞에서 망설이지도 않았을 것이다.

죄책감과 후회.

냉기를 다루느라 무의식적으로 억제해 왔던 감정이 가슴속 깊은 곳에서 서서히 피어오르기 시작했다.

"그래, 그런 식이다. 이건 오히려 냉철하게 제어하지 않아야 발휘되는 기술이다."

휘이잉.

갑자기 격렬하게 휘몰아치는 냉기에 촛불이 꺼지면서 방 안이 어둠에 휩싸였다.

곧바로 쉐일은 옆에 놔뒀던 횃불에 불을 붙여 다시 방 안을 밝혔고, 그가 원했던 광경을 맘껏 만끽했다.

"그래, 그거다."

얼음보다 자유로운 냉기의 표현 방식.

"눈보라……."

그레인은 섬세한 제어 없이 구현된, 방 안에서 휘몰아치는 눈보라를 멍하니 바라봤다.

물론 이전에도 마음만 먹었다면 눈보라의 구현은 그렇게까지 어렵지 않았지만, 마나의 소모나 제어 면에 있어서 비효율

적이라 여겨 구현한 적은 없었다.

하지만 눈보라는 단지 시작에 불과했다. 넓은 방 안을 눈과 냉기가 휘몰아치는 지역으로 바꾸는 것을 넘어서서, 그의 냉기를 더 강하게 만드는 공간으로 탈바꿈시켰다.

"이제는 알겠나?"

쉐일은 그레인의 눈썹이 꿈틀거리는 걸 놓치지 않고 입술 끝을 살짝 올렸다.

"지금 너는 냉기에 특화된 지역을 형성한 거다. 같은 냉기라도 지금 이 방 안에서는 더 강하게 휘몰아칠 거다. 반대로 화염의 힘은 약화되지."

"이건 도대체……."

"빙룡의 어금니로 구현할 수 있는 잠재 기술, 툰드라(Tundra)다. 물론 완벽하게 다루려면 시간이 더 필요할 거 같지만, 이식하자마자 잠재 기술을 구현할 줄은 몰랐다."

쉐일은 코어에 대해 자세하게 기록된 문서 내용을 머릿속에 떠올리면서 활짝 미소 지었다.

자신의 연구 결과가 맞았다는 성취감과 함께, '노예'가 더욱 강해졌다는 쾌감 때문이었다.

"그런데 용의 어금니가 이식되었던 전례가 있습니까?"

그레인은 꿈속에서 봤던 기억을 떠올리며 쉐일에게 넌지시 물어봤다.

"화룡의 어금니에 한해서는 있었지."

"그렇다면 아직 이식된 적도 없는 코어의 잠재 기술을 벌써 알아낸 것입니까?"

"그거에 대해서는 밝힐 수 없다."

쉐일의 단호한 대답에 그레인은 더 물어볼 수 없었다.

대신 코어에 대한 연구 자체가 전생보다 더 진척되었음은 파악할 수 있었다.

"사실 네가 벤트 섬에서 수석을 차지했을 때의 이야기를 듣고서, 너라면 가능할지도 모른다고 추측했다. 화염의 힘을 구사할 때처럼 냉기를 구현했다고 했지?"

"맞습니다."

"툰드라는 냉기의 세세한 제어에 구애받지 않고, 일대를 냉기에 특화된 지역으로 구현한다는 목적 자체에 충실해야 쓸 수 있는 잠재 기술이다."

쉐일은 그레인이 만들어낸 차가운 냉기 속에서도 움츠리지 않고 말을 이어나갔다.

"우리들과 동행했던 베스티나의 입장에서는 오히려 구현하기 힘든 능력이지. 그 아이는 진짜 냉철하게 냉기를 다루니까. 요즘은 딱히 그렇게 보이지도 않지만."

쉐일은 그레인의 어깨 위에 오른손을 얹었다.

"그레인, 잘 들어라. 툰드라가 가장 강한 힘을 발휘할 때는 상극인 힘을 소유한 자와 맞설 경우다."

"……"

"교단의 배신자 중에서 너와 상극의 코어를 지닌 하이브리드가 있다. 기억해 둬라. 네가 새롭게 얻은 힘은 그 배신자를 처리할 때 가장 효율적이라는 것을."

쉐일의 오른손에 힘이 들어가면서 그레인의 어깨를 강하게 움켜쥐었다.

그러자 방 안에서 휘몰아치던 눈보라가 급속도로 가라앉으면서 잠재 기술 툰드라가 풀려 방 안은 원래대로 돌아갔다.

순간 그레인은 눈썹을 살짝 찌푸렸지만, 잠깐 느꼈던 고통은 더 이상 느껴지지 않았다.

"고생했다. 그러면… 나는 오늘 있었던 결과를 정리해야 하니, 먼저 나가봐라."

"알겠습니다."

"마나의 소모가 상당할 텐데, 여전히 부축은 필요 없나?"

"크루겐에게 신세를 지겠습니다."

"그래, 알았다."

그레인은 비틀거리면서 홀로 문을 향해 걸어갔다. 그런 그레인의 뒷모습을 쉐일은 흡족한 표정을 지으며 응시했다.

'서로 상극인 힘, 같은 등급의 코어, 그리고 이식받자마자 잠재 기술을 구현하는 센스까지…… 내가 원하던 복수를 대신해줄지도 모르겠군.'

쉐일은 멀게만 느껴졌던, 친구를 위한 복수가 성큼 다가온 것을 느끼며 법의 안에 가려져 있던 또 하나의 '무언가'를 꺼냈다.

'그리고 또 하나의 실험도 성공했어.'

빙룡의 어금니를 감쌌던 것과 똑같은 형태의 종이를 벗기자, 어두운 기운이 쉐일의 손가락 사이를 지나 아래로 흘러내렸다.

*　　　*　　　*

"그레인!"

문 앞을 왔다 갔다 하며 노심초사하던 크루겐이 그레인을 보자마자 그의 이름을 외쳤다.

"오래 기다리게 해서… 미안하다."

긴장이 풀린 그레인은 쓰러지기 직전, 크루겐의 부축을 받고 나서야 길게 한숨을 내쉬었다.

"아프면 아프다고 비명이라도 좀 질러라! 난 아무런 소리도 안 나길래 네가 죽은 줄만 알았잖아!"

"죽을 정도까진 아니었어."

"아무튼 넌 정말로 독한… 으악, 차가워!"

피부 깊숙이 파고드는 냉기에 크루겐은 화들짝 놀라며 그레인에게서 떨어졌다. 크루겐이 양손을 펼치자, 일순간에 손바닥을 뒤덮은 서릿발이 손가락 끝부터 녹아 서서히 사라졌다.

크루겐은 천천히 오른손을 내밀어 검지로 그레인의 왼팔을 쿡쿡 찔러본 뒤, 괜찮다는 걸 확인한 후에야 다시 그를 부축했다.

"미안, 지금 냉기의 제어가 맘대로 되지 않아."

"빙룡의 어금니가 제대로 이식된 건 맞고?"

그레인은 대답 대신 법의에 가려진 자신의 왼팔을 드러내 보였다. 팔꿈치 아래를 뒤덮고 있던 빙룡의 비늘이 사라지고, 팔꿈치 위로 튀어나온 어금니 끝부분이 크루겐의 시야 중앙에 선명하게 자리 잡았다.

"내가 이런 말 하는 건 진짜 우습겠지만, 이렇게 강력한 힘을 예전에는 어떻게 제어했는지 실감이 안 나."

그레인은 주변을 둘러본 뒤, 다음에는 석문이 닫힌 걸 확인하고 목소리를 낮춰 이야기했다.

"그런데 그 힘은 지금처럼 섬세한 제어가 필요한 것도 아니었잖아?"

"그렇긴 했지."

"뭐, 딱 봐도 비늘일 때보다 강해 보여. 그동안 교단에 머무르면서 고생한 대가를 받은 감상은 어때?"

"원래 가졌어야 하는 힘을 이제야 돌려받은 기분이라, 딱히……."

막상 빙룡의 어금니를 이식받은 그레인보다 크루겐 쪽이 더 기뻐하는 얼굴이었다.

'그것보단 아까 쉐일이 나의 냉기를 일순간에 제압한 방법은 무엇이었을까? 분명히 법의 안쪽에 뭔가 감추고 있던 느낌이 들었는데…….'

전생에도, 그리고 현생에도 단 한 번도 접한 적이 없었던 이질적인 기운. 아니, 기운이라기보다 고통에 가까웠지만 워낙 짧은 시간 동안 느꼈던 거라 무엇인지 제대로 알 수 없었다.

그레인은 쉐일의 몸에서 흘러나온 그 기운의 정체가 궁금했지만, 일부러 모른 척하며 방 밖으로 나갔다.

"크루겐, 너도 느꼈는지 모르겠지만……."

"우선 여길 나간 뒤에 이야기하자. 저쪽에서 누가 오고 있어."

크루겐은 출구 쪽을 흘낏 바라보며 그레인의 말을 도중에 끊었다.

붉은 머리카락의 청년과 노인으로 보이는 사제가 실험실을 향해 나란히 걸어오고 있었다.

*　　　*　　　*

"와, 장난 아니네?"

청년은 출구 쪽으로 걸어가는 그레인의 뒷모습을 보며 혀를 내둘렀다.

단지 옆을 스쳐 지나가기만 했음에도 그레인의 몸에서 흘러나온 냉기로 인해 청년의 법의 위에 서릿발이 돋아났다.

"저 녀석, 한 실력 하나 본데요?"

청년은 멀어져 가는 그레인의 뒷모습을 바라보며 미소 지었다.

그가 오른손을 살짝 움켜쥐자 오른팔 안쪽에서 발산된 열기에 서릿발이 천천히 녹아 사라졌다.

"남에게 신경 쓸 여유가 있으면 스스로에게나 신경 써라. 내가 화룡의 눈을 미리 챙겨놔서 망정이지, 하마터면 더 높은 코어로 이식할 기회를 날릴 뻔하지 않았느냐."

"그랬다면 나중에 더 좋은 기회가 오겠죠, 뭐."

60대 남성으로 보이는 사제가 퉁명스럽게 대꾸했지만, 청년은 익숙하다는 듯 아무렇지 않게 받아넘겼다.

"아무튼 너에겐 행운이 계속 따르는 것 같다. 어떤 코어로 교체받아야 하나 고심하던 차에 화룡의 눈동자를 회수했으니 말이다. 화룡의 눈을 이식받은 놈이 죽은 걸 오히려 다행으로 여겨라."

"넵, 누군지 모르겠지만 감사드리지요."

"나이트로, 네 녀석은 수련소 동기도 기억 못 하냐? 테일러란 놈이었다."

"어? 그 자식이었어요?"

나이트로라 불린 청년은 인상을 찌푸리며 아랫입술을 툭 내밀었다.

"진짜 재수 없는 놈이었지요. 운 좋게 화룡의 눈을 이식받은 걸 가지고 엄청 삐겼거든요. 그래도 수료 전에 보란 듯이 꺾어줬죠. 문제는 지고 나서도 자기가 약한 걸 인정 안 하는, 그런 족속이었죠."

"너보다 더 재수 없는 놈이라니, 세상 오래 살고 볼 일이로군."

"다 롤랜드 사제님 아래에 있어서가 아니겠습니까?"

나이트로와 롤랜드는 서로에게 투덜대면서 말을 이어나갔다.

"그런데 넌 수석으로 수료는 아니었잖느냐?"

"그 기세를 몰아 수석까지 노려봤는데 아쉽게도 무리였고요. 그래도 화룡의 비늘로 그 정도까지 올라간 것도 대단하지 않나요?"

"방금 지나간 녀석도 용의 비늘을 이식받았지만 수석으로 수료했다."

"헤에… 정말 실력 있는 놈인가 보군요."

"하지만 결국 성지로 가진 못했지. 강하다고 다 위로 올라가는 법은 아니다."

"에이, 그러면 안 되죠. 실력 있는 자를 귀하게 쳐주지 않는 집단은 오래 못 갈걸요."

"그런 말은 함부로 하지 마라! 다른 성직자들이 들었다간 그냥 넘어가지 않을 거다."

롤랜드는 혹시나 하는 생각에 주변을 둘러봤지만, 그레인과 크루겐은 이미 출구 밖으로 나간 후였다.

"그래도 네가 요즘 성질 죽이고 잠잠해진 거 같아 한숨 놓인다."

"처음에는 날 노예로만 여기던 성직자들 때문에, 그냥 앞뒤 생각하지 않고 확 뒤집어 버려? 라고 생각했던 적도 있었죠.

하지만 영감님을 만나고 나니 교단도 그리 꽉 막힌 집단은 아닌 것 같더군요. 실제로 실력에 맞게 대접도 해주고."

"그래서 교단에 뼈를 묻을 생각이냐?"

"에이, 아직 그 정도까진 아니고요. 좀 더 두고 봐야죠. 영감님이 신세지고 있는 모르그덴 추기경 쪽을 택할지, 아니면 예하 쪽 파벌을 택할지도 신중하게 생각해 봐야 하고요."

영감이라는 표현에 이어 나이트로가 파벌의 선택을 언급하자, 그를 쳐다보던 롤랜드 사제의 표정이 미묘하게 변했다.

"이놈아, 평소에는 나보고 은인이라고 말하면서 그런 태도는 또 뭐냐?"

"그건 그거고, 이건 이거죠."

이야기를 계속 이어나가는 나이트로의 시선은 여전히 그레인이 있던 출구 쪽을 향하고 있었다.

"그런데 어금니 쪽이 눈보다 더 좋은 코어죠?"

"그렇다."

"아, 부럽네. 화룡의 눈을 이식받아도 저 녀석을 이기려면 노력에 노력을 더해야 한단 말이잖아요."

"그건 네가 어떻게 하나에 달렸다."

나이트로는 팔소매를 걷어 올리더니 오른팔에 이식되어 있는 화룡의 비늘을 어루만졌다.

"이제 이것과도 작별이네."

"아쉽냐?"

"그동안 나름 정이 들었으니까요. 그래도 더 강해지려면 어쩔 수 없겠죠?"

*　　　　*　　　　*

지상으로 올라온 그레인과 크루겐은 여관 2층으로 돌아갔다.

쉐일이 돌아오기를 기다리며 나란히 창밖을 응시하는 둘의 표정은 이전과는 달랐다.

앞서 이식을 마친 옛 동료들은 모두 자신들을 이끌고 온 사제들을 따라 출발한 지 오래였고 마을은 평상시처럼 아무 일도 없었다는 듯 고요했지만, 그 둘이 입을 다물고 있는 이유는 다른 일 때문이었다.

"아무래도 아까 그 녀석, 18호가 분명하지?"

크루겐의 물음에 그레인은 고개를 끄덕거렸다.

"내가 봐도 18호가 분명했어. 이름이 나이트로였지?"

"옛 동료를 다섯 명이나 만나서 즐거웠는데, 그 녀석 하나 때문에 기분이 완전히 엉망이야. 젠장……."

회귀에 성공한 30명 중의 한 명이 아니면서도, 결사대 안에서 무언가 인상 깊은 활약을 펼친 게 아님에도 기억할 수밖에 없었던 이유로 인해 둘의 표정이 확 일그러졌다.

"전생에는 대장이 직접 처리했지?"

"아마도."

교단의 야망을 저지하기 위해, 억압에서 벗어나기 위해 뭉친 100명의 결사대.

그러나 모두가 마지막까지 같은 방향으로 달려가진 않았다.

교단의 회유나 여러 가지 이유로 결사대를 이탈해 교단으로 복귀한 배신자들이 있었고, 그중 한 명이 바로 결사대의 18번째 대원이었던 나이트로였다.

"그냥 그 자리에서 죽여 버렸어야 했는데……."

크루겐은 팬텀 대거를 저글링하면서 아쉬워했고, 그레인은 등에 찬 트윈 엣지의 검 자루를 강하게 움켜쥐었다.

다른 배신자 중에서도 나이트로를 용서하기 힘든 이유는, 그가 극히 개인적인 감정 때문에 결사대를 떠났기 때문이다.

그것은 바로 적이자 교관이었던 멜린다에 대한 나이트로의 일방적인 구애.

나이트로는 교단의 노예로 살아가더라도 멜린다와 같은 편에 서겠다며 돌아섰고, 그 이후 결사대를 가로막는 적으로 나타났다.

인간은 각자 가장 중요하게 여기는 것이 다른 법이다.

그렇다고 자신이 소중히 여기는 것에 대해 모두에게 존중받을 수는 없기도 하다.

"다시 생각해 보니 그때 멜린다 교관도 우리들 앞을 엄청 가로막았지. 안 그래?"

"전생에는 그랬지."

막상 멜린다는 나이트로의 구애를 받아주지 않았지만, 그가 죽은 이후에는 그 누구보다도 결사대에 대한 증오를 불태웠다.

"둘의 입장에서는 비극적인 로맨스였을지 몰라도, 우리들 입장에선 골치 아팠어. 지금 돌이켜 보니 정말로 열받네. 제길……."

흥분을 참지 못한 크루겐의 입에서 계속 욕설이 흘러나왔다.

반면 그레인은 지금 나이트로를 처리해야 말아야 하냐를 고심하며 여러 경우를 머릿속에 떠올렸다.

"어, 잠깐! 저 녀석은 회귀하기 한참 전에 죽었으니, 자신이 시련을 받지 않는 육체라는 걸 알고 있을 리 없잖아?"

"그렇긴 하지만 전생에도 교단을 탈주해서 결사대에 있긴 했었다."

"아니, 아니, 그런 문제가 아니라… 생각 좀 정리하고 말할게."

크루겐은 오른손으로 턱을 매만지면서 왼손으로 팬텀 대거를 계속 저글링했다.

"아, 그거야. 대부분의 결사대원은 시련을 받지 않는 육체라는 게 발각되어서 도망친 하이브리드들이었거든. 그건 너도 마찬가지지?"

"나는 경우가 미묘하게 다르긴 하지만."

"아무튼 요점은 이거야. 우리들처럼 시련에 대해 미리 알고 있지 않는 한, 아직까지도 도망치지 않고 버젓이 교단에 몸을 담고 있다는 것 자체가 말이 안 돼."

"우리들이나 다른 이들의 회귀로 인해 운명이 바뀌었을 가능성은?"

"그렇다고 해도 체질 자체가 바뀌었을 리는 없어. 그냥 진짜 운 좋게 아직까지도 안 들켰다고 보기엔 무리겠지?"

"모든 일에는 예외라는 게 존재한다는 걸 염두에 둬야 해. 무엇보다 우리들 자체가 하이브리드 중에서도 예외라는 걸 잊지 말자."

그레인의 지적에 크루겐은 더 이상 의견을 피력하지 못했다.

다수가 회귀하면서 만들어낸, 다른 누군가가 만든 변수로 전생과 달라진 일이라면 둘의 손을 떠난 거나 마찬가지다.

대신 '배신자였던' 나이트로를 그냥 떠나보내기엔 미련이 남아 있었다.

"테일러 때처럼 화근을 미리 제거해 버릴까?"

"지금은 보는 눈이 많으니 곤란해. 게다가 다른 사람들의 눈을 속이면서 처치한다 해도, 그렇게 눈을 속일 수 있는 능력을 지닌 네가 가장 먼저 의심받을 거다."

"쩝, 아쉽네. 나중을 기약해야겠지."

"그리고 전생과 지금의 나이트로는 달라. 동료가 되지도 않았고, 당연히 배신도 하지 않았어. 네 말대로라면 나는 멜린다를 현생에서 만나자마자 죽였어야 한다."

그레인은 전생과 마찬가지로 그의 앞을 가로막는 이들만을 처리하기로 마음먹었다.

테일러의 경우는 현생에서도 적으로 나타났기에 거리낌 없이 전생처럼 처리할 수 있었다.

반대로 던컨이나 이스트라, 그리고 발렌의 경우처럼 전생에는 적이었을지도 모르지만 현생에선 좋은 인연으로 만난 이들을 전생 기준으로 판단하진 않았다.

그렇다고 훗날 그레인이 교단을 적으로 돌렸을 때에도 그들이 같은 편에 서줄지에 대해서는 의문을 품었지만.

*　　　*　　　*

카르디어스 신성력 1398년 4월 8일.

빙룡의 어금니를 무사히 이식받은 그레인은 쉐일을 따라 이단 심문관 제임스가 있는 성당으로 복귀했다.

"흐음? 분위기 왜 이래? 어수선한데."

크루겐의 말대로 그레인의 눈에 비친 성당 주변의 공기는 뭔가 심상치 않았다.

성당 기사단원들은 수시로 주위를 두리번거리며 경계를 늦추지 않았고, 펠릭스와 눈이 마주친 이들의 시선에는 두려움이라는 감정이 명백하게 느껴졌다.

"교단의 포상은 잘 받았나?"

펠릭스가 그레인과 크루겐 쪽으로 천천히 다가가자, 성당 기사단원들이 황급하게 자리를 비켜주었다. 단지 대공이라는 신분 때문에 두려워하는 느낌은 아니었다.

"흐음, 군이 대답을 듣지 않아도 되겠군. 느낌이 확실히 달라졌어."

"그걸 알 수 있습니까?"

"말로 설명하기는 힘들군."

"그나저나 저희들이 없는 사이 별일 없었나요?"

"있긴 했다. 그건 나중에 이야기하기로 하고, 우선 이걸 받아라."

펠릭스는 품 안에서 무언가를 꺼내더니 몸을 숙였다.

"동생한테서 온 편지다. 남들의 눈을 피해 몰래 읽도록."

얼굴 가까이에서 들린 귓속말에 그레인은 눈을 크게 떴다가 고개를 끄덕거렸다.

그사이 성당 안에 있던 이단 심문관 제임스가 베스티나와 함께 밖으로 나오더니 성당 기사단원들에게 지시를 내렸다. 어수선했던 분위기가 순식간에 분주하게 바뀌더니, 떠날 준비를 잽싸게 마쳤다.

"이제는 확실히… 나보다 강해졌구나."

그레인 앞에 선 베스티나의 눈은 정확하게 그레인의 왼팔을 바라보고 있었다.

유일하게 그레인에게 앞서는 부분인 코어의 자질마저도 뒤처지게 된 베스티나의 표정은 말로 표현하기 힘든 감정을 담고 있었다.

한편, 자신이 이끌고 온 성당 기사단원들을 모이게 한 쉐일은 지시 사항을 전달하고선 그레인 쪽으로 걸어왔다.

"그러면 여기서 헤어져야겠군."

쉐일의 손짓에 그가 이끌고 온 성당 기사단원들이 질서 정연 하게 동쪽으로 향하는 갈림길 쪽으로 돌아섰다.

"어? 성지까지 같이 가시는 거 아니었나요?"

"하이브리드들의 코어를 교체하려고 이곳에 온 거지, 성지까지 같이 가려고 온 건 아니었다. 나의 다음 목적지는 성지와는 정반대 방향이다."

저녁놀을 등진 쉐일과 그 반대편에 멀찌감치 떨어져 있는 제임스.

둘은 같은 교단 소속임에도 작별 인사는커녕 서로 눈도 마주치지 않았다.

"어디로 가시는 겁니까?"

그레인의 물음에 쉐일은 동쪽을 바라봤다.

"옛 친구들을 오래간만에 만나보려고."

친구라는 단어를 언급할 때의 쉐일의 표정은 미묘하게 일그러져 있었다.

제3장
하나가 되어버린 운명

카르디어스 신성력 1398년 4월 18일.

휘이잉!

차가운 공기가 휘몰아치면서 베스티나에게 달려오던 몬스터들이 순식간에 얼어붙었다.

옴짝달싹 못 하게 된 몬스터들을 향해 그레인이 구현한 얼음 창이 빠른 속도로 날아갔다. 몬스터들의 피가 땅바닥에 흩뿌려졌고, 우거진 수풀의 그림자 사이를 이동하는 크루겐의 모습이 나타났다가 사라지기를 반복했다.

"조심해!"

"알았어!"

해머를 머리 위로 들어 올린 몬스터 앞에 선 크루겐이 어둠 속으로 녹아들며 공격을 피했다.

그와 동시에 몬스터의 등 뒤에 나타나 왼손에 쥔 단검을 휘둘렀다. 급히 해머를 도로 들어 올리려던 몬스터의 목 뒤에서 핏줄기가 확 뿜어져 나왔다.

휙!

크루겐의 오른손에 있던 팬텀 대거가 투명한 직선을 그리며 날아갔고, 멀리 떨어져 있던 몬스터의 가슴에 깊숙이 박혔다.

그레인과 크루겐, 그리고 베스티나는 몬스터들을 처치하기 위해 바쁘게 움직였다. 반면 성당 기사단원들은 작은 원을 형성했고, 그 안에 펠릭스가 팔짱을 낀 채로 서 있었다.

"기이하군."

펠릭스는 세 번이나 반복된, 있을 수 없는 일에 대해 기묘함을 느끼며 인상을 살짝 찌푸렸다.

그의 몸에 이식된 두 개의 코어 중 하나인, 오우거 군주의 뼈는 웬만한 몬스터들이라면 공포에 질리게 만들어 접근 자체를 못 하게 만든다.

하지만 그레인이 없던 당시, 몬스터들이 그를 급격했고 그 이후 두 번이나 더 몬스터들의 공격을 받아야 했다. 이전까지는 뒤로 돌아보지 않고 도망쳐야 하는 수준의 몬스터임에도.

한 번이라면 우연이라고 넘어갈 수도 있고, 두 번이라면 우연의 연속이라고 이해할 수도 있다.

그러나 세 번이라면 우연이라는 단어를 더 이상 쓸 수 없다.

"대열을 무너뜨리지 마라!"

이단 심문관 제임스의 외침에 성당 기사단원은 방패를 쥔 손을 앞으로 내밀며 펠릭스를 둘러싼 진형을 더욱 단단하게 굳혔다.

쿵!

펠릭스보다 머리 하나는 더 큰, 거대한 몸집의 오우거가 앞으로 쓰러졌다. 등에는 베스티나가 구현한 오각뿔의 얼음 창이, 복부에는 그레인이 반대편에서 발사한 육각뿔 형태의 얼음 창이 박힌 채로.

그들을 습격한 모든 몬스터가 처치된 걸 확인한 크루겐은 어둠 속에 녹아들더니 수풀 안의 그림자를 통해 일대를 빠르게 이동했다.

"더 이상 주변에 몬스터는 없어 보여."

머플러 끝을 위로 잡아당기며 다시 모습을 드러낸 크루겐의 말에 그레인은 가볍게 숨을 내쉬었다.

"전하, 이제 안심하셔도 됩니다."

"매번 고생이로군. 내가 나선다면 더 빨리 끝났겠지만……."

펠릭스의 실력이라면 혼자서도 상처 하나 없이 몬스터들을 처리했겠지만, 그는 어디까지나 경호받는 입장이기에 섣불리 전투에 나설 수 없었다. 특히 이단 심문관 제임스는 애걸복걸 하면서 절대 전투에 나서지 말라고 간곡히 부탁했다.

그를 성지까지 무사히 호위하는 일을 마친다면 더 높은 지위로 올라갈 수 있는 길이 열린다. 그러나 이번 일은 결과는 물론 과정도 중요하다. 성지에 도착하기 전까지 조금이라도 펠릭스에게 문제가 생긴다면 카르디어스 교단과 베릴란트 왕국 사이의 싸늘한 분위기가 더욱 차가워질 수 있기 때문이다.

"그러면 모두 출발하도록. 날이 저물기 전에 이 숲을 빠져나간다!"

다행히 부상자는 아무도 없었기에 제임스는 성당 기사단원들의 진형을 조율한 뒤 출발을 지시했다. 펠릭스를 중심으로 성당 기사단원이 커다란 원을 그린 채로 이동했고, 그 안에서 그레인과 크루겐 그리고 베스티나가 펠릭스의 정면과 양옆을 경호하며 걸음을 옮겼다.

방금 전 끝난 몬스터와의 전투 때문이었는지 그 누구도 입을 열지 않았다. 펠릭스의 호언장담과는 달리 언제 다시 수풀 속에서 자신들을 덮칠지 모르는 몬스터에 대한 긴장이 감돌고 있었다.

그러나 그레인은 긴장보단 앞서 전투에 있었던 아쉬움을 마음속으로 곱씹는 중이었다.

'아직 완전히 빙룡의 어금니에 익숙해지진 않은 느낌이야.

비늘이었을 때는 2년 동안의 수련 과정도 있었고 실전을 거치는 동안 자연스레 적응했는데, 역시 시간이 필요하겠군. 그리고 성당 기사단원들만 없었다면 잠재 기술을 이용해 더 빨리 처리할 수 있을 텐데…….'

그레인은 아직도 낯설게 느껴지는 왼팔을 어루만지며 생각을 가다듬었다.

빙룡의 어금니에 내재된 잠재 기술, 툰드라는 일대를 냉기에 최적화된 지형으로 탈바꿈시킨다. 같은 속성의 힘을 지닌 베스티나는 물론 그레인 본인의 힘을 몇 배까지 끌어올릴 수 있는 수단이지만, 완벽하게 제어하지 못하면 아군의 움직임마저 봉쇄할 가능성을 염두에 둬야 한다.

그레인은 자신의 왼쪽에서 나란히 걸어가는 베스티나를 흘끗 쳐다봤다.

'안 본 사이 실력이 늘긴 한 것 같은데…….'

그레인과 달리 베스티나의 냉기 구현은 아직도 오각형에 머물러 전진하지 못했다.

쉐일이 지적했던 대로 마음에 뭔가 문제가 있을 거라는 짐작에 머물렀을 뿐, 그 원인 자체를 파악하기엔 아직도 무리였다.

게다가 지금 중요한 건 베스티나의 역량 문제가 아니었다.

'내가 못 본 것까지 합해서 벌써 세 번째야. 도대체 무슨 문제인 거지?'

가급적 빨리 이동하기 위해 이제까지 그래왔던 것처럼 몬스터가 자주 출몰하는 지역을 최단거리로 돌파하는 경로를 제시했다.

이단 심문관 제임스는 난감해했지만 펠릭스의 의사가 워낙 확고했고 실제로 레오디알 왕국에 도착하기까지 몬스터들의 습격은 없었기에 펠릭스의 말대로 따랐다.

그리고 10일이 지난 지금, 그레인은 있어서는 안 되는 일을 눈앞에 두고 다른 이들처럼 난감한 표정을 지어야 했다.

'만약 누군가가 몬스터들에게 공포를 느끼지 못하도록 조치를 취했다면?'

앞서 몇 번이나 떠올렸던 가정을 그레인은 곱씹었지만, 그럴 때마다 발생했던 또 하나의 의문점을 해결해야만 했다.

누군가가, 어떤 이유로, 왜 이런 짓을 하는지에 대해서.

"전하, 아무래도 이렇게 된 이상……."

의문에 의문이 이어지는 현 상황에서 그레인은 다시 한번 펠릭스의 설득을 시도했다.

"무슨 이야기인지 알겠다. 이렇게 되었으니 제임스 사제 말대로 안전한 길로만 가야겠군."

"전해도 될까요?"

"맘대로 해라."

그레인의 오른편에서 따라오던 크루겐은 잽싸게 제임스에게 다가가 펠릭스의 말을 전했고, 제임스는 참으로 오래간만에 환한 미소를 지으며 걸음을 옮겼다.

'이러다간 만나기로 했던 날짜보다 늦어질 수도 있겠어.'

이전에는 펠릭스의 신분을 핑계로 일정보다 늦어도 문제없었지만, 현재는 가급적 서둘러야 하는 판국이다.

나와 대장 맥스가 접촉했다. 조만간 맥스를 중심으로 새로운 결사대가 결성될 예정이다. 당연히 너는 참여할 거라 믿는다. 계속 그 구역질 나는 교단의 법의를 몸에 걸칠 생각은 아니겠지? 구체적인 장소와 날짜가 정해지는 대로 알려주겠다.

열흘 전, 펠릭스를 통해 건네받은 스코트의 편지 내용을 떠올리며 그레인은 고심했다.

우선은 맥스를 직접 만나지 않고 그쪽에서 보낼 전령과 접선할 날짜에 맞춰야 한다.

이전처럼 그레인 자신과 크루겐, 그리고 펠릭스 단 세 명만 움직인다면 계속 몬스터가 나타나더라도 해치우면서 이동하면 되지만, 교단의 일원들과 함께 움직이는 지금은 아무래도 속도가 늦춰질 수밖에 없다.

…그리고, 형에게 우리들만의 진실을 되도록 빨리, 하지만 적절한 시기에 맞춰 알려줄 걸 권장한다.

또 하나의 문제는 회귀하지 않은 펠릭스에게 전생에 대한 비밀을 어떻게 알려야 하는가였다.

동생의 배려가 사실은 회귀로 인한 뒤틀림으로 모두의 운명이 바뀌고, 그로 인한 동생의 죄책감에서 비롯되었다는 진실을 펠릭스가 받아들일 수 있느냐 마느냐는 꽤 중요한 문제다. 섣부르게 진실을 말할 경우, 힘겹게 쌓은 펠릭스의 신뢰를 한 번에 날려 버릴지도 모른다.

그레인은 앞으로 해결해야 할 문제를 계속 머릿속에 상기하면서 뻐근해진 목을 어루만졌다. 근심에 가득 차 있는 자신의 옆얼굴을 베스티나가 계속 응시하고 있다는 걸 알아채지 못할 정도로.

*   *   *

사방이 막힌 지하 깊숙한 곳에 설치된 연구소 안.

어둠을 밝히는 빛의 중심에 선 사제의 표정이 천천히 일그러졌다.

"이런."

사제가 오른쪽 팔목에 차고 있는 황금색 팔찌의 빛이 서서히 사라졌지만, 그레인을 제외한 주변의 하이브리드들은 방금 전까지 그들을 괴롭혔던 고통을 완전히 떨쳐내지 못하고 몸을 움츠렸다.

'이것은… 설마?'

시선을 아래로 내린 그레인의 시야 한가운데에 오른손으로 쥐고 있는 텅 빈 잔이 들어왔다.

그는 잔을 떨어뜨리더니 반사적으로 왼팔을 어루만졌다. 손끝을 통해 전달되어야 하는 이질감이 전혀 느껴지지 않았다.

대신 왼팔이 아닌 오른팔에 무언가가 이식되었다는 걸 느꼈고, 지금 그가 보고 느끼는 모든 것이 현실이 아닌 꿈이라는 결론으로 이어졌다.

'또 전생의 기억인가?'

문제는 다시는 떠올리고 싶지 않은 기억 중 하나였고, 꿈이라는 걸 알면서도 깨어날 수 없었다는 점이다.

2년간의 수련 과정을 거친 뒤에 세상 밖으로 나오는 기존의 하이브리드와 달리, 그레인은 하이브리드의 자질을 파악하는 비약을 복용한 후에 하이브리드가 되었다.

그 후 성지로 가서 다수의 교관들로부터 집중 교육을 받았고, 몇 개월 뒤에는 직접 실전에 투입되었다.

성지에 들어갈 수 있다는 것 자체가 하이브리드로서 얼마나 대단한 특혜였는가에 대해 당시에는 미처 알지 못했다. 그리고 아까 떨어뜨린 빈 잔에 담겼던 액체가 훗날 '저주의 잔'이라 불리며 하이브리드를 옭아매는 수단이라는 사실 역시.

"하필 화룡의 어금니를 이식받은 네가 이레귤러로 판정되

다니……. 아니, 그래도 혹시 모르니……."

이름은 기억나지 않았지만, 2년 가까이 그레인을 돌봐줬던 사제는 한 번 놨던 기대를 다시 품고서 팔찌에 신성력을 불어넣었다.

"으아아악!"

"크윽… 사, 살려줘……."

다시 한번 팔찌에서 빛이 뿜어져 나왔지만, 그레인은 한동안 잊었던 뜨거움을 재차 확인할 정도였다. 다른 하이브리드들처럼 몸을 가누지 못할 정도의 고통은 느껴지지 않았고, 연이어 메아리치는 신음과 비명 속에서 그레인의 목소리는 없었다.

"어쩔 수 없군."

사제는 팔찌의 빛을 거두고선 아쉽다는 표정을 지었다.

"죽여서 코어만 회수하기엔 아까운 육체이니, 가능한 한 생포하도록 해라."

사제 뒤에서 대기 중이었던 성당 기사단원들이 일제히 검을 뽑아 들면서 앞으로 나섰다.

"뭣들 하느냐? 네놈들도 가세해라!"

사제의 지시에 쓰러졌던 하이브리드들이 천천히 몸을 일으켰다.

그러나 막상 그레인에게 다가가지 못하고 서로 눈치를 보며 주춤거렸다. 이전까지 동료이면서 같은 처지였던 그레인을 상대로 선뜻 무기를 내밀 수 없었다.

"그렇게 나온단 말이지?"

사제는 팔찌의 힘을 거리낌 없이 사용했고, 빛 아래 고통으로 울부짖는 하이브리드들의 표정과 그 빛 한가운데에서 사제가 지은 기묘한 미소가 극적으로 대조되었다.

당연히 들릴 리 없는, 그러나 귓가에 맴도는 동료들의 마음속 외침에 그레인의 표정은 굳었다.

'그레인, 왜 너만 시련을 받지 않는 몸이 되었지?'

'어떻게 해서 너만… 저주에서 벗어난 거야?'

'왜 너 때문에 우리들이 고통받아야 하는 거지?'

같은 고통을 공유하지 않는다는 이유만으로 적으로 돌아서고, 적이 되어야만 하는 운명.

그때는 이해하지 못했지만 지금은 알 수 있었다.

결국 그레인은 시련에서 벗어나지 못한 하이브리드들과 적으로 싸워야 했고, 교단의 책략으로 인해 인간들과도 싸워야 했다.

다른 하이브리드들과 달라진 운명은 결사대에 들어가기 전까지 함께했던 동료들과 그레인과의 사이에 두꺼운 벽을 형성해 버렸다.

*   *   *

"……!"

눈을 뜬 그레인의 시야에 더 이상 고통 받는 '옛' 동료들은 없었다.

밀폐된 공간이 아닌, 확 트인 벌판 한가운데에 모닥불이 불타고 있는 지금은 현실이 분명했다.

"헉, 허억……."

다급히 숨을 내쉰 그레인은 부들부들 떠는 오른손을 들어올렸다.

손바닥을 흠뻑 적신 땀이 손가락 사이를 타고 아래로 뚝뚝 떨어졌다. 손뿐만 아니라 전신이 거의 땀투성이가 되다시피 했고, 극심한 갈증에 수통의 물을 마구 들이켰다.

"악몽이라도 꿨나?"

"네?"

자신 말고 아무도 없다고 생각했던 그레인은 가늘면서도 차가운 목소리의 주인 쪽으로 고개를 돌렸다.

'아, 그러고 보니 베스티나와 함께 불침번을 서는 중이었지.'

모닥불 너머에서 베스티나가 그를 무표정한 얼굴로 바라봤다.

꿈이 아니라 현실이라는 걸 인지하자 그레인의 좁아졌던 시야가 넓어지면서 주변 풍경이 눈에 들어왔다.

모닥불을 중심으로 임시로 세운 막사 안에선 고된 하루를 보낸 성당 기사단원들이 숙면 중이었다. 크루겐은 펠릭스와 함께 같은 막사 안에서 자는 중이었고, 그레인과 베스티나만 이 모닥불 앞에서 불침번 중이었다.

'베스티나와 이야기를 좀 해보려고 불침번을 자청했는데 정작 내가 먼저 자버렸군. 몸은 그럭저럭 버틸 만한데, 역시 머리가 피곤해서 그런가······.'

사실 그녀와의 이야기 자체가 진전되지 않았기에 기나긴 침묵 속에서 살짝 잠이 들었던 것이다.

그레인보다 더 무뚝뚝한 베스티나는 특별한 일이 없는 한 먼저 말을 꺼내지 않았고, 아까 그레인이 잠들기 전에도 그의 말에 단답형으로 대답만 할 뿐이었다.

"자주 악몽을 꾸나 보지?"

"어? 아, 그게··· 그, 그다지 없습니다."

그런데 그런 베스티나가 두 번이나 먼저 말을 걸어오자 그레인은 당황하면서 말을 더듬었다.

"나는··· 성지로 온 이후, 악몽을 꾼 날보다 꾸지 않은 날을 세는 쪽이 더 빠르다."

표정만큼이나 딱딱한 베스티나의 말투에 그녀의 고심이 드러나기 시작했다.

"그 정도입니까?"

"그렇다."

"악몽을 꾼 제가 물어보는 게 우습긴 하지만, 왜 그렇게 악몽에 시달리는 겁니까?"

"……."

그레인의 질문에 베스티나는 고개를 살짝 숙였다.

일부러 시선을 아래로 낮춘 베스티나는 오른손에 쥔 나뭇가지로 모닥불 안쪽을 휘저었다.

"죽고 싶지 않다."

"네?"

화르르.

모닥불 한가운데의 불꽃이 높이 솟아올랐다가 원래 크기로 돌아갔다.

"그 생각으로 머리가 꽉 찬 이후부터 악몽에서 헤어날 수 없게 되었다."

교황 아르디언을 처음 본 그날.

그녀처럼 시련을 받지 않는 하이브리드이면서, 그녀와 달리 교황을 속이지 않았던 코르세의 최후는 베스티나에게 벗어날 수 없는 두려움을 안겨주었다.

"나는 그런 식으로… 죽을 수 없어."

아무런 거리낌 없이 코르세를 죽이는 장면이 베스티나의 뇌리에서 떠나질 않았다.

게다가 탈주자였던 체일런이 마지막으로 남긴 말은 그녀의 고심을 더 깊게 만들었다.

"교단을… 믿지 마라."

코르세의 죽음을 눈앞에서 목격한 이후 교단은 그녀에게 공포의 대상이자 절대 신뢰할 수 없는 집단이긴 했다.

그러나 같은 사실이라도 자신이 아닌 타인의 입에서 듣게 된다면 느낌의 정도가 확 달라진다. 체일런의 죽음 이후 베스티나는 교단에 머무르고 있는 상황 자체에 극심한 불안감을 느꼈다.

그럼에도 그녀는 아직도 교단에서 벗어날 수 없었다.

"너는 이해할 수 없을 거다."

"사정도 모르는데 여기서 이해한다고 말하면 주제넘은 거겠죠."

전혀 뜻밖의 말을 꺼낸 베스티나에 대한 호기심이 더욱 커졌기에, 그레인은 미세하게 변화하는 그녀의 표정을 하나도 놓치지 않으며 살펴봤다.

열흘 정도 같이 지냈을 뿐인데도 베스티나는 예전과는 많이 달라진 모습을 보여줬다. 벤트 섬 시절의 베스티나는 비록 그레인과의 대결에서 지긴 했어도, 냉기의 힘과 잘 어울리는 집중력과 냉철함을 잃지 않았다.

적어도 벤트 섬을 떠나기 전까지는.

'죽음에 대한 공포처럼 사람을 불안하게 만드는 요소는 드물긴 하지. 그렇다고 쳐도……'

누가, 어떤 이유로 그녀를 노리는가에 대해서는 파악할 수 없었다.

결국 해답은 나오지 않았고 의문에 의문이 더해지는 상황이었다.

"옆으로 가도 되겠어?"

"네? 아, 네."

베스티나는 주변을 두리번거리더니 그레인의 왼편에 조용히 앉았다.

항상 거리를 두었던 베스티나가 바로 옆에 있자 그레인은 자신도 모르게 살짝 긴장했고, 시선을 일부러 정면의 모닥불에 고정시켰다.

"그레인, 혹시……."

베스티나는 바로 옆에 앉은 그레인에게만 들리도록 작게 속삭였다.

"1416, 이라는 숫자를 들어본 적이 있나?"

"……!"

순간 그레인의 눈동자가 흔들렸지만 심정의 변화를 들키지 않기 위해 시선을 계속 모닥불에 두었다.

다행이랄까, 베스티나 역시 모닥불을 바라보고 이야기한 터라 그레인의 변화를 알아채지 못했다.

감정을 추스른 그레인은 고개를 옆으로 돌려 베스티나의 얼굴을 찬찬히 뜯어봤다.

'분명히 베스티나는 결사대원이 아니야.'

한참 전에 크루겐을 통해 확인했고 지금도 마찬가지인 진실을 그레인은 머릿속에 떠올렸다.

'그런데 그걸 어떻게 알고 있지?'

그나마 가능한 추측은 자신과 크루겐을 제외한 다른 결사 대원들과 직간접적으로 접촉했을지도 모른다는 정도뿐이었다.

"흐음, 들어본 것 같기도 하고 아닌 것 같기도 하군요. 어디서 들었습니까?"

여기서는 시치미를 떼는 것보다 알 듯 말 듯 대답하는 쪽이 낫다고 판단한 그레인은 고개를 갸웃거렸다.

"그렇다면 내가 한 말은 잊어줘라. 그런 편이 너에게도 좋을 거다."

그러나 너무나 신중하게 대처해서였을까.

베스티나는 자신이 꺼낸 화제에 대해 더 이상 말하기를 거부하며 입술을 다물었다.

그레인은 더 파고들려고 했지만, 크루겐과 달리 말주변이 그리 좋지 못했기에 둘 사이에 침묵만이 감돌았다.

이따금 베스티나가 한숨을 길게 내쉬었지만, 단지 그뿐.

그레인과 베스티나 사이의 침묵은 계속 이어졌다. 모닥불이 바로 앞에 있음에도 주변의 공기가 서늘해진 착각마저 들었다.

"어차피 제 차례가 마지막이니, 막사 안으로 들어가서 제대로 눈 붙이는 건 어떻습니까? 이럴 때 쉬지 못하면 앞으로의 일정은 더 힘들 겁니다."

여전히 근심에서 벗어나지 못한 베스티나는 그레인의 눈에 위태롭게만 비춰졌다.

"너에게 더 이상 빚을 질 수는 없다."

"성지행에 대해서라면 마음에 두지 마십시오. 어차피 제가 원하지 않은 거였으니 빚을 졌다고 생각하지도 말고요."

"……."

"그리고 좀 더 편하게 말해도 됩니다."

"좀 더 편하게?"

"저희들이 아주 모르는 사이는 아니지 않습니까?"

그레인이 가볍게 미소를 짓자, 베스티나는 잠시 생각에 잠기더니 여전히 무표정한 얼굴로 입을 열었다.

"생각해 보도록 하겠다."

베스티나는 자리에서 일어서더니 법의에 묻은 흙을 툭툭 털어내며 그녀만의 전용 막사 안으로 들어갔다.

어느 정도 시간이 흐른 후에 그레인은 자리에서 일어서려다가 도로 앉았다. 펠릭스의 막사 안을 확인하진 않았지만, 왠지 '그 녀석'은 근처에 있을 거라는 느낌이 들었기에.

"크루겐."

"나 불렀어?"

어둠 속에 몸을 숨기고 있던 크루겐이 모닥불 너머에서 모습을 드러냈다.

"당연하겠지만, 모두 잠자고 있었지?"

"누군가 깨어났다면 내가 도중에 끼어들어서 너희 둘의 대화를 막았을 거야. 걱정하지 말라고."

"베스티나는?"

"곤히 잠들었어."

크루겐은 베스티나의 숨소리를 확인 중인 귀를 오른손 검지로 가리켰다.

"언제부터 깨어 있었어?"

"네가 불침번 서기 시작한 이후로 줄곧. 나나 너나 혼자 있으면 실수할지 모르니까."

"그러면 아까 나눈 이야기를 다시 설명할 필요는 없겠군."

"오래 이야기한 것도 아니었잖아?"

"그렇긴 하군. 다시 물어보는 거지만, 베스티나는 분명히 결사대가 아니었지?"

"응. 적으로 만난 적도 없었고. 그런데도 그 숫자를 알고 있다는 건 우리들 말고 다른 결사대원들과 접촉했다는 말이겠지?"

베스티나가 말한 1416이란 숫자가 둘의 생각과 다른 의미일 수도 있다.

하지만 죽음에 대한 원인 모를 공포에 시달리는 그녀와 1416이란 숫자가 가장 잘 들어맞는 추측은 역시 결사대와의 연관성이었다.

물론 전생이 아닌 현생 기준으로.

"나도 그렇게 생각해. 하지만 누구와 만났는지, 결사대에 대해 얼마나 알고 있는지에 대해서는 모르겠다."

"어쩌면 결사대 자체에 대해 모를지도? 너희 둘의 대화를 들어보니 대충 그런 눈치던데?"

"역시 아까 귀찮게 굴더라도 집요하게 파고들었어야 했었나."

"글쎄? 나는 아까 그 정도가 딱 적당하다고 봐. 너도 봤지만, 그 애 표정 장난 아니었잖아. 불안한 사람은 진실을 알기보다 마음의 위안을 얻는 걸로 만족하곤 하니까. 그것보단 너는 왜 때아닌 악몽을 꾸고 그래?"

크루젠의 지적에 그레인은 왼팔을 살짝 들어 올렸다. 팔소매 끝에서 그레인이 흘렸던 땀이 모여 아래로 뚝뚝 떨어졌다.

"예전 생에 시련을 받지 않는 육체라는 걸 들컸을 때의 기억이 떠올랐어."

"그래? 어땠는데?"

"그게……."

꿈에서 본 장면들은 전신을 땀에 젖게 만들 정도로 그의 감정을 흔들었지만, 꿈에서 깨어난 지금은 세세한 기억은 사라지고 희미하게 잔상만이 남아버렸다.

빙룡의 어금니를 이식받았을 때, 전생의 기억이 떠올랐다가 사라진 것과 마찬가지로.

"시련에서 벗어날 수 없었던, 옛 동료들의 모습만 기억나."

결사대에 들어가기 전을 지칭하는 '옛'이라는 표현을 쓰는 그레인의 표정은 어두웠다.

이레귤러로 판정된 이후 그레인은 이전까지 동료였던 이들의 끈질긴 추적을 받아야 했고, 맥스를 만나 결사대에 합류하기 전까지 그의 손은 '옛 동료'들의 피로 물들어야 했다.

"나도 '옛 동료'들과 함께했던 시절이 종종 떠오르곤 해. 뭐, 솔직히 잊고 싶은 기억이긴 한데, 잊을 수가 없어. 내가 새로 얻은 힘은 어두운 감정이 있어야 발휘가 되니까."

배신자를 처단하는 일이 아닌, 자의가 아닌 타의에 의해 동료였다가 적으로 돌아선 자들을 상대하는 것만큼 가슴 아픈 일은 드물다.

크루겐의 얼굴은 평상시처럼 웃음을 띠고 있었지만 더 이상 웃기 힘들다는 듯 시선을 하늘로 옮겼다. 어둠이 깊을수록 빛을 발하는 별들이 검은 하늘 안에서 반짝거렸다.

"차라리 모두 시련을 받지 않거나, 예외 없이 받거나… 둘 중 하나였다면 좋았을 텐데 말이야."

*   *   *

카르디어스 신성력 1398년 4월 25일.

제임스의 의견대로 몬스터들이 자주 출몰하는 지역을 피해 비교적 안전한 이동 경로를 택한 지 일주일째.

아쉽게도 상황은 나아지기는커녕 악화되었다.

몬스터들이 그레인 일행을 덮치는 주기가 점점 빨라졌고, 낮과 밤을 가리지 않았다. 대부분의 성당 기사단원은 수면 부족으로 인해 충혈된 눈을 비비면서 이동을 계속했고, 그들을 이끄는 제임스의 태도가 점점 날카롭게 변했다.

"베스티나!"

때늦은 점심 식사 중에 고함 소리가 터지자, 모두의 시선이 제임스와 그의 앞에 서 있는 베스티나에게 집중되었다.

"도대체 이게 몇 번째인가? 아까 자네의 실수로 인해 전하께 폐가 될 뻔하지 않았는가!"

이른 아침에 있었던 전투의 실책을 제임스는 잊지 않고 가슴에 담아두었다가, 모두가 한숨 돌릴 여유가 생기자마자 집요하게 파고들었다.

실수라고 해도 베스티나가 냉기를 제어하는 과정에서 실수해 펠릭스의 오른팔이 얼어붙은 정도였다. 펠릭스 본인도 별일 아니라며 넘어갔지만 제임스는 그렇지 못했다.

펠릭스와 함께 식사 중인 그레인과 크루겐은 제임스 앞에서 고개도 들지 못하는 베스티나를 바라봤다.

'확실히 하이브리드를 대하는 방식 자체가 바뀐 것 같군.'

전생 같았으면 말로 끝나지 않았을 상황이었기에, 꿋꿋이 말로만 베스티나를 질책하는 제임스가 낯설게만 느껴졌다. 그래도 같은 하이브리드가 모두의 눈앞에서 구박받는 모습이 좋게 비춰지지는 않았다.

그레인은 식판을 내려놓고 제임스를 말릴까 생각도 해봤지만, 오히려 그의 분노를 부추길 것 같아서 식사에 열중하는 척하며 둘을 지켜보는 것에 그쳤다.

"그래, 다들 힘드니 그럴 수 있다고 본다. 그래도 자네는 성지에서 일하는 특혜를 받는 하이브리드로서… 내 말 듣고 있나?"

"네? 아… 죄송합니다."

워낙 피곤한 나머지 제임스를 앞에 두고서 깜박 졸았던 베스티나의 얼굴이 빨갛게 달아올랐다.

"아무래도 안 되겠다! 각오해라."

인내심이 한계에 달한 제임스가 오른팔의 소매를 팔꿈치까지 확 걷어붙였다.

하이브리드를 굴복시키는 황금색 팔찌의 사용을 되도록 자제하라는 방침이 내려지긴 했지만, 아예 쓰지 말라는 의미는 아니었기에 지금이야말로 써야 할 때라고 제임스는 확신했다.

"……!"

순간 그레인은 반사적으로 몸을 수그렸고, 크루겐은 자리에서 벌떡 일어서더니 펠릭스의 어깨에 손을 얹고선 힘을 주어

억지로 엎드리도록 이끌었다.

"흐음, 아니다."

그러나 제임스는 팔을 내리면서 소매를 도로 잡아당겼다. 오직 베스티나를 혼내야 한다는 생각에 사로잡혀 팔찌를 꺼내 들긴 했지만, 펠릭스마저 휘말릴 수 있음을 뒤늦게 떠올렸기 때문이다.

"말로 하는 건 이번이 마지막이라고 생각해라."

"명심하겠습니다."

제임스는 베스티나를 매섭게 노려보고선 휙 뒤돌아섰다.

홀로 남게 된 베스티나는 자신을 향해 손짓하는 크루겐을 보지 못하고 나무 그늘 아래로 걸어갔다. 스푼으로 식판 위의 스프를 한 숟갈 떴지만, 결국 먹지 못하고 식판 위에 도로 내려놓았다.

양손으로 이마를 감싸 쥐고서 고개를 좌우로 흔드는 베스티나.

그런 그녀를 아무 말 없이 바라보고 있는 그레인과 크루겐.

허겁지겁 식사를 하는 와중에도 언제 다시 자신들을 노릴지 모르는 몬스터들을 두려워하며 수시로 주변을 훑어보는 성당 기사단원들.

오래간만에 찾아온 평화였지만 무거운 분위기는 좀처럼 가벼워질 기미조차 보이지 않았다.

"…뭘 하려고 했던 거냐?"

아직까지도 자신의 어깨를 붙들고 있는 크루겐을 향해 펠릭스가 고개를 돌렸다.

"잉? 아, 그게 말입니다… 아까 제임스 사제가 꺼냈던……."

"너희들이 지겹게 말했던 그거 말이냐?"

살짝 좁아졌던 펠릭스의 두 눈썹 사이가 원래대로 돌아갔다.

"그렇다면 어쩔 수 없지."

펠릭스 역시 다른 사람들처럼 예민한 상태였지만, 현재 자신이 가장 대우받은 처지라는 걸 잊지 않았기에 마냥 짜증을 낼 수 없었다.

"그나저나 계속 이런 분위기가 이어진다면 뭔가 터질 것 같아서 불안하네요."

그레인과 크루겐 입장에선 이것보다 더한 극한상황을 전생에 이미 겪었던 터라 그럭저럭 견딜 수 있었지만 다른 사람들까지는 제어하기엔 무리였고, 애초에 그럴 권한 자체가 없다.

특히 베스티나와 제임스, 둘 사이에서 뭔가 일이 터질 것 같은 예감이 자꾸만 들었다.

"몬스터다!"

누군가의 외침에 성당 기사단원들이 일제히 식판을 내동댕이치더니 검을 움켜쥐었다.

"젠장, 또야?"

반만 뜯어 먹은 빵을 급하게 내동댕이치며 허리에 찬 팬텀 대거를 잽싸게 뽑아 든 크루겐의 입에서 절로 욕설이 쏟아져 나왔다. 반면 그레인은 평소와 다를 바 없이 굳은 표정으로 트윈 엣지를 양손에 하나씩 움켜쥐었다.

"모두 전하를 호위해라!"

제임스의 명령에 성당 기사단원들은 빠르게 펠릭스의 주위를 둘러쌌다. 진짜 실력으로 따진다면 펠릭스가 성당 기사단원들을 지키고도 남았겠지만.

그리고 이제까지 그래왔던 것처럼 몬스터들을 처리하는 일은 세 하이브리드의 몫이었다.

획!

크루겐이 던진 팬텀 대거가 트롤의 가슴 정중앙을 관통했다. 고통을 이기지 못하고 앞으로 몸을 수그린 트롤의 머리를 향해 베스티나의 얼음 창이 날아가 그대로 꽂혔다.

"그레인, 여긴 나와 베스티나가 맡을게!"

"알았어!"

그레인은 서릿발이 서린 트윈 엣지를 휘두르며 홀로 몬스터들에게 돌진했다. 펠릭스의 뒤쪽에서 달려든 몬스터를 크루겐과 베스티나가 처리하는 사이, 그레인은 정면에서 오는 또 다른 몬스터들을 단독으로 상대했다.

그레인이 트윈 엣지를 휘두를 때마다 차가운 냉기에 베인 몬스터들의 핏줄기가 연이어 솟아올랐고, 그레인의 법의 위를 붉게 적셨다. 특별히 까다로운 몬스터는 없었기에 잠재 기술을 사용하지 않고도 그레인의 트윈 엣지에 몬스터들은 속절없이 쓰러졌다.

본의 아니게 거듭된 실전 속에서 그레인의 감각은 더욱 날카로워졌고 숨소리 하나 흐트러지지 않았지만, 속마음은 그렇지 못했다.

'휴우, 3일 연속으로 거의 밤을 새다시피 해서… 몸이 무거워.'

앞으로 달려든 몬스터의 가슴에 얼음 창을 꽂아 넣은 그레인이 흘낏 뒤를 돌아보았다.

펠릭스를 호위 중인 성당 기사단원들은 몬스터들과 혈전을 벌이는 세 명의 하이브리드를 바라만 보고 있었다. 죽을지 모른다는 두려움이 그들의 발을 완전히 옭아매고 있었다.

"휴우."

그렇게 몬스터들을 모두 해치운 그레인은 트윈 엣지에 묻은 피를 털어내며 펠릭스 쪽으로 걸어왔다. 크루겐과 베스티나 역시 자신들에게 달려들었던 몬스터들을 모두 해치우고 숨을 고르고 있었다.

'아무래도 이대로는 힘들겠어. 계속 몬스터들이 습격해 오는 이 상황을 어떻게 타개해야……'

그레인은 생각을 멈추고 고개를 왼쪽으로 휙 돌렸다. 이전에 겪었던 적이 있는 익숙한 느낌이 몬스터들의 사체 너머에서 감지되었다.

획!

그레인은 오른손에 쥔 트윈 엣지를 잽싸게 던졌다.

화르르!

순간 불길이 휘몰아치며 그레인이 던졌던 트윈 엣지를 튕겨냈다.

그레인은 높이 뛰어오르며 트윈 엣지를 공중에서 낚아챈 뒤 착지하자마자 불길의 중심으로 과감하게 뛰어들었다.

카앙!

검과 검이 맞부딪히는 소리가 그레인의 귓가에 울렸다.

그의 공격을 받아낸 상대는 몬스터가 아닌, 복면으로 두 눈을 제외한 얼굴을 가린 인간이었다.

그러나 단지 그것만으로 그레인이 기척을 숨기고 있던 상대를 찾아낸 건 아니었다. 복면 안쪽에서 느껴지는 익숙한 기운은 보통의 인간이 아닌…….

"하이브리드다!"

자신처럼 코어를 이식받은 존재였기 때문이다.

그것도 이전에 한번 접했던 코어였기에 멀리서도 감지할 수 있었다.

"하, 하이브리드라고?"

몬스터만이 아닌 하이브리드마저 적으로 등장했다는 사실에 당황했는지 제임스는 그 자리에서 굳은 듯 멈춰 섰다.

크루겐과 베스티나는 펠릭스를 지켜야 했기에, 새롭게 등장

한 적에게 달려가지 못하고 제자리를 고수해야 했다.

카앙! 캉!

"크윽!"

서로 무기를 맞부딪힐 때마다 트윈 엣지에 머무르고 있는 냉기가 상대의 양팔을 휘감았다.

정체불명의 사내는 예상을 넘어선 냉기의 고통에서 벗어나기 위해 검을 쥔 양팔을 화염의 기운으로 감싸 보호했다.

하지만 그럴 때마다 다시 그레인이 발산한 냉기가 다시 사내를 덮쳤고, 불과 냉기의 밀고 밀리는 접전이 계속 이어졌다.

'만만치 않군.'

아무리 그레인의 컨디션이 좋지 않다고 해도, 냉기가 서린 공격을 모두 맞받아치는 복면의 실력이 예사롭지 않았다.

그레인은 연이어 공격을 하면서 어떻게 하면 상대를 당황시킬 수 있을까 생각했고, 결론은 빠르게 나왔다.

'정체가 드러나게 만들면 돼.'

그레인은 뒤로 물러서며 펠릭스 쪽을 바라보는 척하다가, 잽싸게 두 자루의 단검인 트윈 엣지 중 하나를 사내의 복면을 노리고 던졌다.

"젠장!"

사내가 앞으로 내민 검이 트윈 엣지와 그레인을 연결하는 와이어에 칭칭 감겼다. 사내는 무기를 빼앗기지 않게 반사적으로 잡아당겼지만, 그거야말로 그레인이 노리던 빈틈이었다.

"크윽!"

냉기를 이용한 그레인의 기술, 프로스트 엣지가 발동되자 사내의 검신이 잘려 나가며 얼음 파편이 사방으로 튀었다.

순간 사내는 자신도 모르게 숨을 멈췄고, 재빠르게 물러서며 그레인과의 거리를 벌린 뒤 복면의 왼쪽을 어루만졌다.

'휴우, 다행이다. 아슬아슬했어.'

복면의 한쪽이 날카롭게 베였지만 사내의 얼굴을 노린 그레인의 일격은 아슬아슬하게 빗나갔다. 대신 복면 안쪽에 걸렸던 '마법'이 해제되면서 검은색으로 위장했던 눈동자가 원래 색으로 돌아갔다.

"역시 화룡의 눈이었군."

"……!"

예측이 확신으로 굳어진 지금, 또 다른 예측이 맞는지 확인할 차례였다.

그레인은 상대가 눈치를 못 채도록 조심스럽게 냉기를 지면에 퍼뜨리면서 조심스럽게 말을 건넸다.

"그렇다면 테일러?"

그레인은 아무렇지 않게 질문을 툭 던졌고, 테일러라고 불린 사내는 순간 움찔했지만 더 이상 반응하지 않고 입을 다물었다.

"…는 아니겠군."

정작 테일러를 언급한 그레인 쪽에서 고개를 가로저으며 부정했다.

그레인 본인이 직접 그의 숨통을 끊었으니까. 전생과 현생에 각각 한 번씩.

무엇보다 테일러와 달리 사내가 이식받은 화룡의 눈은 제3의 위치가 아닌, 왼쪽 눈에 자리 잡고 있었다.

"비켜라!"

펠릭스의 외침에 그를 둘러싼 성당 기사단원들이 화들짝 놀라며 엉덩방아를 찧었다.

휘이잉!

공기를 가르며 뻗어나간 기다란 사슬이 사내를 노렸지만 아슬아슬하게 그의 머리 위를 지나쳤다.

"저, 전하! 위험합니다!"

"나보고 계속 보고만 있으라는 건가?"

펠릭스는 자신을 만류하는 제임스를 매서운 눈빛으로 노려봤다.

"이제까지 있을 수 없었던 습격의 배후에 저 사내가 개입된 것이 분명하다. 더 이상 습격받는 일이 없도록 생포해서 배경을 밝혀내야 한다."

펠릭스는 던졌던 영겁의 사슬을 끌어당기더니 양손에 칭칭 감기 시작했다.

"게다가 방금 저 남자가 하이브리드라고 그레인이 밝혔다. 그렇다면 교단 소속일 텐데… 이 상황에서도 너희 교단을 믿

으라고? 사로잡은 뒤에 내가 직접 문초할 작정이다. 내 말이
틀리다면 반박해 봐라."

"그, 그렇다 하여도 전하의 안전이 무엇보다 우선시되어
야……."

"내 몸은 내가 지키겠다. 비켜라!"

펠릭스가 사내와의 거리를 천천히 좁혔고, 그레인은 슬그머
니 옆으로 이동하면서 반대편 퇴로를 막았다.

'그것보다 이놈이 테일러가 아니라면 누구지? 또 다른 화룡
의 눈동자를 누군가가 또 이식받은 건가?'

충분히 가능성이 있는 일이었지만, 그레인은 이내 고개를
저으며 부정했다.

같은 코어라고 해도 그 코어로부터 느껴지는 특유의 감각
은 미세하게 다르다. 더욱이 그레인은 이전에 화룡의 어금니
를 이식받았던 적이 있기에, 화룡과 관련된 코어에 대해서는
모든 감각이 예민하게 반응할 수밖에 없었다.

지금 복면을 쓴 사내의 왼쪽 눈에서 받은 느낌은 이전에 상
대했던 테일러에게서 느껴졌던 것과 똑같았다.

'무엇보다 테일러라는 이름에 상대가 분명히 반응했어.'

테일러가 아님에도 테일러의 코어를 이식받은 상태에다가,
테일러에 대해 알고 있는 자라면 같은 곳에서 수련받은 자일
수도 있다. 혹은…….

'결사대원 중 한 명일지도 몰라. 그렇다고 나와 크루겐만 있

는 상황도 아니니 물어보긴 곤란해. 아무튼 전하도 나선 상황이니 우선은 생포한 뒤, 결사대원이라면 나중에 몰래 도망치게 하든가 해야 해.'

더 이상 냉기와 화염이 격돌하지 않았지만 그레인의 머릿속에서 여러 가정이 오고 갔고, 상황 자체는 여전히 긴박했다.

"아무래도 사로잡으려면 너 혼자서는 힘들겠지?"

크루겐이 팬텀 대거를 저글링하며 슬그머니 그레인 옆에 섰다. 같이 따라온 베스티나의 손바닥 위에는 냉기가 응축된 수정구가 떠 있었다.

반면 제임스는 더 이상 펠릭스를 막을 수 없게 되자 시선을 한곳에 두지 못하고 계속 두리번거렸다. 만약에 펠릭스가 부상이라도 입는다면 그 혼자서 감당할 수 없는 일이 되어버리기에 제임스는 불안한 기색을 감추지 못했다.

'안 되겠군. 이렇게 된 이상……'

제임스는 손짓으로 성당 기사단원들을 펠릭스에게 물러나게 하더니 커다란 원을 그리며 사내를 포위하도록 지시했다.

퇴로가 완전히 막힌 사내가 오른손에 쥔 검을 양손으로 움켜쥐었다. 나선형을 그리며 아래에서 위로 검신을 타고 올라가는 불길, 그리고 그레인이 들고 있는 트윈 엣지 주변에 맴돌고 있는 냉기가 서로 대조를 이뤘다.

먼저 공격하느냐, 아니면 반격을 노리느냐.

선택의 기로에 선 그레인은 다른 이들의 움직임을 살펴보려고 여러 방향으로 시선을 바꿨다.

고개를 돌린 그레인은 순간 눈을 크게 뜨며 아연실색했다.

'뭐야? 지금 그걸?'

파아앗!

제임스가 오른팔에 찬 황금색 팔찌에서 빛이 뿜어져 나왔고, 그레인은 괴로워하는 '척'하며 다급하게 몸을 수그렸다.

화르륵!

그와 동시에 복면을 쓴 사내를 중심으로 거센 불길이 사방으로 퍼져 나가며 성당 기사단원들을 덮쳤다.

'이런!'

제임스에게 자신이 시련을 받지 않는 육체라는 걸 들키더라도, 우선은 화염을 막아내야 한다는 생각에 양손을 앞으로 뻗었다.

그러나 그보다 먼저 화염을 막아낸 얼음벽은 그레인의 것이 아니었다.

"베스티나?"

"나, 나는……."

그레인과 시선이 마주친 베스티나는 뒤를 돌아보며 말을 잇지 못했다.

손에 머물고 있던 냉기를 거두어들인 그레인과 달리 베스티나는 여전히 자신이 만든 얼음벽을 향해 손을 뻗은 상태로 냉기를 부여하고 있었다.

어쩔 줄 몰라 하는 베스티나의 어깨를 그레인이 다급히 붙들고서 억지로 몸을 숙이게 했다. 지금은 제임스의 눈을 속이는 일이 급선무였기에.

"우선 냉기를 거두십시오."

"하, 하지만 나는……!"

"쉿, 조용히. 못 봤을 수도 있으니 가만히."

그레인은 부들부들 떠는 베스티나를 진정시키며 주위를 둘러보았다.

화염에 휩싸인 성당 기사단원들이 비명을 지르며 땅바닥에 나뒹굴었고, 운 좋게 불길을 피한 다른 이들은 급히 사내로부터 물러서며 거리를 벌렸다.

그리고 하이브리드임이 분명한 복면의 사내는 절대 일어서서 움직일 수 없는 상황임에도 불길로 주변을 감싼 상태였다.

'설마 저놈도?'

그레인이 사내의 찢겨진 복면 사이에서 빛나는 화룡의 눈을 주시했다. 사내로부터 뿜어져 나오는 열기에 베스티나가 형성한 얼음벽이 서서히 녹아내리기 시작했다.

'제임스는 계속 팔찌의 힘을 쓰고 있을 테고, 그렇다면……'

뒤를 돌아보지 않았지만, 전신에서 느껴지는 서늘한 기운은 제임스가 아직도 황금색 팔찌의 힘을 사용 중이라는 증거였다.

'시련을 받지 않는 몸인가? 그렇다면 결사대원일지도?'

예전 듀란의 경우처럼 회귀하지 않은 상태거나, 혹은 전생의 기억을 되찾았음에도 계속 교단의 개로 살아가는 선택을 했을지도 모른다.

더더욱 생포해야 한다는 생각이 들었지만, 보는 눈들이 많은 이상 함부로 움직일 수 없었던 터라 그레인의 속은 타들어만 갔다.

반면 복면의 사내는 화염의 기운을 다시 한번 검에 모으는 중이었다.

그레인은 천천히 몸을 일으키려다가 누군가의 제지를 받고 다시 몸을 수그렸다. 어둠의 힘을 사용할 타이밍만을 노리고 있는 크루겐의 손이었다.

"아, 젠장… 저놈이 일을 망치네."

그레인 옆에서 같이 몸을 수그린 크루겐이 제임스와 복면의 사내를 번갈아 노려보며 이를 악물었다.

"베스티나, 우리들 일은 나중에 이야기하자고."

"봐, 봤어?"

"응, 다른 사람들은 우리들에게 신경 쓸 겨를도 없는 거 같지만."

베스티나는 그레인은 물론 크루겐에게도 자신의 '비밀'을 들켜서인지 안절부절못하는 모습이었다.

바로 그때, 복면의 사내가 구현한 화염이 높은 기둥처럼 솟아오르면서 그레인을 향해 빠르게 이동했다.

촤르륵!

그레인의 머리 위를 지나간 사슬이 복면의 사내가 구현한 화염 기둥을 반으로 갈랐다.

그레인은 황급히 뒤를 돌아보며 제임스 쪽을 쳐다봤다.

"이럴 수가……."

그러나 제임스의 시선은 베스티나가 아닌, 도망친 사내도 아닌, 전혀 다른 사람을 바라보고 있었다.

"설마 전하께서… 아니, 다시 한번……."

제임스는 내렸던 오른팔을 다시 들어 올렸다.

사라졌던 빛이 팔찌에서 뿜어져 나왔지만 펠릭스는 두 다리로 굳건히 서 있었다. 워낙 긴박했던 상황이라 그레인과 크루겐이 지겹도록 했던 이야기를 무시해야만 했다.

"전하께서… 이레귤러일 줄은 몰랐습니다."

*　　　　*　　　　*

"헉, 헉……."

뒤도 돌아보지 않고 계속 도망쳤던 복면의 사내가 거친 숨을 몰아쉬며 나무에 등을 기댔다.

그는 크게 찢겨 나간 복면을 힘겹게 벗었다. 땀은 나지 않았지만 숨소리는 여전히 거칠었고, 뒷일을 생각하지 않고 화염의 기운을 연달아 써야 했던 터라 손끝이 부들부들 떨었다.

"다행히… 추적은 없는 것 같은데."

그레인 일행이 쫓아오지 않는다는 걸 확인한 나이트로는 길게 한숨을 내쉬었다.

"젠장, 어떻게 날 찾아낸 거지? 설마 그걸 느끼고 날 발견한 거라면 대단하기보다… 무서운데?"

교단의 하이브리드이자, 롤랜드 사제의 제자인 나이트로는 자신의 예상을 훨씬 뛰어넘은 그레인의 감각에 혀를 내둘렀다.

"역시 좋은 일이 있으면 그만큼 손해 보는 거 같아, 젠장."

원래 이식받았던 화룡의 비늘을 넘어서는, 화룡의 눈동자로 교체 이식을 받은 나이트로에게 내려진 임무는 다름 아닌 펠릭스의 추적이었다.

물론 단순한 추적에만 그치진 않았다. 공포를 잊게 만드는 마법 시약으로 몬스터들로 하여금 그레인 일행을 습격하도록 유도해 조금씩 그들을 지치게 만들었고, 궁극에는 지정된 장소에서 펠릭스를 생포하는 게 진정한 목적이었다.

"이거, 영감님 얼굴을 어떻게 봐야 하나. 미치겠네."

한 집단이 있으면 여러 파벌이 존재하게 마련.

그 파벌 중 교황을 지지하는 세력이 펠릭스의 신원을 인도받기로 결정된 터여서, 다른 파벌은 어떻게 해서든 펠릭스를 도중에 빼돌려 그들만의 연구소로 보내기 위해 궁리 중이었다.

두 개의 코어를 이식받고도 살아남은 펠릭스의 가치는 교단 내의 모든 파벌이 군침을 흘리고 달려들 법했다. 그들 중 실제로 행동으로 옮긴이들은 모르그덴 추기경 휘하의 파벌로서, 롤랜드 사제가 속한 세력이기도 했다.

모르그덴 파벌은 펠릭스를 호위하는 이들의 동선을 파악한 뒤, 몬스터들을 이용해 호위 병력을 서서히 궁지로 몰아붙였다. 지금까지는 모두 계획대로 순탄하게 진행되고 있었기에, 하필이면 자신 차례에 이런 식으로 일이 뒤틀릴 거라곤 전혀 예상 못 했던 터였다.

"아, 결국 영감님이 우려한 대로 일이 꼬여 버렸어. 영감님 말을 진작 들었어야 했는데……."

나이트로는 탐탁지 않다는 표정으로 임무를 내린 롤랜드 사제의 얼굴을 떠올리며 머리를 감싸 쥐었다.

"만에 하나, 실패할 경우에는 이곳에서 몸을 숨기고 있어라. 따로 연락할 생각도 말고. 너와의 연락이 끊기면 내가 알아서 그곳으로 찾아갈 테니까."

나이트로는 인상을 찌푸리면서 실패할 경우 펼쳐보라고 했던, 꼬깃꼬깃 접힌 종이를 펼쳤다.

"난 그저 그레인이란 녀석과 한번 겨뤄볼 수 있을까 기대해서 끼어든 건데……."

오늘까지만 하더라도 같은 임무를 부여받은 다른 동료들은 들키지 않고 임무를 수행했지만, 운이 나쁘게도 자기 차례에 일이 터져 버린 셈이다.

무엇보다 자신이 이레귤러라는 사실까지 들켰을지 모른다는 두려움에 그의 근심은 깊어져만 갔다.

"테일러를 알고 있었다면, 나에 대해서도 알고 있을지도 모르겠어. 아, 정말 미치겠네."

아예 자신이 누구인지 단번에 알아챘다면 체념이라도 했겠지만, 어설프게 연관되어 있다는 점이 나이트로의 짜증을 부채질했다.

그렇다고 지금 되돌아간다 해도 그레인 일행을 처리할 자신은 없었다. 펠릭스를 호위하는 세 명의 하이브리드 모두 직접 겪어보니 벅찬 상대였고, 특히 그레인과는 싸워서 이길 자신이 없었다. 지금의 실력으로선.

"그렇게 지치도록 만들었으면 조금이라도 흔들릴 법했을 텐데… 코어의 질만 높은 게 아니라 본인의 실력 역시 뛰어나다는 이야기겠지."

만약 제임스가 팔찌의 힘을 사용하지 않았다면, 생포되어 알고 있는 걸 모조리 털어냈을지 모른다는 상상에 전신이 부들부들 떨렸다.

"그런데 둘 중 누가 이레귤러였을까?"

자신을 향해 사슬을 휘둘렀던 펠릭스의 경우는 팔찌의 힘이 발동되었는지 아닌지 애매했지만, 그 전의 공격을 막아낸 얼음벽은 분명히 팔찌가 빛날 때 구현된 것이었다.

그레인, 혹은 베스티나.

나이트로는 자신처럼 지금까지 용케도 들키지 않고 교단에 몸을 담고 있는 이레귤러가 둘 중 누구일까에 대해 궁금해졌다.

"아, 그런데 이걸 알린다면 그 자리에 내가 있었다는 걸 밝히는 셈이잖아. 어떻게 해야 하지?"

그러나 지금은 고민 위에 또 다른 고민을 얹을 여유는 없었다.

나이트로는 펠릭스 일행이 있던 방향으로 고개를 돌려봤지만, 다행스럽게도 여전히 추적은 없었다.

*　　　　*　　　　*

가만히 서 있는 펠릭스와 그를 바라보는 이들 사이에 무거운 침묵이 감돌았다.

제임스는 손짓으로 살아남은 성당 기사단원들을 불러 모았다. 펠릭스를 경호하던 아까와는 달리 지금은 제임스를 둘러싼 성당 기사단원들은 두려움에 휩싸인 채로 손에 쥔 무기를 꽉 쥐었다.

"하하… 이것 참, 난감하군요."

제임스는 긴장을 떨쳐내기 위해 억지웃음을 지었지만 그와 대조적으로 식은땀이 이마를 타고 비 오듯 흘러내렸다.

"전하께서 이레귤러라니, 생각지도 못했습니다."

펠릭스를 처음 만나자마자 무례를 각오하면서라도 맨 먼저 이레귤러인지 아닌지 확인했어야 했다고, 제임스는 뒤늦게 후회했다.

아니면 아예 확인하지 않고 성지까지 아무 일 없이 바래다주는 미래가 왔어야 했다고 한탄했다.

그러나 이미 일은 벌어졌고, 이 사태를 어떻게 수습해야 하는지에 대해 고심했다.

펠릭스가 성지로 가는 걸 거부한다면?

혹은 그를 어떻게 설득한다 치더라도 그 후의 문제는?

여태처럼 몬스터들이 계속 습격해 오고 하이브리드가 또다시 일행을 덮치는 혼란이 계속될 경우, 펠릭스가 도중에 도망이라도 칠 각오를 한다면 어떻게 막을 수 있는가?

"이렇게 된 이상……."

이단 심문관 제임스는 오른팔에 찬 팔찌를 왼손으로 어루만졌다.

'그래, 어차피 실험체로 쓰일 육체이니 반드시 살아 있어야 할 필요는 없겠지.'

하이브리드에 대한 방침이 예전보다 너그러워졌다고 하나, 팔찌의 힘으로 제어할 수 없는 하이브리드인 이레귤러라면 이야기는 달라진다. 펠릭스를 한 나라의 대공으로서 정중하게 대하라는 교단의 지침도 어디까지나 그가 '정상적인' 하이브리드일 경우에 한한다.

이제 펠릭스가 상처라도 입을까 고심할 이유는 더 이상 없다.

그를 제압해서 억지로 성지까지 끌고 가든가, 혹은 시체만이라도 성지 안의 연구소로 데리고 가면 그만이라는 판단으로 이어졌다.

이런 선택을 할 수밖에 없었다며 나중에 변명하기 위해선 성지에 도착한 후에 성당 기사단원과 세 명의 하이브리드의 입을 죽여서라도 막으면 그만이다.

"그레인, 크루겐, 그리고 베스티나."

극단적인 선택을 머릿속에서 내린 제임스는 한 명씩 이름을 말할 때마다 침을 꿀꺽 삼켰다.

"전하를 체포해라. 아니, 이런 상황에서 반드시 생포할 필요는 없다. 죽여도 상관없다."

"네?"

"전하는 이레귤러다. 너희들과 다른, 그냥 놔둘 수 없는 존재다."

"아니, 그게 무슨 소리예요? 한 나라의 대공을 상대로 저희들 보고 뭘 하라는······."

"말이 많다!"

제임스는 혼전 속에서 베스티나가 냉기의 힘을 구현한 걸 알아채지 못했다. 그렇기에 펠릭스만 어떻게든 제압한다면 이 위기를 극복할 수 있다는 기대를 품었다.

펠릭스는 여전히 입을 다문 채 제자리를 고수했고, 제임스는 망설이는 세 명의 하이브리드를 향해 오른팔을 내밀었다.

"아니면 시련을 받을 생각이냐?"

어차피 시련을 이길 '평범한' 하이브리드는 없다.

만약 시련 속에서도 세 하이브리드들이 명령을 거부한다면, 자신을 호위 중인 성당 기사단원들을 방패 삼아 도망치면 된다. 그렇기에 제임스는 강하게 나올 수 있었다.

"저희들 실력으로는… 완전 죽으라는 말밖에 더 됩니까?"

"너나 베스티나는 몰라도 그레인은 다를 거다. 빙룡의 어금니를 이식받았다면, 그만한 값어치는 해야겠지?"

크루겐의 항의에도 제임스의 태도에는 변함이 없었다.

아니, 그레인과 크루겐 입장에선 익숙한 태도로 변한 지 오래였다.

"좀 잘 대해줬더니 처지를 망각한 거 같은데, 너희들은 그저 시키는 대로 하기만 하면 돼!"

"시키는 대로 하라는 건 완전히 노예 아닙니까?"

"그래, 너희들은 교단의 노예다. 그걸 잊지 마라!"

제임스의 외침에 그레인은 두 눈을 지그시 감았다.

교단에 절대 복종 해야 하는 운명은 아직도 변하지 않았다.

그러나 똑같은 운명을 맞이하기 위해 회귀한 것이 아닌 이상, 제임스와 마찬가지로 그레인 역시 극단적인 선택을 내려야만 하는 때였다.

'그래, 때가 온 거로군.'

그레인의 머릿속에 망설임이 사라지고 결단을 내릴 수 있었다.

"뭣들 하느냐? 당장 전하를… 아니, 저 이레귤러를 공격하지 않고!"

"……."

"……."

그레인은 크루겐을 마주 보더니 서로를 향해 고개를 끄덕거렸다.

"이래도 내 말을 듣지 않을 거냐!"

제임스의 외침과 동시에 팔찌에서 뿜어져 나온 빛이 사방으로 퍼져 나갔다.

그러나 그들은 이전처럼 괴로워하지 않았다. 얼굴에 두른 머플러를 살짝 위로 잡아당긴 크루겐이 모두의 시야에서 사라졌다.

"뭐, 뭐지?"

제임스는 당황하며 주변을 급하게 둘러봤다.

"크헉!"

성당 기사단원 중 한 명의 등 뒤에서 나타난 크루겐이 단검을 휘두르자, 핏줄기가 뿜어져 나왔다.

"으아악!"

"어… 윽……."

그레인은 두 명의 성당 기사단원을 향해 빠르게 돌격했고, 두 자루의 단검 트윈 엣지가 순식간에 피로 물들었다.

"사, 사람 살려!"

차르륵!

마지막으로 남은 성당 기사단원이 무기를 내팽개치고 도망치려 했지만, 펠릭스가 던진 영겁의 사슬이 그의 목에 칭칭 감겼다.

"크어… 억……."

사슬을 풀기 위해 발버둥 치던 성당 기사단의 몸이 축 늘어지며 땅바닥 위에 풀썩 쓰러졌다.

"이, 이건 말도 안 돼. 안 된다고!"

제임스는 여전히 빛나고 있는 팔찌를 그레인 일행을 향해 내밀었지만 아무런 소용이 없었다.

"설마 너희들 모두가……."

"이제 상황 파악 좀 되냐?"

"이레귤러라니……. 이, 이건 도대체가… 으악!"

뒷걸음치던 제임스가 돌부리에 걸려 엉덩방아를 찧었다.

"하필이면 왜… 이럴 때에……."

주저앉은 채로 물러서는 제임스의 법의가 성당 기사단원들의 피와 흙으로 엉망진창이 되어버렸다.

그럼에도 그는 계속 오른팔을 들어 자신을 향해 다가오는 두 남자를 향해 내밀었다. 지금이라도 시련으로 자신을 제외한 모두가 고통 속에서 몸부림치길 바랐지만, 현실은 바뀌지 않았다.

"우리, 제법 오랫동안 들키지 않았지?"

"그랬지."

"결국 이런 일이 일어나긴 하네. 앞으로 골치 아프겠어. 뭐, 앞으로의 일은 나중에 걱정하기로 하고… 우선은 입을 막아야겠지?"

그레인 옆에 선 크루겐의 두 눈이 가늘어졌다.

이런 상황이 언젠간 올 거라 예상해 왔다. 이미 이렇게 된 이상, 행동에 망설임이 있어서는 안 된다.

"서, 설마 나까지 죽일 생각은 아니겠지? 나, 나는 이단 심문관이다! 내, 내가 죽는다면 아무리 대공이 시킨 일이라고 해도 그냥 넘어갈 수 없……."

가까스로 일어서서 뒷걸음치던 제임스의 등 뒤에 무언가가 닿았다.

나무에 등을 기댄 제임스의 전신에서 땀이 멈추지 않고 흘러내렸다. 눈에서는 두려움을 이기지 못해 눈물이 계속 흘러나왔고, 그의 머리는 이 모든 것이 꿈이라며 현실을 부정했다.

"그러면… 흐음, 아니지."

크루겐은 저글링하던 팬텀 대거를 붙잡더니 검집 안에 집어넣고 그레인을 쳐다봤다.

그레인은 양손에 하나씩 쥔 트윈 엣지의 검 끝을 아래로 내리더니 베스티나를 바라봤다.

상황이 여기까지 온 이상, 어떤 선택을 하겠냐는 무언의 질문이었다.

"나는……."

'살아야 해, 살아남아야 해, 살아야 한다고!'

베스티나는 말끝을 잇지 못하고 망설였지만, 마음속에서는 필사적인 외침이 반복되었다.

그녀를 계속 괴롭히던 죽음에 대한 공포.

만약 제임스를 살려 보낸다면 공포는 현실로 닥칠 게 분명했다. 제임스와 베스티나, 둘 중 한 명은 반드시 죽어야 하는 입장에 선 이상, 그녀의 선택은 하나로 굳어졌다.

"나는……."

단 하나의 목적만으로 생각이 통일되자 베스티나는 한동안 잊어버렸던 냉정함을 되찾고 냉기를 제어하기 시작했다.

"베, 베스티나! 지금 네가 무슨 짓을 하려는지 알고 있는가!"

자신 앞으로 다가온 베스티나가 냉기를 머금은 왼손을 앞으로 내밀자 제임스의 얼굴이 사색이 되었다.

"아, 아직 늦지 않았다! 지금이라도 그냥 보내준다면… 크헉!"

베스티나의 왼손에서 뻗어 나온, 육각뿔로 구현된 얼음 창이 제임스의 심장을 관통했다.

"…죽고 싶지 않아. 단지, 그뿐이야."

처음으로 성공한, 냉기의 가장 완벽한 형태라 일컬어지는 육각의 구현이 이뤄졌음에도 베스티나는 아무런 감흥이 없는 표정이었다.

나무와 함께 얼음 창에 꿰뚫린 제임스의 고개가 아래로 푹 숙여졌다. 입과 가슴에서 흘러내린 피가 그가 걸친 법의와 나무를 붉게 물들이기 시작했다.

베스티나는 입술을 굳게 다물고서 제임스의 팔목에 있는 황금색 팔찌를 내려다봤다.

최소한 지금 이 순간만은 누군가의 눈을 속일 필요가 없다는 안도감에 그녀를 짓눌러 왔던 긴장이 서서히 풀리기 시작했다.

"괜찮습니까?"

비틀거리는 베스티나를 그레인이 다급히 붙들고 부축했다.

"괘… 괜찮아."

"베스티나, 당신도 저희들처럼 시련을 겪지 않는 육체일 줄은 미처 예상 못 했습니다."

그레인은 벤트 섬을 떠나기 전 베스티나에게 다시 만날 때는 적이 아니기를 바란다고 말한 적이 있었다.

그렇다고 교단에 맞서야만 하는 길에 같이 들어서는 것까지 원하지 않았다. 지금 주변에 쌓여 있는 시체들 정도야 우습게 보일 정도의, 피로 점철된 길을 걸어가야 할지도 모르기에.

"묻겠습니다. 죽지 않고 살아가길 원합니까?"

그레인의 물음에 베스티나는 고개를 끄덕거렸다.

"하지만 그 길은 두 가지입니다. 지금처럼 시련을 받지 않는 육체임을 숨기고 노예로 계속 살아갈 것입니까? 아니면 저희들처럼 교단을 거부하는 길을 택하겠습니까?"

"선택은 이미 했다."

베스티나는 제임스의 시체를 내려다보며 원래의 말투로 대답했다.

하지만 모든 문제가 해결된 건 아니었다.

"다가오지 마라."

또 한 명의 하이브리드이자, 시련을 받지 않는 육체를 지닌 펠릭스는 영겁의 사슬을 양손에 칭칭 감은 채로 나머지 세 명을 바라봤다.

"막상 날 성지로 데려가려고 했으면서 교단의 하이브리드가 날 공격했고, 교단의 성직자가 너희들에게 공격을 지시했다. 이런 상황에서 똑같은 이레귤러라는 이유만으로 너희들을 믿어야 할 이유가 나에게 있다고 보나?"

"흐음, 전하 입장에서야 당연히 없겠죠."

크루겐은 펠릭스로부터 한 걸음 뒤로 물러섰고 나머지 둘
도 펠릭스와의 거리를 벌렸다.

"날 납득시켜 봐라. 지금 당장."

"그렇다면 그동안 말하지 못했던 진실에 대해서 이야기해야
겠군요. 언젠가는 말해야 했지만, 지금처럼 적절한 때는 없어
보입니다."

그레인은 펠릭스와 자신 사이에 널브러져 있는 성당 기사
단원들의 시체를 둘러보며 마른침을 꿀꺽 삼켰다.

"왜냐하면 우리는 이제… 같은 운명이라는 걸 확인했기 때
문입니다."

*　　　*　　　*

평상시처럼 발굴 작업이 한창인 유적지 여기저기에서 망치
소리가 퍼져 나갔다.

발굴 작업의 책임자인 던컨은 거대한 암석에 등을 기댄 채
로 오늘 아침에 받은 편지를 읽는 중이었다.

"역시 해낼 줄 알았다니까!"

여송연을 입에 문 채로 편지를 모두 읽은 던컨의 얼굴에 미
소가 번졌다.

"드디어 그 녀석들이 성지로 가는 건가?"

그레인과 크루겐.

같이 왔던 세 명의 신입도 각자 다른 곳으로 배속된 지 오래인 지금, 유독 뛰어났던 두 소년을 잊으려야 잊을 수가 없었다.

"그런데 그레인, 이 녀석은 편지 쓰는 실력만은 크루겐보다 훨씬 뒤처지는군. 이렇게 무뚝뚝하게 쓸 수 있는 것도 능력이라면 능력이겠지만."

던컨은 앞서 읽었던 또 다른 편지를 손등으로 툭툭 치면서 고개를 절레절레 저었다.

하지만 이런 부분까지 오히려 그레인다웠기에 그러려니 하고 넘어갈 수 있었다.

"형님! 형님!"

여송연 재를 툭툭 털던 던컨을 향해 부하인 로이와 조르쉬가 헐레벌떡 뛰어왔다.

"뭔 일이냐?"

"형님을 찾아온 분이 있어요!"

"누군데?"

"그게, 상태가 좀……."

로이와 조르쉬는 서로 얼굴을 바라보며 난감한 표정을 지었다.

바로 그때, 둘의 뒤편에서 비틀거리는 걸음으로 법의 차림의 남자가 다가왔다.

"이스트라? 이스트라 맞지? 이게 웬일이야?"

바위에서 등을 뗀 던컨이 이스트라를 향해 두 팔을 활짝 벌렸다.

"미리 연락이라도 하고 오지 그랬어! 도대체 몇 년 만에 우리들 만나는 거냐?"

던컨은 이스트라를 강하게 포옹하며 함박웃음을 지었지만, 이스트라의 표정은 일그러져만 갔다.

"으윽… 지금 당장 여기를 떠나!"

"떠나라니? 무슨 소리야?"

의외의 말에 이스트라의 양어깨를 붙든 던컨은 두 눈을 크게 뜨며 시선을 아래로 내렸다.

허리를 움켜쥔 이스트라의 손가락 사이에서 피가 배어나고 있었다.

"뭐, 뭐야? 너, 다친 거야?"

뭐가 어떻게 돌아가는 건지 영문을 알 수 없어 혼란스러워하는 던컨의 귀에 웅성거리는 소리가 들렸다.

발굴 작업 중이던 인부들은 모두 장비를 내려놓더니 갑자기 등장한 성당 기사단원을 바라봤다.

그들은 빠른 걸음으로 둘을 향해 달려왔고, 그들을 이끌고 온 자는 이스트라처럼 오래간만에 보는 '또 한 명의 친구'였다.

"쉐일……."

이스트라를 만났을 때와 달리 던컨의 두 눈썹 사이가 좁혀졌다.

"던컨, 그동안 이스트라를 통해서 아주 재미난 짓을 했더 군."

"쉐일! 너, 설마 이스트라에게……."

"이레귤러는 죽여서든, 살려서든 간에 연구소로 보내야 한 다는 방침을 잊어서는 곤란해."

"……!"

이레귤러라는 단어에 던컨은 아랫입술을 지그시 깨물었 다.

"역시 그것 때문이었나. 언젠간 들킬 거라 예상은 했어도… 제길, 네가 직접 올 줄이야."

한때 절친한 사이였던 네 명의 남자.

그중 한 명은 고인이 되어 자신의 단검을 친구에게 물려주 었다.

남은 세 명 중 하나는 완전히 변해 나머지 둘과 등을 돌렸 다.

서로 다른 길을 택한 이상 언젠가는 친구가 아닌 관계로 만 날 거라 예상은 했었다. 그러나 막상 그때가 되고 보니 던컨 의 마음은 복잡하기만 했다.

"던컨, 너라도 도망쳐야 '해."

"하, 하지만 널 놔두고 나 혼자만……."

망설이는 던컨을 바라보던 이스트라는 무언가 결심한 표정으로 양손을 펼쳤다.

폭이 넓은 소매 안쪽에 감춰져 있던 두 자루의 단검이 이스트라의 손에 하나씩 쥐어졌다.

"으악!"

맨 앞에 있던 성당 기사단원이 비명을 지르며 검을 떨어뜨렸다.

나머지 성당 기사단원들은 자신들에게 달려든 이스트라를 향해 검을 휘둘렀지만, 이스트라가 걸친 법의의 끝자락에도 닿지 않았다.

"크헉!"

성당 기사단원 사이로 파고든 이스트라가 단검을 휘두를 때마다 성당 기사단원들의 손등 위에 선혈이 자리 잡았다. 그들은 피투성이가 된 손을 부여잡고 주저앉았고, 이스트라는 던컨을 향해 뒤돌아보며 소리를 질렀다.

"빨리! 서둘러!"

카앙!

묵직한 해머를 두 자루의 단검을 서로 교차시켜 막아낸 이스트라의 표정이 일그러졌다.

허리의 상처에서 흘러나온 피가 법의를 타고 발 주위를 붉게 적셨다.

"이스트라."

"헉, 헉……."

"교관으로 지내면서도 실력이 녹슬지는 않은 것 같군."

치이익.

쉐일의 해머 '베놈(Venom)'에서 흘러나온 녹색 독이 이스트라의 단검들을 부식시키기 시작했다.

"하지만 이 단검이 트윈 엣지였다면 모를까, 베놈을 이기는 건 무리야."

"크윽……."

카앙!

이스트라가 양손에 쥐고 있던 단검이 빙그르 회전하면서 멀리 날아갔다.

바닥에 쓰러진 이스트라를 향해 부상을 입지 않은 성당 기사단원들이 재빠르게 포위했다.

이스트라가 포박되는 사이 던컨을 포함한 세 명은 평소 몬스터들의 시체를 쌓아놓던 장소 아래 숨겨져 있던 비밀 통로로 급하게 도망쳤다.

"이런, 아쉽게 되었군."

"크윽……."

"하지만 어차피 목적은 너였으니까 상관없어. 안 그래?"

던컨이 있던 자리에 떨어진, 반쯤 태우다만 여송연을 쉐일은 발로 짓밟아 비비면서 뭉개 버렸다.

"이스트라."

한쪽 무릎을 꿇으면서 이스트라와 눈높이를 맞춘 쉐일은

오른손으로 그의 멱살을 붙잡고 확 잡아당겼다.

"왜 트윈 엣지를 하이브리드에게 줘버린 거지? 그건 너 혼자만의 무기가 아니야. 너무 실망스러워."

"……."

"고든을 누가 죽였는지 잊은 건 아니겠지?"

말을 들은 이스트라도, 말을 꺼낸 쉐일의 얼굴에도 그림자가 드리워졌다.

"그리고 하나뿐인 네 여동생이 지금 어디 있는지 궁금하겠지?"

"쉐일! 너, 설마!"

"그러니 다시 그 연구를 진행하자."

하이브리드를 '완벽한' 노예로 만들기 위한 쉐일의 연구.

절대로 교단을 배신할 수 없는 운명을 모든 하이브리드에게 드리우기 위해서는 하이브리드에 대한 연구에서 자신보다 뛰어났던 이스트라의 도움이 필요했다.

이전까지는 옛 정을 생각해서 이스트라를 놔뒀다.

그러나 이스트라와 던컨의 '죄'를 알게 되고, 이스트라를 옭아맬 수 있는 최적의 인질을 확보한 이상 기다릴 필요는 사라졌다.

"교단을 위하여."

이스트라의 표정은 여전히 어두웠지만, 쉐일의 표정은 원래대로 돌아갔다.

"그리고 우리들의 친구였던… 고든을 위해서."

쉐일은 이스트라의 왼쪽 어깨에 얼굴을 얹더니 그의 등에 손을 가져갔다.

제4장
진실, 그리고 혼란

"진실이라……."

펠릭스는 운명 대신 진실이라는 단어에 주목했다.

"그 진실 속에는 내가 그냥 넘어갔던 일들에 대한 것도 포함되어 있겠지?"

"물론입니다."

그레인의 대답을 들은 펠릭스는 양손에 감았던 영겁의 사슬을 풀어 가슴과 양팔에 다시 감았다.

펠릭스는 베릴란트 성을 떠난 이후 그레인과 크루겐, 정체를 알 수 없는 두 소년과 함께 지냈다. 서로 맡은 일을 해결하면서 그 둘을 어느 정도는 믿을 수 있다고 여겼다.

그러나 개개인에 대한 감정과 이성적 판단은 별개의 문제.

그렇기에 그레인이 말할 진실이 이 자리에서 벌어졌던 혼란을 종식시키고, 두 소년을 다시 믿을 수 있도록 이끌어주기를 바랐다.

"하지만 진실을 듣게 되면 이제까지 겪은 고난은 아무것도 아니라고 여길 정도로 좌절할지도 모릅니다."

"진실이 행복만을 가져다준다고 착각할 정도로 난 어리지 않다."

"꽤 긴 이야기가 될 겁니다만, 괜찮으시겠습니까?"

"문제없다."

"알겠습니다. 그렇다면……."

이번에는 베스티나에게도 진실을 알려야 하는지 결정해야 할 때였다.

원래 계획에는 없었지만, 시련을 받지 않는 하이브리드임을 확인했으니 그녀와 같이 행동해야만 하는 처지가 되었다.

그렇다 하여도 진실을 그녀에게 억지로 알릴 수는 없었다.

어느 정도 거리를 둔 조력자로 남을 것인지, 아니면 진실의 무거움을 알고 같이 움직일 동료가 될 것인지.

또 한 번의 선택을 그녀에게 강요해야 할 입장이 되어버렸다.

"베스티나, 괜찮겠습니까?"

"그레인, 네가 말하려는 진실이라는 것이 나와도 관련되어 있나?"

"아마도 그럴 겁니다. 그리고 당신은 본의 아니게 그 진실과 이미 접촉한 거나 마찬가지입니다."

"그렇게 확신하는 이유는?"

"그때는 알고 그랬는지 아닌지 확신하지 못했지만, 지금은 확신할 수 있습니다. 당신은 우리들과 깊게 관련된 일을 저에게 말한 적이 있어서입니다."

그레인은 베스티나가 언급했던 숫자 '1416'을 굳이 다시 꺼내지 않고 돌려서 말했다.

고개를 숙이고서 잠시 생각에 잠긴 베스티나는 결심을 굳힌 표정으로 그레인을 바라봤다.

"그렇다면 나 역시 괜찮다."

"그러면 말하겠습니다."

"그전에 잠시만."

펠릭스는 동생인 스코트에게서 받은 두 장의 편지 중, 그레인이 진실을 말하려고 할 때 읽으라고 했던 검은색 편지를 품에서 꺼냈다.

"이제 말해봐라."

"그러면 시작하겠습니다."

그레인은 한숨을 크게 내쉬며 두근거리는 가슴 위로 오른손을 얹었다.

펠릭스는 편지 봉투를 뜯어 안에 있는 편지지를 꺼낸 후 근처에 있던 그루터기 위에 앉았다.

"네 말대로 꽤 오래 들어야 할 것 같군."

펠릭스의 입술 사이로 피식하는 웃음소리가 새어 나왔다. 차곡차곡 접힌 열 장의 편지지엔 작은 글씨로 스코트가 손수 쓴 내용이 빽빽하게 들어차 있었기 때문이다.

"저와 그레인, 그리고 다른 28명은……."

모두 합해 30명이라는 숫자.

그리고 동생의 편지를 읽어 내려가던 펠릭스의 눈동자가 멈춘 방향에 적혀 있는 숫자는 동일하게 30.

"카르디어스 신성력 1416년, 그때로부터… 미래에서 과거로 회귀했습니다."

그리고 회귀라는, 전혀 예상 못 했던 단어가 편지의 서두를 장식했다.

*   *   *

교단이 창조한, 인간을 뛰어넘는 능력을 지닌 생명체 하이브리드.

신에게 힘을 물려받는 성자라는 존재가 점점 사라지자 그 대체제로 교단이 육성하기 시작한 인위적인 존재.

그레인은 이미 알고 있을지도 모르는 하이브리드에 대한 정의부터 설명했다. 그다음, 전생에 있었던 일들을 담담한 어조로 이어나갔다.

교단이 이레귤러라 지칭하는, 시련을 받지 않는 존재들로 구성된 100인의 결사대.

하이브리드를 대량으로 만들어낸 교단의 음모와 그걸 저지하기 위한 몸부림.

결국 교단을 막지 못한 최후의 30인이 마지막으로 택한 선택, 회귀.

그레인은 전생에 겪었던 일들을 순차적으로 설명했다.

이야기가 진행되는 내내 크루겐은 땅바닥에 널브러져 있는 시체들이 확실히 죽었는지 일일이 확인했다. 그 후 또 나타날지 모르는 습격자를 대비해 주변에 대한 경계를 늦추지 않았다.

베스티나는 집중을 잃지 않고 이야기를 경청하면서 단 한 번도 그레인에게서 눈을 떼지 않았다.

펠릭스는 이야기 초반에는 감정의 변화를 표정으로 고스란히 드러냈다. 하지만 동생과 관계된 이야기가 진행되는 부분부터 경직된 표정으로 침묵을 지켰다.

덕분에 그레인은 흐름이 끊기지 않고 이야기를 이어나갈 수 있었다.

"…그리고 회귀 이후 저는……."

30명이 모두 다른 시간대로 회귀하면서 생긴, 시간의 뒤틀림.

회귀 이후 새롭게 만난 인연들, 그리고 재회한 전생의 동료들.

아까와는 달리 베스티나는 자신이 언급될 때엔 고개를 끄덕이며 반응했다. 반면 펠릭스는 아예 표정 변화도 보이지 않고 편지지를 든 양손을 부들부들 떨 뿐이었다.

"…그렇게 된 것입니다."

이야기를 마친 그레인은 수통을 집어 들고 그대로 들이켰다.

꿀꺽꿀꺽.

단 한 번도 쉬지 않고 수통의 물을 모두 마신 그레인은 펠릭스를 쳐다봤다.

"전하, 괜찮으십니까?"

"…내가 지금 괜찮을 거라 생각하나?"

처음 그레인이 이야기를 시작할 때엔 워낙 황당한 내용이었기에 어이없다는 반응을 보였다.

그리고 시간이 흐를수록, 편지의 내용과 아귀가 맞아떨어지는 이야기에 실소를 지었다. 동생과 미리 입을 맞춰놨을 거라는 추측과 함께, 이런 식의 기묘한 설득은 처음이라며 여유를 잃지 않았다.

그러나 이야기가 막바지에 다다르자 펠릭스는 웃음기 하나 없는 표정으로 귀는 그레인의 이야기에, 눈은 동생의 고백이 적힌 편지에 몰두했다.

"내가 전생에 왕이었고, 동생이 하이브리드였으며… 베릴란트 왕국이 교단에 의해 짓밟혔다고?"

편지지를 떨어뜨린 펠릭스의 두 손은 여전히 부들부들 떨고 있었다.

"아니, 무엇보다 회귀? 미래에서 과거로? 하, 하하……."

아래로 숙인 얼굴을 양손으로 감싸 쥔 펠릭스의 어깨가 들썩거렸다.

"하하하하!"

그의 감정과는 상반된 웃음소리가 사방으로 퍼져 나갔다.

펠릭스의 웃음소리는 커져만 갔지만, 양손의 경련은 더 심해지기만 했다. 믿기 힘든 사실을 눈앞에 두고 이렇게나 두려움에 떨어보기는 처음이었다.

"이런 식의 농담은 처음이야. 정말로."

"저, 전하. 괜찮나요?"

"다가오지 마라!"

펠릭스의 외침에 크루겐이 움찔하며 황급히 뒤로 물러섰다.

자리에서 일어선 펠릭스가 바로 옆에 있는 나무를 한 손으로 붙들더니 손가락에 힘을 확 주었다.

우두둑.

손바닥을 펼치자, 엄청난 악력에 뜯겨 나간 나뭇조각들이 아래로 후드득 떨어졌다.

쿵!

나무가 쓰러지면서 지면이 흔들렸고, 숲 안에 있던 새들이 날갯짓을 하며 일제히 위로 날아올랐다.

'그래, 그럴 법도 하겠지.'

지금 당장 펠릭스와 대화는 불가능하다고 판단한 그레인은 베스티나 쪽으로 고개를 돌렸다.

펠릭스와 달리 그녀는 처음부터 그레인의 이야기를 진지한 표정으로 경청했다.

"베스티나, 당신은 제가 한 말을 어떻게 생각합니까."

"잠시만."

단기간에 너무 많은 정보를 머릿속에 집어넣어야 했다. 한 술 더 떠 어디까지가 거짓이고 진실인지 판단하기 힘들었다.

당연히 그녀의 머릿속은 혼란으로 가득했다.

결국 그녀는 그레인이 한 말 중 회귀 이전의 이야기보단 회 귀 후의 내용에 집중했다.

"1416이란 숫자가 그런 의미였다니……."

베스티나의 입에서 탄식이 흘러나왔다.

체일런이 죽기 직전까지 왜 그렇게나 그 숫자를 알아보길 바랐는지, 이제는 이해할 수 있었다.

시련을 받지 않는 하이브리드라는 존재 자체가 결사대 입 장에선 소중할 수밖에 없기에.

그리고 왜 마지막까지 필사적으로 싸우지 않고 홀로 죽는 걸 택했는지도.

물론 그레인의 말이 모두 사실이라는 전제를 깔아야 하지만.

'역시 다른 결사대원과 만난 게 분명해. 누구를, 어디서, 어떻게 만났는지 알고 싶지만……'

그레인은 1416이란 숫자를 어디서 들었는지 당장 물어보고 싶었다.

그러나 베스티나의 반응을 먼저 확인해 보고 움직여야 할 때였기에 초조함을 억누르며 그녀의 다음 말을 기다렸다.

"그레인, 네 말대로라면 수료생들이 벤트 섬을 떠나던 날에 받았던 쪽지가……"

"추가로 설명하자면, 돌린 건 나였지만 쓴 건 그레인이었어. 참고로 저 녀석이 날 끝까지 설득하지 않았으면 그냥 안 알리고 넘어갔을 거야."

크루겐은 마지막까지 그레인의 의견을 반대했던 걸 떠올리며 멋쩍게 뒤통수를 긁었다.

"그랬구나……"

그레인을 응시하는 베스티나의 눈동자가 촉촉하게 젖기 시작했다.

회귀 전의 이야기에 대해서는 아직까지 이해할 수 없는 부분투성이였다.

그러나 그레인의 선택으로 인해 베스티나는 죽지 않고 지금까지 살아남게 되었다.

교황을 처음으로 알현할 당시, 그녀는 두려움에 휩싸여 단서를 남몰래 알려준 누군가에 감사할 겨를이 없었다. 그러나 지금은 진심으로 그레인과 크루겐, 특히 그레인에 대한 고마움으로 가슴이 두근거렸다.

"그레인."

"네, 베스티나."

"혹시나 해서 물어보는 건데, 전생의 나는 어떠했지?"

베스티나는 전생에 있었던 일에 대해서는 자신이 단 한 번도 언급되지 않았음을 기억하며 질문했다.

"결사대원 100명 중 한 명은 아니었고, 적으로도 당신을 만난 적은 없습니다. 어쩌면 하이브리드가 되지 않았을지도 모릅니다. 혹은… 아닙니다."

그레인은 가장 가능성이 높은 추측에 대해서는 입 밖으로 내지 않고 도로 삼켰다. 베스티나는 그의 의도를 알아채고 천천히 고개를 끄덕거렸다.

전생의 자신이 겪었을지 모르는 또 하나의 결말을, 다른 이의 죽음으로 대신 봤었기에 더 이상의 충격은 없었다.

"고맙다."

"네?"

"너희들은 내 생명의 은인이다."

베스티나의 왼쪽 눈 아래로 투명한 눈물이 뺨을 타고 흘러내렸다.

정작 그레인과 크루겐은 무작정 감사를 받기엔 아니라고 생각하며 난감해했다.

"저희들은 본의 아니게 당신의 운명을 바꿨습니다. 교단과 맞서 싸워야만 하는 길을 걷도록 말입니다. 시련을 받는다는 사실을 계속 숨기면서 교단의 노예로 사는 편이 훨씬 나을 수도 있습니다."

"여기서 일어난 일처럼 교단의 눈을 영원히 속일 수는 없다."

실제로 정체를 숨기고 성지에 잠입했던 62번째 결사대원 체일런은 이레귤러임을 들키고 교단의 추적을 받았다.

그리고 진실을 모르고 그를 죽음으로 몰아붙인 이는 다름 아닌 베스티나.

그녀는 자신 역시 숨기고 있던 또 하나의 진실을 밝힐 때라 확신했다.

"나 역시 마찬가지다. 너희들에게 알리지 않은 것이 있다. 체일런이라는 남자를 알고 있나?"

"체일런?"

"아, 62호? 그 녀석을 만났던 거야? 어디서? 언제?"

"내가……."

베스티나는 자신의 의지와 상관없이 떨기 시작한 오른손을 왼손으로 강하게 움켜쥐었다.

"…죽였다."

순간 시간이 정지한 듯 그레인과 크루겐이 동시에 동작을 멈췄다.

"반년 전이었을 거다. 성지 내로 침투한 이레귤러이자 탈주자인 그를 추적하고 처리하는 임무에 투입된 적이 있었다. 그때의 나는……."

베스티나의 시선이 천천히 아래로 내려가더니 그레인의 얼굴이 아닌 발끝을 향했다.

이야기가 진행될수록 차가워지는 그의 시선을 정면으로 받아낼 자신이 없었다.

"…그는 죽기 직전 나에게 1416이란 숫자를 알고 있는지 물어봤다. 나중에는 자신의… 피로 그 숫자를 적으면서까지 물어봤지만, 여전히 난 무슨 의미인지 알 수 없었고……."

크루겐은 뒷짐 진 자세를 유지하면서 손가락을 꼼지락거렸다.

베스티나의 고백을 듣는 순간, 본능에 따르지 않고 인내심을 발휘하며 스스로를 진정시킨 걸 다행으로 여기면서.

"너희들은 나, 나를 구해줬는데… 나, 나는 너희들의 동료를……."

두 다리의 힘이 풀린 베스티나가 양쪽 무릎을 모은 채로 털썩 주저앉았다.

감정이 격해지면서 말을 더듬거리는 그녀는 둘이 알고 있는 베스티나와는 거리가 멀었다.

"나는, 나는……."

말을 꺼내기 전 미리 떠올렸던 온갖 변명거리들이 하나도 떠오르지 않았다. 계속 같은 말을 반복하면서 더 이상 이야기를 잇지 못했다.

각오하고 시작한 고백이었다.

하지만 애써 잊어버렸던 두려움이 덮치자 그녀의 오른쪽 눈에 자리 잡은 푸른색 눈동자 아래로 한 줄기 눈물이 흘러내렸다.

"나는… 나는……."

자신을 향해 내민 그레인의 왼손에서 얼음 창이 뻗어 나와 가슴을 관통할 미래를 예상하며, 눈을 감으려고 했다.

"아……."

그러나 그레인은 베스티나의 오른손을 살며시 쥘 뿐이었다.

거칠고 딱딱한 그의 손을 통해 그레인의 체온이 느껴졌다.

"진정됩니까?"

"꽤, 괜찮다."

베스티나는 손을 빼내려고 했지만, 이번에는 그레인의 오른손이 그녀의 손등 위를 살며시 덮었다.

격해졌던 감정이 서서히 가라앉으면서 빨라졌던 호흡이 천천히 원래대로 돌아갔다.

"베스티나."

"나는……."

"분풀이로 당신을 죽인다 하여도 체일런은 살아 돌아오지 않습니다. 그리고……."

그레인은 말을 도중에 끊고서 크루겐을 쳐다봤다. 팔짱을 낀 채로 서 있던 크루겐은 그레인과 같은 선택이라는 의미로 고개를 끄덕거리더니 둘을 향해 걸어왔다.

"내가 알고 있는 체일런이라면, 적에게 순순히 죽어줄 성격은 아니야. 같은 편인 내가 봐도 집요하다 싶을 정도였지. 너와 이야기를 나눌 힘이 남아 있었다면 어떻게든 빈틈을 노려 목을 날려 버릴 기회만 노렸을 거야. 그런 체일런이 네 앞에서 순순히 죽었다면… 휴우."

그레인 대신 말을 이어나간 크루겐의 입에서 한숨이 새어 나왔다.

물론 체일런의 죽음이 아쉽고 분노가 용솟음치는 건 어쩔 수 없었지만, 아무것도 몰랐던 그녀의 행동을 탓할 수는 없었다.

크루겐은 양손을 앞으로 내밀고서 손바닥을 쫙 펼쳤다. 그 어떤 무기도 쥐고 있지 않다는 표시였다.

"아까 그 녀석을 죽였다는 말을 듣는 순간, 나도 모르게 팬텀 대거를 뽑아 들긴 했어. 그러나 어쩔 수 없는 상황이라는 걸 알았으니, 어쩌겠어? 체일런이 이번 생에서 때 이른 죽음을 맞이한 것도, 운명이니까."

"내 말을 믿는 건가?"

"그러면 반대로 물어보겠어. 넌 그레인의 말을 믿어? 믿으니까 체일런에 대해 말한 거 아니야?"

"……."

"교단에 맞서기 위해서는 우리들처럼 시련에 벗어난 이들이 한 명이라도 더 필요해. 간단하게 생각하는 편이 나을 거야."

말을 마친 크루겐은 뒤로 물러서면서 대화에서 빠졌다.

그레인은 베스티나의 오른손을 양손으로 붙든 채로 그녀를 천천히 일으켜 세웠다.

"베스티나, 당신이 제가 한 말 전부를 받아들인 건 아니라고 생각합니다. 특히 회귀했다는 사실 자체는 더욱더."

"솔직히 말하면, 그렇다."

"그런데 회귀 후 제가 한 행동을 받아들이려면 회귀 전 일과 연관 지어야 합니다."

"믿고 안 믿고를 떠나 네가 한 말의 앞뒤 자체는 맞았으니까. 그리고 결과적으로 나는 너희들 덕분에 살아남았다. 다시 한번 말하겠다. 고맙다."

베스티나는 그레인에게서 손을 빼낸 뒤 손등으로 눈가에 남은 눈물을 훔쳐냈다.

"아니, 고마워."

그 누구에게도 말 못 하던 커다란 짐을 내려놓아서였을까.

베스티나의 손끝에 아직 미세한 경련이 남아 있었지만, 표정은 아까보다 많이 좋아졌다.

"우선 하나는 해결되었다 치고……."

의외로 베스티나 쪽 문제는 쉽게 해결되었다.

남은 건 아직까지도 애써 감정을 억누르는 중인 펠릭스였다.

크루겐은 눈치를 보면서 펠릭스에게 다가가려고 했지만, 이내 고개를 가로저으며 그레인을 쳐다봤다.

"아무래도 나는 이런 상황에선 어울리지 않는 것 같아. 미안하지만 부탁할게."

세 명에게서 등을 돌린 채로 바위에 걸터앉아 있는 펠릭스를 향해 그레인이 천천히 다가갔다.

그레인은 펠릭스의 정면이 아닌 옆에 서서 그의 시야 구석에 자리 잡는 쪽을 택했다. 그리고 먼저 말을 걸기보다 펠릭스의 감정이 가라앉기를 기다렸다.

그렇게 10여 분이 흐른 후, 펠릭스가 천천히 고개를 들어 올리며 굳게 닫힌 입술을 열었다.

"전생의 나는……."

"네?"

"왕이었던 나는 어땠지? 말해봐라."

전혀 예상하지 못했던 의외의 질문에 그레인은 뭐라 대답할 말을 찾지 못했다.

그레인의 눈에 비친 펠릭스의 표정은 딱딱하게 굳어 있었다. 처음 보는 이로 하여금 감히 거부할 수 없게 만드는 특유의 위압감이 이번에는 펠릭스 본인을 짓누르고 있는 느낌이었다.

"솔직히 말하면 전생에는 전하와 접점이 거의 없었습니다. 오히려 지금의 전하를 더 잘 알고 있다고 생각합니다만."

그레인은 회귀 전에는 펠릭스를 직접 본 적이 없었다. 게다가 전생의 펠릭스에 대해서는 형제인 스코트가 편지로 알렸을 거라 생각해 자세히 설명하지는 않았다.

"난 동생이 아닌, 제3자인 너를 통해 내가 어땠는지 알고 싶다. 아는 만큼만 말해도 좋다."

펠릭스의 고집에 그레인은 전생의 기억을 떠올리며 입을 열었다.

"대부분 폐하로부터 들은 말이지만……"

"전생 때처럼 편하게 말해도 된다."

"전생의 스코트에게 들은 바로는, 당시의 전하는 그 누구보다 국가와 국민을 아끼는 인자한 왕이셨습니다만……"

"하지만 나라를 구하진 못했지."

펠릭스가 오른손에 힘을 주자 편지지가 구겨지는 소리가 들렸다. 회귀로 인해 이미 지워진 미래임에도 펠릭스는 분노를 감추지 않았다.

"그렇습니다."

"그랬단… 말이로군."

그레인과 크루겐만이 기억하는, 자신도 모르는 '자신'에 대한 평을 펠릭스는 순순히 받아들였다.

특히 자신에 대해 말할 때의 그레인의 표현이 과거형이라는 점에 주목했다. 진짜로 미래를 겪고 온 자라면 자연스럽게 나오는 표현이었기에.

"처음에는 얼토당토않은 말을 지껄이는 너에게 여러 가지 생각이 들더군. 하지만 동생마저도 똑같은 이야기를 적어놓은 이 편지를 읽자, 뒤죽박죽 엉켰던 감정이 하나로 합쳐졌다."

펠릭스는 깍지 낀 양손을 무릎 사이에 놓았다. 조금씩 움직이는 손가락 끝에서 망설임이 고스란히 드러났다.

"전생의 내가 제대로 나라를 이끌었다면… 현생이라고 해야 겠지? 지금의 동생이 괴로운 선택을 하지 않았을지도 모른다는 생각에 미치고 나니, 스스로에게 분노를 느끼고 있었다."

"미안해."

하이브리드가 된 직후 자신을 보자마자 했던 동생의 말.

그리고 길었던 편지의 마지막에 적혀 있던 문장.

왕이 된 이후 단 한 번도 대면한 적이 없는 형제 사이였지만, 편지를 통해 그동안의 일을 고백하는 스코트는 옛날 그대로였다.

펠릭스는 이전 그레인과 크루겐을 처음 만났을 때 읽었던 또 하나의 편지를 품에서 꺼냈다. 두 장의 편지에 적힌 내용은 서로 달랐지만, 펠릭스에 대한 죄책감만은 공통으로 담겨 있었다.

"내 동생과는 어떤 사이였지?"

"같은 결사대원이긴 했지만 스코트와는 결코 좋은 사이는 아니었고, 지금도 비슷할 겁니다. 단, 모국의 멸망을 눈앞에서 목격하고 결사대로 돌아온 그때만은 적의로 대할 수 없었습니다."

"결사대에서의 동생은 어땠지?"

"저와의 관계와 별도로 남들이 쉽게 좋아할 성격은 결코 아니었습니다."

"그렇게 변했군. 아니, 전생에는 그렇게 변했었군."

"현생에 다시 만나 봐도 그런 점은 여전했습니다만."

"확실히 내가 알던 동생은 어느 순간부터 달라졌지. 본인은 그걸 숨기려고 했겠지만, 나는 느낄 수 있었다. 아마도 그때가 회귀한 시점이었겠군."

경쾌한 성격의 동생은 어느 순간부터 급격히 말수가 적어졌다.

그와 동시에 어차피 왕이 될 수 없다며 정치에는 전혀 관심을 두지 않던 모습이 거짓말인 것처럼 스코트는 많은 관리를 직접 만나기 시작했다.

그리고 세 명을 덮쳤던 마차 전복 사건 이후, 스코트는 과거의 모습을 완전히 잃어버렸다.

펠릭스 역시 마찬가지였다.

"여기까지 온 너에게 이런 질문을 하는 게 이상할지 모르겠지만, 왜 전생과 똑같이 하이브리드가 되어 교단과 맞서는 선택을 했지? 미래를 알고 있다는 이점으로 편하게 현생을 보낼 수도 있었을 텐데?"

이전 생의 기억을 모두 간직한 채로 과거로 돌아간다는 건 엄청난 이점을 가지고 다시 출발한다는 의미나 마찬가지다.

"실제로 그런 선택을 한 옛 동료들도 있습니다."

"난 그레인, 너에게 물어보는 거다."

그런 부분에서 회귀를 했음에도 하이브리드가 되는 선택을 반복한 그레인이 펠릭스는 쉽사리 이해되지 않았다.

"저 혼자만 모든 것을 잊고 편하게 살 수는 없었습니다."

"회귀 직전, 너를 구하고 대신 죽은 그 여성 때문인가?"

"그것 때문만은 아니지만, 큰 부분을 차지했다는 건 부정할 수 없겠군요."

그레인은 전생과 현생에 대해 비교적 담담한 어조로 이야기했지만, 유독 아딜나에 대해 이야기할 때만은 목소리가 작아지면서 죄책감을 떨쳐내지 못했다.

스코트가 편지 속에서 펠릭스에 대해 이야기할 때와 흡사하게.

"그 여자와 현생에서 다시 만났다고 했지?"

"네."

"전생에 대해 알려줬나?"

"그건 아닙니다. 앞으로도, 그리고 영원히 모르길 바라고 있습니다. 그녀는 전생에 저의 연인이었던 '그녀'와는 다른 사람이기 때문입니다."

다시 전생 때처럼 사랑하는 사이가 되고 싶었다.

그러나 동시에 전생처럼 비극적인 결말을 보고 싶지도 않다.

미래가 불확실한 지금으로선 그레인이 택할 수 있는 방법은 가능한 한 아딜나가 교단과 연루되는 걸 막는 것에 불과했다.

"그럼에도… 잊을 수는 없습니다."

"그녀는 전생의 너를 기억할 수 없음에도?"

"네."

여자에 미련을 가진 남자의 형태는 여러 가지다.

그러나 가슴속에 자리 잡은 한 여성을 떠올리는 두 남자의 뒷모습은 다른 두 명의 눈에 똑같아 보였다.

"이번에는 제가 물어봐도 되겠습니까?"

"얼마든지."

"스코트로 인해 전하의 운명이 완전히 바뀐 것에 대해 분노하지 않으시더군요. 제가 형제 없이 외동이라 그럴 수도 있겠지만 말입니다, 형제란 원래 그런 것입니까?"

"분노?"

"원래대로라면 전하가 아닌 폐하로 불려야 할 운명이셨습니다."

스코트에 대한 반감과 상관없이, 그레인은 그 부분을 그냥 넘어간 펠릭스를 이해하기 힘들었다.

"모든 형제 사이가 다 그렇지는 않다. 하지만 나와 스코트는 그런 걸로 서로를 원망할 사이는 아니다. 어쩌면 쌍둥이라는 점도 한몫했겠지. 같은 날에 태어나 형제이면서 동시에 친구처럼 여기며 자라왔으니까."

펠릭스는 권력의 정점에 설 기회와 사랑하던 이와 이어질 기회 둘 다 잃어버렸다.

그러나 회귀가 있었다는 사실 자체가 안겨준 혼란이 더 컸기에 스코트에 대한 반감을 드러내지 않았다. 만약 자신이 반대 입장이었다면 동생과 똑같은 선택을 했을지 모른다는 생각 때문이기도 했다.

"여전히 전 이해하기 힘듭니다만."

"왜 너와 동생 사이가 나빴는지 조금은 알 것 같군. 억지로 이해하려고 하지 마라. 사람은 모두 다르게 마련이니. 무엇보다 나라를 지키지 못한… 못했던 나에게 왕이 될 자격은 없다."

"그런 점을 스코트가 일부러 노렸다고 해도 말입니까?"

결과를 냉정하게 수용하던 평소와는 달리, 집요하리만치 자신의 판단에 이의를 제기하는 그레인의 모습은 펠릭스로선 처음이었다.

"정말 너와 스코트는 앙숙 그 자체로군."

펠릭스는 고개를 살짝 옆으로 비틀면서 그레인과 시선을 맞췄다. 퉁명스러운 대답과는 달리 입가에 옅은 미소가 피어올랐다.

"어렵게 생각할 필요는 없다. 이런 형제 사이도 있다고 받아들이면 된다."

그레인에게 싫은 감정은 들지 않았다. 오히려 같은 핏줄을 타고났기에 왕좌를 놓고 혈전을 벌이는 타 왕국의 경우가 일반적이었고, 자신과 스코트가 특이한 케이스라는 걸 부정하진 않았기에.

"바꿀 수 있을까?"

"네?"

"전생과 다르게, 베릴란트 왕국이 교단에 의해 쓰러지지 않는 새로운 미래를 볼 수 있을까?"

펠릭스는 이미 동생의 부인이 된 밀레느에 대한 미련보다는 그녀를 지킬 수 있는 미래가 이어지기를 바라고 있었다.

부부가 되었지만 전생의 밀레느는 불타오르는 베릴란트 성과 함께 명을 다했다. 차라리 누군가의 부인으로 있을지언정 그녀가 살아 있기를 원했다.

"그 부분에 대해서는 확답을 드릴 수 없습니다. 시작점부터 전생과 달라졌으니, 미래 역시 달라질 것이기 때문입니다."

"장담할 수 없다고? 날 처음 만났을 때 말한 것과는 다르군."

펠릭스의 지적에 그레인은 순간 움찔거리며 대답을 망설였다.

"그때는 진실을 모르셨기 때문입니다."

"널 탓하려는 건 아니다. 네 입장에서 날 설득하려면 그런 대답밖에 할 수 없었겠지. 진실을 말할 타이밍도 아니었을 테고. 하지만 너나 나나 지향하는 방향 자체는 같겠지?"

교단의 섬멸.

구체적으로 말하지 않았음에도 그레인은 고개를 끄덕이며 무언의 대답을 건넸다.

"네가 했던 말을 다 믿을 수는 없다."

"그런 반응이 오히려 정상적입니다."

"하지만 너와 함께라면 전생과 다른 미래를 향해 발을 디딜 수는 있겠군. 그 말은 믿도록 하겠다."

펠릭스는 몸을 비틀어 뒤를 바라봤다.

"그러면 나와 저 아가씨는 전생에는 없던 새로운 결사대원이 되는 건가?"

"그런 셈이겠지요."

"그것만으로도 이미 전생과는 달라진 거로군."

"앞으로 더 달라질 것입니다."

"그래, 믿겠다."

동생의 진심 어린 편지에 펠릭스는 혼란 속에서도 마음을 굳힐 수 있었지만, 결정적인 요소는 바로 그레인의 눈빛이었다. 그레인 본인은 알아채지 못했지만, 회귀라는 단어를 입에 담을 때의 표정은 그 어느 때보다 진지했다.

"그것 말고, 누가 우리들을 왜 습격했는지에 대해서도 궁금하지만 우선은 이 상황부터 해결해야겠군."

펠릭스는 성당 기사단원들의 시체를 둘러보며 자리에서 일어섰다.

*　　　*　　　*

그레인이 알려준 진실을 받아들인 일행이 다시 이동을 시작한 것은 정체를 알 수 없는 하이브리드의 습격 이후 일주일이 지나서였다.

펠릭스는 현 위치에서 가장 가까이에 있는 부하들을 급히 소집해 성당 기사단원과 이단 심문관 제임스의 시체를 베릴란트 성으로 운송시켰다. 그나마 그들이 있던 곳이 베릴란트, 솔리앙트, 그리고 레오디알, 이렇게 세 왕국의 국경선이 겹친 곳이었기에 일주일밖에 걸리지 않았다.

그냥 임시로 매장하고 급히 이동하자는 의견도 있었지만, 펠릭스는 배배 꼬인 현 상황을 반대로 이용해 보자는 제안을 내세웠다.

"그들이 나를 지키기 위해 희생되었다는 거짓말의 근거로서 쓰겠다."

펠릭스는 이단 심문관 제임스와 성당 기사단원들이 일행을 습격한 정체불명의 하이브리드에 의해 전원 사망했다는 거짓된 사실을 부하들을 시켜 교단에 통보했다.

그리고 덧붙여서 한 나라의 대공을 위해 하나밖에 없는 목숨을 내던진 이들의 시신을 차마 가매장하고 떠날 수 없었기에 베릴란트 성으로 보냈다는 핑계를 댔다.

마지막으로 그 정체 모를 습격자가 탈주자인지 교단 소속인지 알 수 없었지만 이런 상황에서 교단을 믿기 힘들다는 의견을 덧붙이는 걸 잊지 않았다.

위기를 또 다른 기회로.

교단 관계자들의 사망 자체를 숨기는 대신 대대적으로 공표함으로써 자신들이 범인이 아닌 피해자라는 입장을 공고히 다졌고, 교단을 믿기 힘든 상황에 정당성을 부여했다.

또다시 자신들을 공격할지 모르는 습격자들의 눈을 피하기 위해 그레인 일행은 은밀하게 이동했고, 교단과의 접촉 자체를 최소화했다.

*   *   *

카르디어스 신성력 1398년 5월 29일.

"……"

수풀이 우거진 나무 뒤에 몸을 숨긴 그레인의 시선이 멀찌 감치 떨어져 있는 성당 입구를 향했다.

법의 차림이 아닌 크루겐이 해당 교구의 주임 사제와 문서 를 주고받으며 이야기 중이었다. 그러면서도 혹시라도 숨어 있을지 모르는 누군가를 찾기 위해 두리번거렸고, 크루겐의 시선이 훑고 지나간 방향을 그레인이 재차 확인했다.

하이브리드의 능력을 이용해 만약의 위기 상황이 발생하더 라도 유유히 도망칠 수 있다는 점 때문에 크루겐을 교섭 상대 로 보냈지만, 아무래도 크루겐 혼자 보냈다는 사실에 그레인 은 안심할 수 없었다.

꽉 움켜쥔 그의 왼손 아래로 땀방울이 뚝뚝 떨어졌다.

베스티나는 그런 그레인을 말없이 바라만 봤다.

펠릭스는 팔짱을 낀 채로, 겉으로는 평화롭게 보이지만 어 디선가 성당 기사단원들이 튀어나올지 모르는 긴박한 상황이 빨리 끝나기만을 기다렸다.

"그러면 전 이만."

말을 마치자마자 크루겐이 머리 위에 드리워진 성당의 그림 자 속으로 녹아들어 가며 모습을 감췄다. 주임 사제가 멍하니 아무도 없는 정면만을 응시하더니, 뒤통수를 긁으며 성당 안으로 들어갔다.

잠시 후.

그레인의 바로 옆에 나타난 크루겐이 숨을 헐떡이며 이마의 땀을 훔쳐냈다.

"휴우, 긴장되어서 미치는 줄 알았네."

짧은 시간 동안 땀투성이가 되어버린 크루겐은 입을 둘러싼 머플러를 아래로 내리려다가 그만두었다.

"이야기는 잘 끝났어?"

"좀 더 두고 봐야 알겠지만, 우리가 떠올렸던 여러 가지 예상 중 최상의 길로 가는 것 같던데?"

크루겐은 주임 사제로부터 건네받은 문서를 펼쳐 들었다.

불의의 사고로 신의 곁으로 먼저 가버린 교단의 일원들에게 정중히 장례를 치러준 점에 대해 감사하다는 인사로 시작했다.

그러나 사건과 관련된 내용에 대해서는 철저하게 변명으로 일관되었다.

펠릭스를 습격한 정체불명의 하이브리드에 대해서는 현재 조사 중, 그 습격자와 몬스터의 잇따른 습격과의 관계도 조사 중⋯⋯.

습격 사건 자체가 교단 입장에서도 큰 사건이었기 때문인지, 혹시라도 트집 잡힐 부분에 대해서는 조사 중이라는 단어를 쓰는 걸 아끼지 않았다.

　문서의 마지막에는 시신들을 교단 측으로 넘겨달라는, 정중한 부탁 같으면서도 실제로는 진짜 그들을 살해한 이들이 누구인지 밝혀내겠다는 집념을 엿볼 수 있었다.

　"마지막 빼고는 교단답지 않게 소극적이로군."

　"그야, 우리들을 제외하고 전원 사망할 정도의 큰 사건이었으니까. 교단과 베릴란트 왕국 간의 사이가 최악으로 치달을 뻔한 위기였기도 하고."

　첫 번째 교단과의 접촉 당시에 교단 측에서 먼저 물어본 건 당연히 펠릭스가 무사한가 아닌가의 여부였다. 그리고 두 번째 접촉이었던 방금 전에도 주임 사제는 펠릭스의 안위 여부부터 물어봤다.

　"우리들이 저질렀다는 증거를 조금이라도 포착했다면 나 혼자가 아닌 모두가 나오라고 윽박질렀을 테고, 주임 사제 한 명이 아닌 성당 기사단원들이 진을 치고 있었겠지. 내가 아무 일 없이 무사히 돌아온 것만으로도 조금은 안심해도 될 거야."

　"그래도 방심은 금물이다."

　"응, 긴장은 늦추면 안 되겠지."

　"묘하군."

　둘의 대화를 듣고만 있던 펠릭스가 돌연 입을 열었다.

　"미래에서 온 너희들이 우리들 중 가장 미래에 대해 확신을 가지지 못하고 불안해하는 모습이."

그레인이 회귀에 대해 고백한 이후.

펠릭스는 이전까지 수수께끼처럼 보였던 둘의 행동에 납득이 가면서도, 동시에 회귀로 인한 이점을 그다지 활용하지 못하고 불안해한다는 느낌을 지울 수 없었다.

베스티나 역시 마찬가지였지만, 원체 말수가 적은 편이라 가만히 듣고만 있었다.

"그건… 현재가 이미 저희들이 알던 것과 많이 달라졌고, 저희들의 행동 하나하나가 기억하고 있던 미래 자체를 조금씩 뒤틀고 있기 때문입니다."

"시간을 되돌리는 회귀가 한 명이 아닌 다수가 이뤄졌기에 더욱 그렇겠군. 그러고 보니 예전 마법을 배울 때엔 시간 회귀술이 존재하는지에 대해서도 몰랐는데……."

"마법에 대해 배우셨습니까?"

"조금은. 좀 더 파고들어 볼까 생각했지만, 본격적으로 입문하기 전에 이런 몸이 되어버렸다. 흐음… 갑자기 궁금해지는군. 전생의 나는 마법사가 되긴 했나?"

앞서 그레인이 전생에 있었던 일들을 설명했지만, 세세한 부분 하나하나 다 설명할 수 없었다. 결국 중요한 부분만 이해하기 쉽게 언급하는 수준이어서 이런 식으로 '전생에 대해' 종종 질문을 받곤 했다.

"아닙니다. 왕이 되셨으니……."

"결국 전생이나 지금이나 같단 말이로군."

같다는 말에 펠릭스의 표정이 굳어졌다. 그를 지켜보던 다른 이들의 표정도 덩달아 경직되었다.

"신경 쓰지 마라. 어차피 세상은 바뀔 테니까. 그것보다 시신에 관한 건은 어떻게 되었나? 여전히 교단은 회수를 원하던가?"

"네, 그 부분에 대해서는 전하께 여쭤보려고 했습니다. 완곡한 표현으로 요구하긴 했지만, 여차하면 병력을 동원해서라도 가져가려는 뉘앙스였습니다. 어떻게 하실 겁니까?"

"그 부분은 동생에게 맡기기로 했다. 넘기는 과정을 최대한 늦추도록 명령했으니, 조금 더 시간을 벌 수 있겠지."

제임스와 성당 기사단원의 시체를 완전히 불태워 흔적조차 남기지 않는 쪽이 당장의 위기를 넘기기 위해선 최선의 방법이었을지도 모른다. 그러나 교단 측의 의심을 살 가능성이 컸고, 어차피 들키지 않는 비밀이란 존재하기 힘들기에 그 비밀이 들키기까지 시간을 최대한 연장하는 쪽을 택했다.

"참, 크루겐. 그 습격자가 시련을 받지 않는 몸이라는 건 안 알렸지?"

"응, 회귀 상태가 아닌 동료일 가능성도 완전히 배제할 수 없으니까. 우리들은 시련을 받지 않는 하이브리드를 한 명이라도 더 끌어들여야 하는 입장이잖아."

"그 선택이 우리들에게 이득이 되길 바라야만겠군."

"그러게."

둘은 체일런의 마지막 선택을 떠올리며 베스티나를 응시했다가 펠릭스 쪽으로 시선을 돌렸다.

"전하, 그러면 예정된 은신처로 향해도 되겠습니까?"

"생각보다 상황이 좋게 풀렸으니 그래도 문제없겠지."

그들의 다음 목적지는 레오디알 왕국 남동쪽에 위치한 트리아노 성.

우선은 교단의 의심을 사지 않기 위해 성지로 향하는 최단 거리로 이동해야 한다는 점에서는 모두 동의했다.

트리아노 성을 택한 이유는, 지난번 시체를 처리한 펠릭스의 부하가 건네준 스코트의 편지에 '믿을 수 있는' 타국의 조력자가 그곳에서 은신처를 제공해 줄 거라는 말이 있었기 때문이었다.

"접선하러 올 사람은 전생의 결사대원 중 한 명이라고 하니, 너희들은 알아볼 수 있겠지."

"누구인지는 알리지 않았습니까?"

"그러고 보니 그건 적혀 있지 않았군. 마음에 걸리나?"

"하지만 별다른 선택지가 없으니 어쩔 수 없겠군요."

그레인은 대답과 달리 찝찝한 표정을 떨쳐내지 못한 채로 지도를 펼쳐 들었다.

*　　　　*　　　　*

카르디어스 신성력 1398년 6월 10일.

열흘 넘게 서쪽으로 이동하던 그레인 일행은 조력자와 만나기로 약속한 마을에 도착했다.

크루겐과 펠릭스가 여관에 머무르는 대신, 그레인과 베스티나는 조력자와 만나기로 한 장소로 이동 중이었다.

원래는 크루겐이 단독으로 조력자와 접선할 예정이었다.

그러니 3일 전 몬스터와의 전투 중 입은 부상이 아직 완치가 되지 않아 펠릭스와 함께 허름한 여관에서 휴식 중이었다.

정체불명의 습격자는 그 일 이후로 다시 나타나지 않았고, 몬스터들의 습격 역시 없었던 터라 순조롭게 목적지에 도착할 거라는 기대는 3일 전에 깨졌다. 우거진 숲 안쪽에 숨겨져 있던 유적지 입구를 지키고 있던 다섯 마리의 케르베로스는 펠릭스를 보고 도망가기는커녕 오히려 덤벼들었다.

물론 네 명은 큰 어려움 없이 몬스터들을 해치웠지만, 잠시 방심했던 크루겐은 허벅지에 부상을 입고 여관에서 끙끙거리며 누워 있는 신세가 되어버렸다.

'큰 부상은 아니지만, 역시 맘에 걸려. 내가 없는 사이 별일 없어야 할 텐데.'

예전 듀란을 만났을 당시, 삶과 죽음의 경계선을 오고 갔던 크루겐의 모습을 뇌리에서 떨쳐낼 수 없었다. 그러면서도 어디에서 다시 나타날지 모르는 습격자를 대비해 그레인은 경계를 늦추지 않았다.

"……."

반면 그레인과 나란히 시장 한복판을 가로질러 가는 베스티나는 신기하다는 눈빛으로 주변을 둘러봤다.

성당이 없는 마을이라 다른 성직자들의 눈치를 볼 필요도 없었기에 베스티나는 오래간만에 법의를 걸치지 않았고, 로브로 몸을 숨기지도 않았다. 대신 빙룡의 눈동자가 이식된 오른쪽 눈을 안대로 가리고, 앞머리를 길게 내려 또 한 번 가렸기에 하이브리드라는 걸 들킬 걱정도 없었다.

벤트 섬에 있던 시절의 복장 그대로였기에 이른 여름 날씨에 땀을 흘리지 않아도 되었다. 단지 지나가는 남자들이 꼭 한 번씩 베스티나를 훑어보고 지나갔지만, 그녀는 전혀 개의치 않았다.

그렇게 시장 거리를 지나가던 그레인의 눈에 과일 가게가 눈에 들어왔다.

그레인이 가판대에 놓인 과일을 하나 집어 들자, 인상 좋아 보이는 여주인이 과일칼을 꺼냈다.

"이리 줘봐요. 이건 껍질을 벗겨서 먹는 거니……."

"괜찮습니다."

그레인이 트윈 엣지로 과일 표면을 슥슥 긋자 깎여 나간 껍질이 아래로 후드득 떨어졌다.

여주인은 머쓱한 표정을 지으며 과일칼을 가판대 옆에 놨다.

그레인은 과일을 반 토막 내더니 한쪽을 베스티나의 얼굴 앞에 쓱 내밀었다.

"신선하네."

베스티나는 작은 입을 오물거리면서 조금씩 베어 먹었고, 그레인은 남은 반쪽을 통째로 입안에 넣더니 몇 번 씹고선 삼켰다.

"꿀에 절인 과일보단 이게 더 먹을 만하죠?"

"맞아. 너무 달지도 않아서 더 좋고. 크루겐 입맛은 너무 달아서 내 취향과는 거리가 멀어."

그녀는 크루겐이 식료품을 구매할 때마다 가져오는 꿀 절임 과일을 떠올리며 인상을 살짝 찌푸렸지만, 이내 원래 표정으로 남은 과일을 다 먹었다.

그대로 가게를 지나가려던 베스티나는 잠시 망설이다가, 아까 먹은 것과 같은 걸 하나 집어 들었다. 그레인이 오른손 엄지로 튕긴 동전을 여주인이 낚아채며 미소를 지었다.

베스티나가 방금 산 과일을 먹지 않고 허리 주머니에 집어넣자, 그레인은 트윗 엣지를 다시 꺼내 들었다.

"깎아줄까요?"

"아니, 지금 먹으려는 건 아니고 나중에 얼려 먹으면 어떠할까 싶어서."

"얼려서요? 이 날씨에 얼리는 건 무리… 는 아니겠군요."

가진 힘을 오직 전투에만 사용해 왔던 터라 다른 용도로 쓴다는 생각에 미치지 못한 그레인은 쑥스럽다는 듯 오른쪽 관자놀이를 긁었다.

　그래도 마음은 아까보다 편해졌다. 베스티나가 다른 쪽으로 관심을 돌릴 여유가 생겼다는 의미이기도 했으니까.

　'일부러 데리고 나온 보람이 그럭저럭 있는 것 같군.'

　약속된 시간보다 일찍, 그레인 혼자가 아닌 베스티나와 함께 나온 이유는 그녀의 숨통을 좀 틔워주기 위해서였다. 진실을 알려준 이후에도 그녀는 불안한 기색을 완전히 떨쳐내지 못했기에.

　하지만 무수한 인파가 밀집한 시장 한복판을 지나가면서도 여전히 주위를 신기하다는 쳐다보는 베스티나를 이해하긴 힘들었다.

　"이런 곳에는 익숙하지 않습니까?"

　"아니, 이렇게 깨끗한 거리는 낯설어."

　깨끗하다는 말에 그레인은 의외라는 표정으로 베스티나가 바라보는 방향으로 시선을 향했다.

　어두컴컴한 골목길 안쪽에는 활발한 시장 분위기와는 상반되게 침체된 공기가 감돌고 있었다. 낡고 허름한 옷차림의 노숙자들과 그와 상반되는 화려한 복장의 여성들이 그레인의 시야 안에 들어왔다. 그와 눈이 마주친 여자들이 손가락을 까닥거리며 그레인을 유혹했다.

"내가 살던 곳은 저런 분위기였어."

"고아원이 아닙니까?"

"고아이긴 했지만, 고아원 문턱조차 넘지 못했어. 난 빈민가 출신이었거든."

부모가 없는 처지라도 고아원에 들어가면 최소한 먹고 입고 잘 걱정 자체는 안 해도 된다.

그러나 빈민가의 일원이라면 앞서 말한 세 가지를 해결하기 위해 하루하루 힘겹게 살아가야 한다. 소매치기가 되거나, 모든 자존심을 내려놓고 구걸을 하거나, 욕망을 주체 못 한 남자들을 상대로 웃음을 파는 등등.

베스티나는 주머니 안에 넣었던 과일을 어루만지며 어두운 골목길 안을 그레인과 다른 시선으로 쳐다봤다. 그립게 여기면서도 다시는 돌아가고 싶지 않다는, 서로 공존할 수 없는 감정이 그녀의 가슴속에서 서로 뒤엉켰다.

"교단의 눈에 띄지 않았다면, 나 역시 다른 언니들처럼 거리의 여자로 살아갔을 거야."

베스티나의 뇌리에 한동안 잊어버렸던 그리운 얼굴들이 하나둘씩 스쳐 지나갔다.

싸구려 화장품을 얼굴에 덕지덕지 바르고, 가슴팍을 절반 이상 드러낸 드레스를 걸친 그녀들을 다른 이들은 싸구려 인생이라 폄하했다.

그러나 베스티나에겐 갈 곳 없이 지저분한 거리를 헤매야 했던 자신에게 삶의 의미를 부여해 준 고마운 이들이었다.

"그래서 남자들의 이런 시선에도 제법 익숙해졌어. 정확히는 어렸던 내가 아닌, 언니들을 바라보는 남자들의 시선이었지만."

베스티나가 자신을 흘낏 쳐다보던 남자들의 시선을 맞받아치자, 그들은 헛기침을 하며 다른 곳을 바라봤다.

"그때의 나는……."

베스티나는 그레인과 나란히 걸어가면서 담담한 어조로 빈민가 시절을 회상했다.

꾀죄죄한 몰골로 쓰레기통을 뒤지며 먹을 것을 찾던 어린 소녀의 손을 붙잡아준 이들이 바로 그녀들이었다.

베스티나는 그런 '언니'들의 잔심부름을 하며 더 이상 쓰레기통을 뒤지지 않아도 살아갈 수 있었다. 때로는 아직 어린 베스티나에게 다가오는 남자들도 있었지만, 그녀의 언니를 자처한 여인들이 웃음을 흘리면서 그런 이들의 팔을 잡아끌며 얼씬도 못 하게 막아줬다.

그녀들은 영특한 베스티나를 자신들처럼 웃음을 파는 운명이 아닌 다른 길로 가기를 바랐고 베스티나가 15살이 되던 해에 실행으로 옮겼다.

교단에서 고아들을 입양 목적으로 모은다는 소문을 들었고, 베스티나를 아끼던 '언니들'은 그동안 모은 돈을 가지고 교구의 성당으로 찾아갔다.

헤어지기 싫다며 울먹이는 베스티나의 머리를 쓰다듬으며, 그녀들이 마지막으로 남긴 말은 다름 아닌⋯⋯.

"자신들과 다른 삶을 살되, 어떻게든 살아남아서 높은 곳에 있는 모습을 보여달라고 했어."

그녀들은 몇 푼 안 되는 화대 때문에 실랑이를 벌이다가 맞아 죽는 경우도 허다했다.

그녀들을 바라보는 다른 이들의 시선에는 욕망 혹은 경멸이 섞인 냉담함밖에 없었다.

그랬기에 그녀들은 거친 뒷골목 속에서도 웃음을 잃지 않고 살아가는 베스티나에게 자신들의 꿈을 투영시켰다.

그러나 뒷골목을 떠난 이후 화사하게 웃으며 감정을 감추지 않고 표현했던 어린 소녀는 하이브리드가 된 이후 미소를 잃어버렸다.

살아남기 위해서 가장 중요한 것.

감정에 휩쓸리지 않는 냉철한 판단.

자신이 소유한 냉기의 힘을 극대화시키기 위해서라도 그녀는 더 이상 웃어서는 안 되었다.

거친 뒷골목을 전전했던 터라 인간의 죽음 자체는 낯설지 않았다.

하지만 코어의 이식 과정에서 100명이 넘는 아이들 중, 자신을 포함해 몇 명만 살아남았다는 사실은 어린 소녀가 견뎌내기엔 너무나 큰 충격이었다.

그리고 자신이 시련을 받지 않는 몸이라는 걸 안 이후, 밤 잠을 설친 날이 허다했다.

"사실 네가 진실을 말해준 그날 이후, 몰래 도망치려고 한 적이 있었어. 그것도 몇 번이나."

그레인이 제시한 선택지 중, 가장 편한 건 도망쳐 몸을 숨기는 선택이다.

하지만 매번 포기하고 다시 돌아왔다. 밤에 항상 어둠 속에 몸을 숨기고서 일행을 감시한 크루겐을 통해 알고 있는 내용이었지만, 그레인은 굳이 입 밖으로 내지 않고 고개만 끄덕거렸다.

"네가 말해준 이야기를 진실이라고 받아들이면 받아들일수록, 두려움이 더 커져만 갔어."

"당연한 겁니다."

"의외네. 너는 나를 약하다고 질책할 것 같았어."

그레인은 전생에 오랜 시간 동안 교단과의 투쟁에 몸을 담았다.

그러나 베스티나는 다르다. 전생에 벌어졌던 일을 듣기만 했지 직접 겪지 않았고, 20살밖에 되지 않은 그녀 입장에서 앞으로 겪어야만 하는 교단과의 싸움은 두려움 그 자체일 수밖에 없다.

회귀 직전 전생의 나이와 회귀 이후 보낸 시간을 합한다면 그레인과 크루겐은 40살을 훌쩍 넘은 터라 미래를 대하는 자세가 그녀와 다를 수밖에 없다.

"그, 아까 말한 언니분들과는 연락하고 지냅니까?"

그녀의 과거에 대해 처음 들어서였을까.

그레인은 조심스럽게 물어봤고, 베스티나는 고개를 가로저었다.

"편지라도 보내는 편이 낫지 않습니까?"

"아쉽게도… 글을 아는 언니는 단 한 명뿐이라서. 그 언니에게서 글을 배웠어."

"아."

이번 생에는 졸지에 고아가 되었지만, 원래는 부유한 집안 태생이었던 그레인.

당연히 성인이라면 글을 알 거라는 '편견'을 드러내고선 또 한 번 관자놀이를 긁었다.

"안타깝게도 그 언니와는 다시는 만날 수 없어. 내가 뒷골목을 떠나기 한 달 전에 폐병으로 죽었거든. 숨을 거두기 전, 고생하며 벌었던… 아끼고 아껴서 모은 금화 몇 푼을 나에게 건네줬어."

"미안합니다."

"아니다. 아니, 아니야."

마음의 짐을 덜어서였을까.

이전 같으면 첫 번째에서 끝났을 대답이 서로 다른 형태로 세 번 쓰였다.

"휴우… 이젠 좀 숨이 좀 트이는 거 같아."

길게 한숨을 내쉬는 베스티나가 한결 편안한 표정을 지었다.

"최소한 네 옆에선 들킬 걱정을 안 해도 되니까."

*　　　*　　　*

시장 거리를 지나 허름한 간판의 술집으로 들어간 그레인과 베스티나는 주변을 두리번거렸다.

아직 손님들이 들어오기엔 이른 시간이라 빈자리가 훨씬 더 많았다. 몇 안 되는 손님들의 시선은 당연히 베스티나에게 쏠렸지만, 그녀는 변함없이 아무렇지 않다는 표정으로 먼저 자리를 잡은 그레인의 맞은편에 앉았다.

점원이 다가와서 뭘 주문할 건지 물어봤지만, 술을 시킬 수 없기에 간단한 안줏거리만 시켰다.

"이런 분위기는 익숙합니까?"

"언니들의 심부름을 하러 종종 오긴 했어."

끼이익.

문이 열리는 소리와 함께 베스티나에게 집중되었던 시선이 입구 쪽으로 쏠렸다.

"어……."

그레인의 오른손에 집혀 있던 땅콩이 미끄러지듯 탁자 위로 툭 떨어졌다.

주위를 두리번거리며 조심스레 다가오는 여성과 눈이 마주친 순간, 그레인의 표정이 확 굳어졌다.

"아딜나?"

반면 아딜나는 그레인을 보고 미소와 함께 반가운 표정을 지었다.

"그레인? 그레인, 맞죠?"

"혹시 스코트… 아니, 폐하가 말한 사람이……."

"네. 이런 식으로 다시 만나게 될 줄은 몰랐네요."

"왜 이 자리에 당신이 나온 겁니까?"

반가움 이전에, 하필 아딜나가 위험한 외줄타기 중인 자신과 만나야 하는 상황을 납득하기 힘들었다.

제5장
또다시 뒤엉킨 운명

"네? 그, 그건……."

빈 의자 위에 앉으려던 아딜나가 당황하며 도로 일어섰다.

극적인 첫 만남 이후, 그레인과 직접 만나지는 못했지만 그래도 1년 넘게 편지를 주고받는 사이였다. 그렇기에 오랜만의 재회에 그가 이런 식으로 나올 줄은 예상하지 못했다.

"아, 이런. 죄송합니다."

이번에는 그레인 쪽이 당황하며 고개를 숙여 사과했다.

"당신에게 화낼 일이 아닌데… 우선 앉으십시오. 전 잠시 생각 좀 하겠습니다."

그레인은 고개를 숙인 채로 오른쪽 팔꿈치를 탁자에 대고 이마에 손을 갖다 댔다.

자신과 이런 식으로 얽히길 원치 않았던 그레인의 표정은 그 어느 때보다 굳어 있었다.

아딜나의 곁에서 그녀를 지켜줄 수 없었기에, 최소한 자신이 하는 일과 연관되지 않기를 바랐다.

그런데 하필이면 이런 '일'에 휘말린 이상, 소망은 깨진 거나 마찬가지였다.

'이래서 스코트가 일부러 접선자가 누구인지 밝히지 않았던 거로군. 게다가……'

그동안 아딜나에게 보낸 편지의 주소가 트리아노 성이라는 걸 뒤늦게 알아채고선 어금니를 질끈 깨물었다. 예측 가능한 일이었음에도 무의식적으로 아딜나를 배제한 자신의 판단을 어리석었다고 한탄했다.

'저 소녀가 그레인이 말했던 그 여자가 맞는 거 같은데.'

베스티나는 그레인과 아딜나를 번갈아 가며 쳐다봤다.

전생의 연인과 재회했음에도 기뻐하기는커녕 분노를 억누르고 있는 그레인의 표정은 확실히 뜻밖이었다.

"옆의 분은 처음 뵙는군요."

아딜나가 조심스럽게 베스티나를 바라보며 입을 열었다.

"아, 베스티나는 저와 같은 곳에서 수련받은 사이입니다. 현재 펠릭스 전하의 경호를 담당 중이고 믿을 수 있는 사람이니 걱정하지 않으셔도 됩니다."

얼핏 봐서는 감정과는 별개로 신중하게 대답하려 했지만, 말과 달리 표정은 평소의 그레인과 거리가 멀었다.

"아딜나, 뜬금없는 질문일지도 모르지만 어떻게 해서 폐하와 알게 되었는지부터 알고 싶군요."

"폐하라면, 그분을 칭하는 건가요?"

"네."

"제가 마법을 배우러 베릴란트 성에 한동안 머물던 적이 있었지요. 그때 뵈었습니다."

"혹시 당신이 먼저 폐하를 찾아뵌 건 아닙니까?"

"그건 아니에요."

"그렇다면 폐하께서 먼저 당신을 보러 온 겁니까?"

"네, 맞아요."

아딜나의 대답에 그레인의 표정은 더욱 어두워졌다.

현생의 스코트가 아딜나와 만난 게 우연이 아닌, 의도된 접근이었다는 판단으로 이어졌다.

'그래, 아딜나 역시 결사대원이었으니 만나는 것 정도야 있을 수 있어.'

결사대를 재집결시키기 위해선 전생의 기억을 간직한 채로 회귀한 30명과 만나는 것이 최우선이다.

그러나 결사대였던 나머지 70명과 다시 접촉하는 것 역시 필요하다.

저주의 잔에 굴복하지 않는 육체라는 점은 변함없기에, 전생과 다른 구도로 결사대의 일원이 될 수도 있다.

'그래도 아딜나만은 제외되었어야 해.'

애초에 현생의 아딜나는 전생과 달리 하이브리드가 아니다.

앞으로 있을 교단과의 투쟁에 자발적으로 참여한 리카르도와도 다르다. 더 이상 교단과 싸울 이유조차 사라진 그녀는 전생에 이루지 못했던 꿈을 조금씩이나마 실천하는 중이었다.

그런 그녀에게 결사대와의 인연은 독이 될 뿐이다.

그보다 더 나쁜 사태는 전생 때의 일을 아딜나가 알게 될 경우다. 비극으로 끝난 전생의 이야기를 아딜나에게만은 알려주고 싶지 않았다.

'설마 이미?'

그레인은 걱정스러운 눈빛으로 아딜나를 바라봤다.

다행스럽게도 이전과 별다른 점을 찾을 수 없었다. 만약 전생의 이야기를 들었다면 그걸 믿고 안 믿고를 떠나 자신을 바라보는 아딜나의 시선이 달라졌어야 한다.

'그래도 내가 너무 안일했어.'

이럴 줄 알았으면 교단뿐만이 아니라 스코트의 접근도 유의하라는 충고를 덧붙였어야 한다는 후회와 함께, 애써 가슴속에 억눌러 왔던 스코트에 대한 반감이 다시금 이글이글 피어올랐다.

"처음 만났을 때와 비슷하네요."

"네?"

순간 그레인이 움찔거리며 눈을 깜박거렸다. 처음이라는 말이 전생인지, 아니면 현생을 의미하는 건지 그레인은 알 수가 없었다.

"그때도 알 수 없는 이유로 저에게 화를 냈죠?"

"아… 그, 그때 말이로군요. 며, 면목 없습니다."

그녀 앞에서 말을 더듬으며 쩔쩔매는 그레인이었지만 아딜나의 어조는 평소와 다름없이 부드러웠다. 오래간만에 재회한 아까도 처음 만났을 때와 마찬가지로 그레인이 진심으로 걱정하는 눈빛을 보여줬기 때문이다.

'그레인이 원래 이런 타입이었나? 아니, 전생의 연인 앞이라서 이런 건가?'

베스티나는 그레인이 보여주는 의외의 모습에 눈을 깜박거렸다.

때로는 자신보다 더 냉철한 눈으로 적과 맞서 싸우던 회귀자는 온데간데없었다. 대신 상대와 시선조차 못 맞추는 소년만이 그녀의 시야 한가운데에 앉아 있었다.

"이번에도 무엇 때문에 화냈는지 알려줄 수 없겠죠?"

"네."

"알고 싶지만, 제가 모르는 편이 나으니 그러는 거겠죠?"

"네."

같은 대답을 반복하는 사이 그레인의 얼굴은 원래의 표정으로 돌아갔다.

더 이상 파고들어 봤자 의미가 없다는 걸 느낀 아딜나의 시선의 그의 옆으로 옮겨졌다.

"베스티나라고 했죠? 당신도 하이브리드인가요?"

베스티나는 설명 대신 오른쪽 눈을 가리고 있던 안대를 풀었다.

얼굴 한쪽을 가리고 있던 머리카락을 쓸어 올리자 빙룡의 눈동자가 모습을 드러냈다.

"와, 푸른색 눈동자… 아름다워요."

"아름답다고?"

"네. 마치 보석을 보는 것 같아요."

아딜나는 말로만 그런 게 아니라 황홀한 눈빛으로 베스티나의 오른쪽 눈을 계속 바라봤다.

뭔가 말하려던 그레인은 헛기침을 한 뒤 침묵을 지켰다.

'그래, 차라리 지금이 나아.'

전생에 메두사의 눈을 이식받았던 아딜나는 전투 중일 때와 그레인과 단둘이 있는 때 이외에는 항상 왼쪽 눈을 가리고 다녔다.

그런 그녀가 지금은 베스티나의 코어인 빙룡의 눈동자를 보며 아름답다고 말하고 있다. 본인에게 하이브리드서의 엄청난 자질이 숨겨져 있다는 걸 전혀 알지 못한 채로.

다시 결성될지 모르는 결사대에 아딜나만은 제외되어야 한다는 그레인의 생각이 다른 동료들에게는 이기적인 행동으로 보일지도 모른다.

더욱이 그레인은 본의가 아니긴 해도 베스티나를 같은 운명으로 끌어들였다. 전생에는 연이 없었을 그녀를.

그럼에도 아딜나를 앞으로 있을 교단과의 혈전에서 빼내고 싶은 마음은 여전했다.

"안 본 사이 느낌이 바뀌었군요."

"그렇습니까?"

"말로 표현하기 힘든데… 느낌이랄까, 그런 게 더 강해진 것 같아요."

그레인은 탁자 위에 올려놓은 왼팔을 슬그머니 아래로 숨겼다. 아딜나가 말한 '느낌의 변화'가 코어의 교체로 인한 차이라는 걸 굳이 밝히고 싶지는 않았다.

"그러고 보니 크루겐은 없네요?"

아딜나는 혹시 다른 테이블에 있을까 생각해 주위를 둘러봤지만, 처음 보는 얼굴들뿐이었다.

처음 만났을 때에도 항상 그레인과 같이 있었고, 종종 편지도 함께 보내던 크루겐의 부재를 아딜나는 약간 쓸쓸하다고 느꼈다.

"아, 지난번 입은 부상이 아직 완쾌가 안 되어서 쉬고 있습니다."

"그러려고 했는데 그냥 왔어."

익숙한 목소리에 그레인은 고개를 오른쪽으로 돌렸다.

"아가씨, 오래간만이야."

크루겐이 넉살 좋은 특유의 말투로 인사를 건네며 그레인의 옆에 턱 하니 앉았다.

"크루겐?"

쉬고 있어야 할 크루겐이 예고도 없이 나타나자 그레인의 눈이 살짝 가늘어졌다.

반면 아딜나는 크루겐의 오른쪽 허벅지에 둘둘 감긴 붕대를 걱정 어린 눈빛으로 내려다봤다.

"정말 괜찮나요?"

아딜나의 우려 섞인 눈빛에 크루겐은 붕대가 칭칭 감긴 부위를 손바닥으로 툭툭 쳤다.

"괜찮아. 엄살 좀 부린 거야."

"너, 설마 전하를 혼자 놔두고 여기에 온 거야?"

"그건 아니고."

크루겐은 주먹 쥔 왼손의 엄지로 뒤를 가리켰다.

술집 입구를 통과하기 위해 거대한 덩치의 펠릭스가 몸을 숙이며 안으로 들어오자, 그에 가려져 있던 빛이 술집 안을 비췄다. 다시 허리를 편 펠릭스의 머리가 작은 술집 천장에 닿을락 말락 했다.

"처… 처음 뵙겠습니다."

설명으로만 들었지만, 그 설명에 완벽하게 부합하는 거대한 덩치의 사내가 펠릭스임을 알아본 아딜나가 자리에서 급히 일어섰다. 그러나 펠릭스는 커다란 손을 내밀며 굳이 예를 표할 필요가 없다며 손짓했다.

"아딜나라고 했던가?"

"네, 그렇습니다. 우선 앉으시지요."

아딜나는 대답을 마치기 무섭게 옆 테이블에서 의자를 하나 빼내 와 새 자리를 마련해 줬지만, 그의 체중을 버텨낼 의자는 없었기에 펠릭스는 계속 서 있었다.

베스티나와 아딜나를 흘낏흘낏 쳐다보던 사내들은 마치 약속이라도 한 듯 동시에 고개를 푹 숙였다. 고요함이 감도는 가운데 맥주를 홀짝거리는 소리만이 들려왔다.

처음 펠릭스를 접한 아딜나 역시 긴장하긴 마찬가지였다. 그런 그녀를 생각해서인지 펠릭스는 한 걸음 뒤로 물러섰다.

"굳이 여관까지 왔다 갔다 할 필요가 없다고 생각해서 왔다. 동생이 말했던 은신처로 안내해 줄 수 있겠지?"

"네, 물론입니다."

"그러면 출발하도록 하지."

펠릭스는 그녀가 진짜 아딜나인지 아닌지 판단하기는 의외로 간단했다.

평소와는 다른 그레인을 한 번 흘낏 쳐다보는 것만으로도 충분했기에.

* * *

스코트가 말한 은신처는 트리아노 성 근처에 위치한 별장.

그 별장은 아딜나의 가문 소유로, 아딜나가 입양된 가문은 트리아노 성의 성주이기도 한 갈리온이 가주로 있는 네빌 백작 가였다. 그러나 항상 밝은 모습만 보여준 것과 대조적으로 자신의 가문을 밝히는 그녀의 표정에는 그림자가 드리워져 있었다.

'어쩌면 지금까지도 나에게 가문에 대해 한 번도 이야기하지 않았던 것과 관련이 있을지도 모르겠어.'

그레인은 아딜나가 현생에서 처음 보여줬던 어두운 얼굴을 회상하며 수풀 사이의 넓은 도로를 걸어가는 중이었다.

그의 옆에는 펠릭스가, 그리고 좀 거리를 두고 아딜나와 베스티나가 뒤따라왔다.

그리고 맨 뒤에는 크루겐이 좌우를 살피며 걸음을 옮겼다.

경호 대상인 그가 다른 이들 사이가 아닌 앞에 나서는 기묘한 구도였다. 솔직히 경호가 필요할 정도로 펠릭스가 약한 건 아니긴 했지만.

실질적으로 다섯 명 중 가장 약한 아딜나를 호위하는 대형에 가까웠지만, 그레인은 지금 그런 것을 신경 쓸 겨를이 없었다.

결사대원이 아니면서도 자신과 기묘한 형태로 연결되어 버린 아딜나.

가문을 이야기할 때 보여줬던 얼굴의 그림자.

차분히 생각을 정리할 시간도 없이 출발한 그레인의 머릿속은 복잡하기만 했다.

"그레인."

"네?"

"크루겐이 그러더군. 만약 그녀가 조력자로 나타났다면 분명히 네 마음이 복잡해질 거라고."

"확실히… 지금 심정이 딱 그렇습니다."

"그래서 평소답지 않은 것이군. 그래도 최소한 주변을 경계하는 것 정도는 해줬으면 한다."

"죄송합니다."

"그러나 이해가 안 가는 건 아니다. 나 역시 너와 비슷할지도 모르니까."

펠릭스는 뒤따라오고 있는 둘을 넌지시 바라보고선 다시 정면을 응시했다.

'그래, 모든 일이 내가 원하는 대로만 흘러갈 수는 없는 법이야.'

이렇게 된 이상 아무 일 없이 은신처에 도착하는 것에 집중해야 한다.

"아무튼 교단과 다시 접촉하기 전까지 머무를 곳이 생겨서 다행이로군. 동생이라면 이런 경우도 예상해 믿을 수 있는 은신처를 마련할 거라 예상했지만 말이야."

동생에 대한 믿음이 아직도 굳건한 펠릭스를 바라보며 그레인은 입을 다물었다.

'여전히 둘 사이를 이해하기 힘들군. 하지만 하이브리드가
된 후 왜 그렇게 변했는지는 알 것 같아.'

충분히 상대를 미워할 수 있는 상황임에도 미워하지 못한다
면, 미움의 방향은 자신을 향하게 마련이다. 형제간의 굳건한
우애가 반대로 펠릭스를 암흑가의 지배자로 이끈 셈이었다.

그러나 그레인은 그런 생각을 굳이 입 밖으로 꺼내지는 않
았다.

더 이상 나눌 말이 없어진 둘 사이에 침묵이 감돌았고, 반
대로 아딜나와 베스티나 사이의 이야기는 계속 이어졌다.

"정말 부럽네요."

아딜나는 허리까지 내려오는 베스티나의 머리카락에 눈을
떼지 못했다.

"만져봐도 되나요?"

"물론이지요."

베스티나는 아딜나와 네 살 터울이었지만 같은 여자라서인
지 어느 사이에 편하게 말하고 있었다.

"와, 정말 부드럽네요. 색도 예쁘고요."

아딜나는 손끝에서 느껴지는 매끄러운 감촉에 미소를 머금
었다.

"저도 원래는 머리를 기르고 다녔지만 지금은 이 정도 길이
죠."

아딜나는 베스티나의 머리카락을 매만지던 오른손을 자신의 목 뒤로 가져가더니 뒷머리 끝부분을 매만졌다.

"심정의 변화라도 있었나요?"

"그런 건 아니고, 한 소리 들었거든요. 왜 쓸데없이 가문의 재산을 낭비하려고 하냐, 그렇게 정 원하는 걸 하고 싶다면 네 머리카락이라도 팔아서 쓰라고 했거든요."

"그래서 정말로 자른 건가요?"

"냉정히 따지면 맞는 말이기도 했고, 저도 오기가 발동해서인지 정신을 차려보니 잘린 머리카락이 한 움큼 손에 쥐어져 있었어요. 물론 그 말대로 팔아서 보태기도 했고요."

그렇게 시작된 아딜나의 첫 선행은 시간이 흘러갈수록 조금씩 규모가 커지기 시작했다.

항상 밝은 얼굴로 모두를 대하는 그녀를 기특하게 여긴 몇몇 귀족이 손을 보태주었고, 나중에는 용병단까지 고용해서 먼 지역까지 구호물자를 나르기에 이르렀다.

차근차근 진행되던 '선행'이 다섯 번째를 맞이하던 때 그녀는 그레인과 처음으로 만났다.

그레인의 입장에서는 재회였지만.

"그리고 한 번 자르고 나니까 짧게 하고 다니는 게 나름 편하더군요. 친구는 긴 머리가 잘 어울렸는데 아쉽다고 했지만요."

후련하면서도 아쉽다는 두 가지 감정이 담긴 미소가 다시 한번 피어올랐다.

그레인은 둘이 무슨 이야기를 나누는지 궁금해 살짝 걸음을 늦췄지만, 의미 없다고 생각해 다시 원래 속도로 걷기 시작했다.

"그런데 제가 본의 아니게 여러분들께 보호받는 입장이 되었네요."

아딜나는 막상 경호의 대상인 펠릭스가 맨 앞에서 걸어가는 뒷모습을 쳐다봤다.

바로 그때 그레인과 눈이 마주쳤지만, 그레인은 아무 일이 없었다는 듯 정면을 응시했다.

"전하가 원하신 거니 너무 마음 쓰실 필요는 없어요."

"그래도……."

"무엇보다 전하는 진정으로 강한 분이에요. 솔직히 경호가 필요한가 싶을 정도로."

그레인이 빙룡의 어금니를 이식받기 위해 크루겐과 자리를 배웠던 사이, 대량의 몬스터들이 성당을 습격한 적이 있었다.

베스티나가 나서려고 하는 순간 커다란 손이 그녀를 막았고, 거대한 덩치의 펠릭스가 몬스터들 사이로 뛰어들었다.

혼자서 몬스터를 전멸시킨 펠릭스가 전신을 피에 적신 채로 천천히 걸어오자 베스티나를 포함한 전원이 뒷걸음질 쳤다. 순수하게 힘만으로 몬스터를 찢어 갈기는 모습이 든든함보단 공포를 느끼게 했다.

"성지에 갈 정도의 실력이라면 자신감을 가져도 되지 않나
요?"

"그건… 원래는 그레인이 갔어야 했는데 양보받은 덕분이죠."

"그래요? 그레인은 아무 말도 안 하던데."

그레인 쪽으로 시선을 돌린 아딜나 앞에 크루겐이 고개를
슬쩍 들이밀었다.

"아가씨, 혹시 우리들 만나러 오는 거 다른 사람들에겐 이
야기 안 했지?"

"네? 아, 당연히 안 했어요."

"이 지역에 몬스터들이 출몰한 적이 한 번도 없다고 했지?"

"물론이지요."

아딜나의 대답에 크루겐은 고개를 갸웃거렸다.

"아가씨 말대로 몬스터는 없는데, 대신 저 멀리서 누군가 오
는 거 같아."

크루겐이 길 양쪽의 무성하게 자라난 숲 중 왼쪽을 가리켰
다.

그레인은 잽싸게 트윈 엣지를 양손에 쥐었고, 펠릭스는 가
슴과 양팔에 두른 영겁의 사슬을 매만졌다. 크루겐은 오른손
에 팬텀 대거를 집어 들고서 아딜나에게 뒤로 물러서라며 손
짓했다.

수풀을 헤치는 소리가 점점 가까워지면서 모두 긴장하기
시작했다.

"으윽……."

여기저기 찢긴 법의 차림의 여성이 비틀거리며 수풀 밖으로 걸어 나왔다.

잔뜩 찡그린 얼굴로 왼쪽 어깨를 움켜쥔 그녀의 오른손 아래로 피가 흘러내렸다.

"어? 당신은 설마……."

로브가 아닌 법의 차림이었지만, 벤트 섬에서 2년간 봐온 얼굴이라 절대 잊을 수 없었다.

"멜린다 교관님?"

툭.

베스티나가 들고 있던 수정구가 땅바닥에 떨어졌다.

*   *   *

벤트 섬을 떠난 이후 처음 만난 멜린다의 몰골은 엉망이었다.

헝클어진 머리카락과 법의가 찢겨 나간 부분 주위로 퍼져 나간 핏자국.

누군가에게 급히 쫓기는 중이었음을 알 수 있었다.

"너희들을… 여기서 만날 줄이야."

털썩.

앞으로 쓰러진 멜린다에게 제자였던 세 명이 다급히 달려갔다.

"교관님! 어떻게 된 일입니까?"

그레인은 멜린다를 두 팔로 안아 일으켰다.

"이스트라 교관님이… 잡혀가셨어."

"네?"

"정확히는… 나와 같이 잡혔다가 탈출하셨지만……."

멜린다는 고통으로 괴로워하면서도 제자가 아닌 나머지 둘을 의식하면서 말끝을 흐렸다.

"아딜나, 교단과 관련된 일이다 보니 아무래도……."

"알겠어요. 잠시 자리를 비켜달라는 이야기죠?"

아딜나는 고개를 끄덕이더니 길 오른편의 수풀 안쪽으로 들어갔다.

"이야기는 나중에. 베스티나, 부탁합니다."

그레인은 조심스럽게 멜린다를 눕혔다. 베스티나는 수통의 물로 상처 주위의 흙을 씻겨낸 뒤 지혈제를 꺼냈다.

"으윽……."

얼굴을 찌푸린 멜린다의 시선이 한 곳을 향했다. 여전히 자리를 뜨지 않은, 거대한 덩치의 사내가 신경 쓰였다.

"안심하셔도 됩니다. 저분은 베릴란트 왕국의 대공이신 펠릭스 전하입니다."

"베릴란트 왕국의? 우리들처럼 하이브리드인?"

"네."

그레인은 대답을 하긴 했지만, 쓴웃음이 절로 나왔다. 맞는 말이긴 해도 '우리들처럼'이란 단어가 어색하게만 느껴져서였다.

'전생에는 멜린다를 죽이려고 그렇게 고생했는데… 지금은 정반대로군.'

그레인은 붕대를 쥐고 있는 오른손을 내려다봤다. 뭐라 표현하기 힘든 감정들이 서로 뒤엉킨 탓인지 그의 표정은 매우 복잡했다.

"교관님, 아직 무리하시면 안 돼요."

베스티나는 가만히 있지 못하고 계속 움직이려는 멜린다를 도로 눕혔다.

"날 쫓던 추적자들이 곧 따라올 거야. 그러니……."

멜린다는 자신이 빠져나왔던 수풀을 부들부들 떠는 손으로 가리켰다.

부상을 입은 그녀를 데리고 추적을 따돌리기엔 무리다. 길게 이어진 핏자국을 지운다 해도 수풀 안쪽 것까지 다 지우기엔 무리다.

"어쩔 수 없겠군."

아딜나를 도로 불러들인 그레인은 결단을 내렸다.

"아딜나, 멜린다 교관님과 함께 자리를 피해주십시오."

"네, 알겠어요."

"아까보다 더 멀리 떨어져 있어야 합니다."

그렇다면 기다리면서 추적자들을 확실히 처리하는 길밖에 없다.

덧붙여서 여기서 일어날 일을 아딜나가 아예 목격하지 못하도록 격리시켜야 한다.

"부상자도 껴 있으니 둘이서는 위험할 거야. 나도 가겠어."

그리고 만약에 벌어질 불상사를 대비해서 크루겐이 두 여성과 동행하겠다고 나섰다.

"괜찮겠어?"

"걱정 말라고. 네가 찾기 힘들 정도로 멀리 도망칠 테니까."

"그건 그것대로 곤란하지 않겠어?"

"그럴 필요는 없어. 아주 멀리 떨어지지 않는 한, 너에게 돌아갈 수 있는 방법이 있거든. 이번 기회에 처음으로 써보겠네. 잠시만."

크루겐은 그레인의 오른팔을 덥석 쥐었다.

순간 어두운 기운이 꿈틀거리더니 마치 팔찌처럼 그레인의 오른 손목을 감쌌다.

"이건?"

"스펙터의 코어가 지닌 능력 중 하나야. 쉐일이 알려줬지. 사태가 해결될 즈음에 신호 보내주면 돼."

"신호? 어떻게?"

크루겐은 살짝 웃더니 펠릭스를 향해 고개를 돌렸다.

"힘껏 함성 한 번만 질러주시면 됩니다, 전하."

"알겠다."

*   *   *

크루겐과 아딜나가 멜린다를 데리고 길 오른편 수풀로 사라진 이후.

그레인의 시선은 반대편 수풀에 고정되었다.

초조함과 긴장 속에서 10여 분을 기다린 그레인의 시야 정중앙의 수풀이 들썩거렸다.

"…왔군."

수풀을 헤치고 나타난 성당 기사단원들이 그레인 일행을 발견하곤 멈춰 섰다. 말 대신 수신호로 의사를 전달한 그들은 조심스럽게 움직이며 그레인 일행을 빙 둘러쌌다.

하지만 펠릭스의 거대한 덩치에 압도되어 더 이상 다가가지는 못하고 우물쭈물했다.

바로 그때, 성당 기사단 사이를 비집고 지휘관으로 보이는 남자가 한 걸음 앞으로 나섰다.

"저희들은 보다시피 카르디어스 교단 소속의 성당 기사단입니다. 혹시 이쪽으로 온 여성 한 명을 보지 못했습니까?"

정중하게 멜린다의 행방을 물어보는 그의 시선은 아래를 향하고 있었다. 길 한복판을 가로지르는 핏줄기를 확인하는 순간, 입가에 웃음이 자리 잡았다.

"굳이 확인하지 않아도 되겠군요."

성당 기사단을 이끌고 온 지휘관 오클립스는 손을 좌우로 흔들었다. 부하들이 양방향으로 나뉘어 집결하더니 그레인 일행을 피해 오른편 숲으로 전진했다.

물론 이들을 그냥 보낼 그레인이 아니었다.

'한번 해볼까?'

"베스티나."

그레인은 베스티나 곁에 바짝 붙더니 귓속말을 건넸다.

"제 냉기가 퍼진 뒤에 얼음벽을 길게 설치해 보십시오."

그레인은 한쪽 무릎을 꿇더니 왼손을 바닥에 가져갔다.

'맨 처음 썼을 때처럼 하나의 목적만을 떠올리면서⋯⋯.'

옷 안쪽에 감춰져 있는 빙룡의 어금니에서 푸른빛이 뿜어져 나왔다.

"뭐, 뭐야?"

"이 빛은⋯ 설마 하이브리드?"

뒤늦게 그레인의 정체를 알아챈 성당 기사단원들이 그를 향해 몸을 돌렸지만, 이미 때는 늦었다.

휘이잉.

눈보라가 휘몰아치며 일대가 강한 냉기에 휩싸였다.

동시에 그레인의 냉기로 형성된 빙판이 그를 중심으로 빠르게 퍼져 나갔다.

"지금입니다!"

그레인의 외침에 베스티나는 뒤돌아서면서 오른팔을 크게 휘둘렀다.

그러자 순식간에 형성된, 수백 미터에 달하는 두터운 얼음 벽이 길과 오른쪽 숲 사이를 가로막았다.

"이, 이건?"

막상 얼음벽을 구현한 베스티나 본인마저도 놀랄 정도의 장관이 펼쳐졌다.

"역시 이런 건 저보다 훨씬 뛰어나군요."

"미, 믿기지 않아. 어떻게 된 거지?"

"빙룡의 어금니로 구현할 수 있는 저의 잠재 기술, 툰드라입니다. 제 냉기가 뒤덮은 공간에서는 더 강한 냉기를 쓸 수 있을 겁니다."

이전에는 아딜나를 지켜야 한다는 상상만으로 구현했다.

그러나 지금은 실제로 지켜야만 하는 대상이 수풀 너머에 있기에 툰드라를 구현하기에 더 용이했다.

"뭣들 하느냐! 당장 저 하이브리드를 공격하지 않고!"

"그, 그게……."

"움직이기 힘듭니다!"

주변이 온통 빙판으로 변한 터라 성당 기사단원들은 제자리에서 움직이기 곤란했다. 실수로 한 걸음 내디딘 성당 기사단원은 균형을 잃고 털썩 주저앉아 버렸다.

"이거야 원, 나도 움직이기 곤란하게 되었군."

펠릭스는 두껍게 깔린 빙판을 내려다보며 쓴웃음을 지었다.

"그렇다고 방법이 없는 건 아니지."

그는 살을 에는 차가움 속에서 전신에 두르고 있던 영겁의 사슬을 풀었다.

쿵!

강하게 내디딘 오른발을 중심으로 빙판 위의 균열이 사방으로 퍼져 나갔다.

"하앗!"

펠릭스는 오른손에 쥔 영겁의 사슬을 채찍처럼 빙판 위를 스치게 휘둘렀다.

"아악!"

"크헉!"

꼼짝달싹 못 하던 성당 기사단원들이 사슬에 걸려 줄줄이 넘어졌다. 다급히 다시 일어서려던 이들은 빙판에 미끄러지면서 도로 넘어졌다.

"그, 그렇다면……."

베스티나는 급하게 안대를 푸르면서 얼굴을 가리고 있던 머리카락을 뒤로 넘겼다.

빙룡의 눈동자가 가로 방향으로 확 넓어지면서 푸른빛을 발했다.

"어… 윽……."

"으윽! 모, 몸이 얼어붙……."

검을 빙판에 꽂고 일어서려던 성당 기사단원들의 갑옷 위로 서릿발이 돋아나더니, 서서히 얼어붙기 시작했다.

빙룡의 눈으로 구현할 수 있는 베스티나의 잠재 기술, 빙안의 범위가 이전보다 훨씬 넓어졌다.

＊　　　＊　　　＊

"그레인이 다 막아줄 거라 생각했는데, 몇 명은 놓쳤나?"

수풀 깊숙이 대피한 크루겐의 표정은 그리 밝지 않았다.

충분히 거리를 벌렸다고 생각했지만, 그건 말 그대로 크루겐만의 생각에 불과했다. 울창한 숲 사이를 빠르게 이동하는 '누군가'의 움직임을 간파한 크루겐은 선택의 기로에 섰다.

계속 더 거리를 벌리느냐, 아니면 여기서 추적자들을 처리하느냐.

크루겐은 아딜나의 부축을 받고 있는 멜린다를 쳐다봤다. 붕대를 둘둘 감아 겨우 지혈시킨 부위에서 다시 피가 배어나기 시작했다.

"크루겐, 날 쫓던 이들 중 한 명은 너처럼 어둠의 힘을 쓰는… 하이브리드였어."

"그래요? 교관님 실력도 만만치 않은데 이렇게 당할 정도면 고전을 각오해야겠네요."

크루겐은 커다란 나무 아래 드리워진 그림자에 한쪽 발을 디딘 채로 추적자들의 수를 추측해 봤다.

'세 명? 아니, 네 명이겠군.'

어둠 속에 숨고 나타나기를 반복하며 접근 중인 한 명이 유독 크루겐의 신경을 거슬리게 만들었다.

'교관님이 말했던 하이브리드가 바로 저놈이겠지? 같은 계열의 힘이라면 저쪽도 나를 알아봤을 테니… 결국 이런 식으로 끝내야겠군.'

크루겐은 오른손에 팬텀 대거를, 왼손에는 단검을 각각 쥐었다.

"아가씨는 교관님을 보호해 줘. 내가 저놈들을 처치할게. 일이 복잡해질 수도 있으니까 웬만하면 먼저 공격하지 말고."

"괜찮겠어요?"

"날 믿으라고."

크루겐이 얼굴에 두르고 있던 머플러를 위로 살짝 잡아당기며 어둠 속으로 자취를 감췄다.

그림자를 통해 빠르게 이동하는 크루겐.

그리고 비슷한 속도로 수풀을 헤치며 다가오고 있는 네 명의 하이브리드.

서로의 거리가 급격히 좁혀지면서 교차하기 직전, 크루겐이 한발 앞서 오른팔을 휘둘렀다.

"크헉!"

투명한 상태로 날아가는 단도, 팬텀 대거가 추적자 중 한 명의 복부에 깊숙이 박혔다.

그 자리에 풀썩 쓰러진 추적자를 제외한 나머지 셋 중 두 명이 크루겐을 노리고 덤벼들었다. 선두에 오던 추적자는 아예 크루겐을 무시하고 그녀들이 있는 방향으로 계속 달려갔다.

"어딜 가려고?"

어둠 속에 모습을 감추며 공격을 피한 크루겐은 잽싸게 뒤를 돌아봤다. 손바닥을 펼쳐 팬텀 대거를 회수한 크루겐이 다시 한번 오른팔을 휘둘렀다.

팍!

하지만 팬텀 대거는 갑자기 사라진 상대의 건너편에 있던 나무줄기에 박혔다.

'이놈이 교관님이 말했던 그 하이브리드겠군.'

자신처럼 어둠의 힘을 지녔다면, 남은 두 명보다 최우선적으로 처리해야 한다.

크루겐은 다른 두 명의 추적자를 제쳐두고 어둠의 힘을 지닌 추적자의 뒤를 쫓았다.

울창하게 자라난 나무들의 그림자가 겹겹이 드리운 어둠 아래 두 남자의 발자국이 길게 이어졌다. 둘은 서로를 볼 수 있지만, 다른 이들은 그 둘을 볼 수 없는 상황 속에서 그들만의 추격전이 이어졌다.

'젠장! 저놈이 아딜나에게 도착하기 전에 승부를 내야 하는데……'

어둠 속에 몸을 똑같이 숨길 수 있다면, 승패의 향방이 갈리는 경우는 단 하나.

어느 쪽이 먼저 어둠 속에서 벗어나 모습을 드러내냐의 싸움이었다.

"크윽!"

갑자기 크루겐이 허벅지를 움켜쥐며 앞으로 나뒹굴었다.

'하필이면 이때 부상 입은 부위가……'

크루겐이 허벅지의 고통을 이기지 못하고 모습을 드러냈지만, 그가 쫓던 추적자는 계속 앞을 향해 달려갔다.

"아가씨! 조심해!"

"알겠어요!"

크루겐의 외침에 아딜나는 양팔을 교차시킨 채로 주문을 읊기 시작했다.

주문이 끝나는 순간에 맞춰 아딜나는 양손을 주먹 쥐었고, 반구형의 투명한 장벽이 그녀와 멜린다의 주위를 감쌌다.

카앙!

추적자가 휘두른 검이 마나의 장벽을 강하게 가격했다.

두 번째로 검을 휘두르려는 찰나, 이번에는 멜린다의 냉기가 땅바닥을 타고 사방으로 퍼져 나갔다.

"이런……"

추적자의 두 발을 얼리려던 멜린다의 입에서 탄식이 흘러나왔다.

재빠르게 어둠 속에 몸을 숨긴 추적자를 찾기 위해 멜린다가 연이어 냉기를 사방으로 뿜어냈지만 효과는 없었다. 상대가 지면을 타고 퍼지는 냉기를 피하기 위해 나무 위로 올라갔기 때문이다.

"멜린다 님, 무리하시면 안 돼요!"

"하, 하지만······."

"가능한 한 버텨볼게요! 크루겐을 믿어봐요!"

아딜나는 마나의 장벽을 유지하기 위해 제자리를 고수해야 하는 상황이었다. 눈동자를 이리저리 굴리며 어둠 속에서 언제 나타날지 모르는 적을 찾는 데 열중했다.

캉! 카앙!

겨우 추적자를 따라잡은 크루겐이 단검을 휘두르며 추적자의 공격을 맞받아쳤다.

"이것 봐! 네 상대는 나라고!"

크루겐은 애써 웃으면서 공격을 주고받았지만, 상황은 그에게 유리하진 않았다.

단검을 휘두르는 그의 동작이 눈에 띄게 느려졌고, 터져 버린 상처 위에 감겨 있던 붕대가 점점 붉게 물들어갔다.

"꺄악!"

마나의 장벽을 풀고 크루겐과 합세하려는 아딜나의 입에서 비명이 울려 퍼졌다.

"으윽!"

공격을 멈추고 아딜나에게 급히 달려가려던 크루겐의 얼굴이 확 일그러졌다. 추적자가 투척한 단검이 스치고 지나간 손등 아래로 피가 후드득 흘러내렸다.

크루겐은 뒤돌아서면서 피투성이가 된 오른손 대신 왼손으로 팬텀 대거를 투척했다.

휙!

크루겐의 팬텀 대거와 추적자가 던진 단검이 각각 서로를 향해 일직선을 그리며 스쳐 지나갔다.

"크헉!"

"크루겐!"

"아… 아아……."

아딜나는 가슴에 단검이 박힌 채로 쓰러진 크루겐을 보며 망연자실했다.

추적자는 왼쪽 어깨에 박힌 팬텀 대거를 뽑아내더니 옆으로 휙 던졌다. 그러고는 크루겐의 등을 향해 단검을 마구 찔러 넣었다.

아딜나는 막아야 한다고 생각했지만, 마구 튀어 오르는 핏방울을 바라보며 다가가지 못하고 부들부들 떨었다. 크루겐이 쓰러진 자리 주변으로 피 웅덩이가 넓게 퍼져 나갔고, 그사이 다른 추적자 두 명이 뒤늦게 도착했다.

"뭐, 뭐야? 우욱……."

"분풀이치곤 좀 심해 보이는데. 이렇게까지 할 필요가 있어?"

둘은 손으로 입을 가린 채 인상을 찌푸렸다.

"나와 같은 계열의 힘이라면 확실히 숨통을 끊어놔야 해. 안 그러면 우리들의 뒷덜미에 단검을 찔러 넣을 거라고."

"아. 그 녀석, 하이브리드였지?"

"알았으니까 그만 찔러. 그놈, 누가 봐도 확실히 죽었잖아."

동료의 만류에 그는 크루겐의 등에 깊숙이 박힌 단검을 뽑아냈다.

흥분이 가라앉아서일까, 그는 이제야 어깨의 통증을 느끼며 나무에 등을 기댔다.

"으윽… 솔직히 운이 좋았어. 이 녀석이 부상을 입지 않았다면, 우리들이 저렇게 되었을지도 몰라."

"저 여자 말고 인간 여자 쪽은 어떻게 할까?"

"글쎄."

애매한 대답 이후 침묵이 감돌았다.

그들은 주위를 두리번거리더니 자신들과 그녀들 말고는 아무도 없다는 걸 확인했다.

"우리들을 방해한다면 굳이 살려둘 필요는 없지."

"탈주자 추적 과정에서 본의 아니게 죽었다고 둘러대면 교단 측에서 알아서 덮어주겠지?"

"좋아. 빨리 해치우고 돌아가자."

세 명은 무기를 아딜나에게 향하고선 거리를 좁혀 왔다.

바로 그때, 쓰러져 있던 크루겐의 몸에서 어두운 기운이 흘러나오기 시작했다.

"그건 안 돼……."

"누, 누구냐!"

"잠깐, 이 목소리는… 아까 네가 쓰러뜨린 놈 아냐?"

"무슨 소리야? 분명히 죽었……."

세 명 중 크루겐의 시체 쪽으로 몸을 돌리던 한 명이 더 이상 말을 잇지 못하고 비틀거렸다.

"으… 이, 이건?"

"수, 숨을 쉴 수가 없… 크헉!"

"그녀가 죽어서는 안 돼……."

괴로움 속에서 두 명의 추적자가 앞으로 풀썩 쓰러졌고, 크루겐을 쓰러뜨렸던 한 명만 어둠 속에 몸을 숨겼다.

"으악!"

비명 소리와 함께 핏방울이 사방으로 흩날렸다.

어둠의 기운으로 형성된 손이 그의 등을 파고들더니 가슴을 꿰뚫었고, 힘을 잃은 그의 몸이 앞으로 천천히 쓰러졌다.

일대를 완전히 뒤덮은 어두운 기운이 아딜나와 멜린다를 휘감았다.

나머지 두 명의 추적자는 어둠 속에서 서서히 죽어갔지만, 그녀들에게는 아무런 영향을 끼치지 못했다.

"이제, 두 번 남았군."

아까와는 다른 섬뜩한 목소리에 아딜나의 전신에 소름이 확 돋았다.

잠시 후, 주변에 감돌았던 어둠의 기운이 크루겐의 몸으로 빨려 들어가듯 자취를 감췄다.

"이건 도대체⋯⋯."

아딜나는 몇 번이나 눈을 깜박였지만, 시야에 비친 광경은 변함없었다.

갑자기 나타난 어둠의 기운에 의해 추적자들이 모두 사망했고, 크루겐은 여전히 쓰러져 있었다.

아니, 아까와는 달랐다. 그의 주변에 홍건하게 흘러나왔던 피가 감쪽같이 사라졌다.

"설마 크루겐이?"

지금은 사라졌지만 방금 전까지 주위를 가득 메웠던 어둠의 기운을 떠올려서일까.

아딜나는 조심스럽게 한 걸음씩 크루겐과의 거리를 좁혔다. 그렇게 가던 중, 그녀의 눈이 크게 떠졌다.

"크루겐? 내 말 들려요?"

그녀는 눈을 비비고 크루겐을 응시했다.

움직이지 않아야 할 크루겐의 손가락 끝이 꿈틀거렸기 때문이다.

"으윽… 이번에도 또 그 목소리가……."

"크루겐!"

천천히 몸을 일으키는 크루겐을 향해 아딜나가 다급히 달려갔다. 부축하기 위해 손을 내밀었지만, 크루겐은 고개를 저으며 혼자서 일어났다.

"설마 또 이런 식으로 살아날 줄이야……."

"또? 전에도 그런 일이 있었나요?"

크루겐은 당장 대답하지 않고 주위를 둘러봤다.

추적자 중 한 명은 무언가에 가슴을 관통당한 상태로, 나머지 둘은 입에 거품을 문 채로 땅바닥에 쓰러져 있었다.

크루겐은 추적자들에게 다가가 한 명씩 일일이 살아 있는지 확인했다.

다행스럽게도 더 이상 살아 숨 쉬는 자들은 없었다. 반면 아딜나는 상처 하나 없다는 걸 확인한 후에야 크루겐의 입에서 안도의 한숨이 새어 나왔다.

"모두 무사하군요."

"크루겐, 도대체 어떻게 된 일이죠? 그것보다 상처…
는……."

아딜나는 크루겐의 등 쪽으로 손을 뻗었지만, 더 이상 내밀
지 못하고 멈춰 섰다. 검에 찔린 부위의 옷은 찢겨진 상태였지
만, 정작 몸은 상처 하나 없이 말끔했다.

알 수 없는 두려움에 휩싸인 그녀는 자신도 모르게 뒷걸음
쳤다.

"아딜나."

아가씨라는 호칭 대신 이름을 부른 크루겐이 오른손 검지
를 세워 입술에 가져갔다.

"이 일은 그레인에게는 비밀로 해줘. 보다시피 난 살아 있
고, 내가 '또' 죽을 뻔했다는 걸 그 녀석이 알면 괜히 걱정할
것 같거든."

"그, 그래도……."

"부탁이야."

크루겐의 연이은 부탁해 잠시 생각에 잠긴 아딜나는 천천
히 고개를 끄덕거렸다.

"멜린다 교관님께도 부탁드립니다."

"아, 알았다."

멜린다는 엉겁결에 대답했지만, 왜 이런 일이 일어났는지에
대한 의구심을 떨쳐낼 수 없었다.

해답을 찾으려는 그녀의 머릿속에서 하이브리드에 관계된

기억들이 빠르게 지나갔다.

"크루겐, 너 혹시……."

"네?"

"하이브리드가 된 이후, 상처를 회복시킬 때 인위적인 방법이 통하지 않은 적이 있지?"

"네? 인위적이라니, 표현이 애매한데요?"

크루겐의 반문에 멜린다는 침을 꿀꺽 삼켰다.

자신의 추측이 확신에 가까워진다는 느낌에 표정이 어두워졌다.

"성자나 빛의 힘을 지닌 하이브리드가 구현할 수 있는 치유술이 통하지 않는다든가……."

"애초에 성자를 만나본 적도 없는데요."

"아니면 지혈제가 듣지 않는다든가, 포션을 써도 회복이 더디다든가 하는 식의 경우는 없었어?"

"잠깐만요. 흠흠, 확실히 그런 느낌이 들긴 했어요."

3일 전 입은 부상을 치료하기 위해 여러 약초를 써봤지만 빨리 치유된 느낌은 없었다.

크루겐은 허벅지에 감겨 있는 붕대를 풀러봤다. 언제 다쳤냐는 듯 흉터 하나 남지 않은 부위가 본인이 봐도 섬뜩하게 느껴졌다.

"혹시 저에게 이식된 코어와 관련된 일인가요?"

"아마도 그럴 거다. 하지만 자세히는 나도 잘 모르겠어. 아마 이스트라 교관님이라면 잘 아시겠지만……."

"그렇다면 나중에라도 확실히 알게 된 후에 말해주세요. 아, 그리고 지금 하신 말씀도 그레인에겐 비밀입니다."

"굳이 비밀로 할 필요가 있니?"

"그 녀석에게 괜한 걱정 끼치기 싫거든요. 무엇보다, 교관님 표정을 보아하니 걱정한다고 해결될 일도 아닌 것 같으니까요."

크루겐은 자신의 추측이 얼추 들어맞았다는 걸 확인하는 선에서 이야기를 끊었다.

지난번 듀란을 상대할 때 벌어졌던 일이 반복되면서, 비밀에 대한 궁금증이 더욱 커진 건 사실이다. 그러나 지금은 어디까지나 두 여성의 안전이 어느 것보다 중요하다며 미련을 억지로 떨쳐냈다.

"다시 한번 말하지만, 여기서 있었던 모든 일은 그레인에게 비밀입니다. 아까 교관님과 나눈 대화도 포함해서 말이죠."

크루겐은 아딜나에게 함구할 것을 재차 부탁했다.

"당신과 그레인은 매번 비밀만을 남기는군요."

"때로는 알려지지 않아야 좋을 진실도 있게 마련이니까."

평소의 가벼운 표정으로 돌아간 크루겐은 세 명의 시체를 내려다보며 한숨을 길게 내쉬었다.

"에휴, 일이 이렇게 될 줄 알았다면 굳이 따로 대피시킬 필요도 없었는데. 뭐, 어쩔 수 없군요. 그러면 그레인에게 가볼까요?"

　　　　*　　　　*　　　　*

"크루겐? 어떻게 여기로……."

"어때? 깜짝 놀랐지?"

펠릭스가 함성을 지른 이후, 얼마 지나지 않아 그레인의 손목에 머물고 있던 어둠의 기운이 사방으로 퍼져갔다. 그 어둠이 서서히 걷히면서 나타난 세 명을 본 그레인은 놀란 나머지 말끝을 흐렸다.

"나에게 이식된 코어의 능력 중 하나야. 아까처럼 특정 위치나 인물에게 어둠의 기운을 남긴 상태라면, 내가 원할 때 돌아갈 수 있는 기술이지. 쉐일이 알려줬어."

"잠재 기술인가?"

"그건 아니야. 정작 잠재 기술은 아직 파악 중이라고 했고. 아무튼 내가 상대했던 놈들, 좀 힘겨웠어."

"응? 무슨 소리지? 추가 병력이 더 있었어?"

그레인의 시선이 크루겐의 허벅지에 감겨 있는 붕대로 향했다.

"아, 네가 놓친 게 아니었어? 그렇다면 애초에 추적조가 두 개로 나뉘어 있다는 이야기였네."

"다치진 않았고?"

"부상 좀 입었다고 그 정도 애송이들을 처리 못 할 내가 아냐. 엄살 좀 부려본 거니 그런 눈으로 보지 말라고."

크루겐은 완전히 나은 허벅지 위에 다시 붕대를 둘둘 감은 상태였다. 그레인의 눈을 완벽히 속이기 위해 억지로 피를 내 묻히기까지 했다.

"저……."

아무래도 크루겐이 걱정된 아딜나가 그레인에게 뭔가 말하려고 했다. 그러나 눈치챈 크루겐이 다시 한번 검지를 입술에 가져가며 고개를 가로저었다.

"그것보다 그레인, 그쪽은 잘 처리했어?"

그레인은 말없이 고개를 끄덕거렸다.

그레인의 잠재 기술, 툰드라 덕분에 베스티나는 혼자서 성당 기사단원들을 모두 처치했다.

오히려 전투 후 뒤처리를 위한 시간이 더 들어갈 정도였다. 성당 기사단원들의 시체를 급하게 암매장한 뒤, 전투가 벌어졌다는 흔적 자체를 꼼꼼히 지웠다. 마지막으로 전투가 벌어졌던 장소에서 좀 떨어진 곳으로 이동한 뒤에야 크루겐에게 신호를 보냈다.

어떻게 해서든 아딜나가 단순한 연락책으로서 남기 바라는 그레인의 의도 때문이었다.

"그러면……."

"알겠어요."

또다시 '그들만의 이야기'가 시작될 것을 직감한 아딜나가 알아서 수풀 너머로 사라졌다.

"좀 서운해하는 눈치던데."

"어쩔 수 없어. 아딜나에게 교단과 관련된 일들이 알려져서
는 안 되니까."

그레인은 씁쓸한 얼굴로 멜린다의 상태를 살펴봤다.

응급처치를 하긴 했어도, 그녀의 부상이 여전히 염려되었
다. 이야기를 꺼낼까 말까 갈등하는 그레인을 본 멜린다가 엷
게 미소 지었다.

"그렇게 눈치 안 봐도 된단다. 그 아가씨를 오래 기다리게
할 수는 없잖니?"

"알겠습니다. 교관님, 왜 탈주자가 되었는지에 대해 알려주
십시오."

"탈주자라……. 그래, 그랬지."

탈주자라는 자신의 처지를 재차 확인한 멜린다는 고개를
숙였다.

"아니다. 너무 시간을 끄면 안 되겠지. 그레인, 그리고 크루
겐. 너희 둘은 던컨 님을 알고 있지?"

"네, 한때는 그분 밑에서 일했으니까요."

"너희들은 몰랐겠지만, 이스트라 교관님은 던컨 님을 통해
시련이 통하지 않는 하이브리드들을 몰래 도망치게 했어."

"네?"

전혀 의외의 내용에 그레인은 크루겐 쪽을 바라봤다. 크루

겐 역시 예상 못 했다는 표정으로 입을 멍하니 벌리고 있었다.

"너희들도 교단에 몸을 담은 지 어느 정도 되었으니, 이레귤러들의 결말이 어떤지는 알고 있겠지?"

"네."

죽어서 실험체가 되든가, 아니면 죽을 때까지 실험의 대상이 되든가.

"나는 이스트라 스승님… 아니, 교관님의 뜻에 반대하지 않았지만 너무 위험하다고 몇 번이나 만류했어. 그러나 그분은 뜻을 바꾸지 않았단다. 단지 하이브리드라는 이유만으로 인간보다 못한 대접을 받는데, 이레귤러라는 이유만으로 실험체가 되어서는 안 된다면서……."

회귀로 인해 시간이 뒤틀렸기 때문이었을까.

이레귤러로 구성된 결사대원과 사력을 다해 맞서던 전생의 멜린다를 현생의 그녀에게서는 더 이상 찾을 수 없었다.

"석 달 전이었던가, 넉 달 전이었던가……. 성지에서 파견된 이단 심문관이 예고도 없이 벤트 섬을 방문했지. 이스트라 교관님과 나는 이레귤러에 관련된 교리를 어겼다는 이유로 체포되어 성지로 압송될 예정이었어."

"예정이었다는 이야기라면, 이스트라 교관님도 탈출하셨단 이야기입니까?"

"압송 도중 가까스로 탈출에 성공했지만, 교관님은 각자 흩어져서 도망치는 편이 추적을 피하기 쉽다며 나와 헤어졌어.
나는 혼자서 거의 두 달 가까이 여기저기를 떠돌아다녔지. 막
상 교단에서 도망쳤지만… 갈 곳이 없었어."

대부분의 하이브리드가 그러하듯이, 멜린다는 고아 출신이
기에 마땅한 연줄이 없다.

게다가 하이브리드가 된 이후 대부분의 시간을 벤트 섬의
교관으로 보냈다. 당연히 그녀가 믿고 몸을 위탁할 곳은 처음
부터 존재하지 않았다.

"그렇다면 이스트라 교관님도 무사히 도망쳤겠죠?"

크루겐의 질문에 멜린다는 고개를 끄덕이려다가 이내 가로
저었다.

"그건… 모르겠어. 교관님을 직접 인계받기로 한 사람은 다
름 아닌 쉐일 님이니까."

"쉐일 사제님, 말입니까?"

또 한 번 전혀 예상 밖의 인물이 언급되자 그레인의 표정이
심각하게 변했다.

"그분의 집념은 무서울 정도야. 교관님이 나와 떨어져 도망
친 이유는 사실 그분의 추적을 교관님 자신에게만 향하도록
유도하기 위해서였을지도 모르겠어."

'옛 친구를 만나러 간다는 말이 그런 의미였군.'

그레인은 성지로 끝까지 동행하지 않고 도중에 헤어진 쉐일
의 말을 떠올렸다.

"하아, 어떻게 해야 할지 모르겠어. 정말로."

멜린다는 두 손으로 이마를 감싸 쥐며 고개를 설레설레 저었다.

전생 때의, 그녀가 결사대와 맞서 싸우는 운명 자체는 지금 시점에서 비껴난 것은 분명하다.

그러나 타고난 체질에 따라 이레귤러인지 아닌지 결정되는 이상, 현생의 멜린다는 여전히 '시련'을 버티지 못할 것이다.

"그런데 정말 운 좋게도 저희들과 만났군요."

"아, 그건… 저것 덕분이었어."

멜린다는 오른손을 들어 그레인을 가리켰다.

정확히는 그의 등에 있는 트윈 엣지를.

"이스트라 교관님께서 이걸 주시고 가셨어."

그레인을 가리키던 오른손을 펼치자, 손바닥 안에 정사각형 모양의 납작한 금속이 모습을 드러냈다.

"빛이 나는 방향이 그레인을 가리키고 있지?"

"어? 정말이네."

"거리는 가늠할 수 없지만, 아무리 멀리 떨어져 있어도 트윈 엣지가 있는 방향만을 가리키는 마법이 걸려 있어. 교관님은 이걸 주시면서 말씀하셨어. 정 매달릴 구석이 없을 때엔 제자라도 믿어보는 건 어떻겠냐면서……."

"트윈 엣지에 그런 성능도 있었습니까?"

"예전에 걸어놨다고 하셨어. 난 정말로 교관님께 빚만 잔뜩

진 거 같아."

"그래도 두 달씩이나 그거 하나만을 믿고… 대단하네요."

멜린다를 부축 중이던 베스티나가 믿기지 않는다는 눈으로 감탄했다.

반면 그레인은 이스트라에 대해 두려움을 넘어서 섬뜩함마저 느끼기 시작했다.

'내 입장에서는 그저 성능 좋은 단검에 불과할 뿐인데……'

이스트라는 과연 어떤 의도로 이런 마법이 걸린 무기를 내주었을까.

아무리 생각해도 풀리지 않는 의문이었다.

게다가 쉐일이 보여줬던, 트윈 엣지에 대한 집착까지 더해지자 혼란은 더욱 커졌다.

여러 가지가 뒤엉킨 나머지 미래에 대한 불확실성이 더욱 깊어져만 갔다.

"잠시만 이쪽으로."

옆에서 같이 이야기를 듣던 크루겐이 그레인을 데리고 멜린다와의 거리를 벌렸다.

"그레인, 어떻게 할까?"

"……."

"결사대에 들이기엔 처음부터 조건에 안 맞고, 그렇다고 그냥 이전처럼 혼자 도망치게 놔두기엔 마음이 걸려."

"우선은 은신처까지 데리고 간 뒤에 생각해 보자."

결정을 내린 그레인은 자신의 오른팔을 쓱 훑었다.

전생에는 자신의 '오른손'으로 직접 죽였던 적을 지금은 살려야 하는 입장이 되었음에 얄궂음을 느끼면서.

제6장

눈물과 피

카르디어스 신성력 1398년 6월 12일.

　멜린다와의 예상치 못한 조우 이후, 이틀이 흘러갔다.

　아직 부상이 완쾌되지 않은 멜린다를 두 팔로 안아 든 펠
릭스가 중앙에, 그리고 양옆에 나머지 일행이 따라가는 구도
가 되었다. 원래는 아딜나와 베스티나가 멜린다를 부축했지
만, 속도를 낼 수 없자 펠릭스가 자청해서 그녀를 안아 든 것
이다.

　"죄송합니다. 전하께 폐를 끼치게 되어서……."

　"그 말, 벌써 열 번은 넘게 들은 것 같군. 환자니까 어쩔 수

없는 부분이다. 신경 쓰지 마라."

은신처에 도착하기까지 남은 시간은 대충 잡아 하루 정도.

원래는 어제 도착했어야 했기에 멜린다를 안아 든 펠릭스의 걸음은 어느 때보다 빨랐다.

지난번처럼 또 추적자가 나타날지 모른다는 생각에 그레인은 경계를 늦추지 않았다. 그러면서도 베스티나와 이야기 중인 아딜나에게 시선이 가는 건 어쩔 수 없었지만.

"참, 그레인."

크루겐은 그레인의 옷깃을 살짝 잡아당기면서 아딜나와의 거리를 벌렸다.

"아딜나를 신경 쓰는 거야 네 입장에선 그럴 수 있긴 한데, 너무 조심하는 거 아닐까?"

"무슨 소리지?"

"사정이 어떠하든 간에, 그녀 혼자만 소외되었다는 기분을 받는 건 썩 유쾌하진 않을 거야. 냉정히 따지면 아딜나는 먼 곳에서 직접 오는 고생까지 했는데, 정작 우리들은 그녀를 따돌린 셈이잖아."

확실히 아딜나는 크루겐의 말처럼 이전보다 소심해 보였다.

"그리고… 흐음, 아냐."

크루겐은 하려던 말을 멈추고 뒤통수를 긁었다. 자신의 두 번째 위기를 목격한 것도 큰 영향을 끼쳤지만, 그것은 계속 비밀로 남아야 하기에 입을 다물 수밖에 없었다.

"크루겐, 네 말이 맞긴 해. 하지만 지금의 아딜나는 겨우 16살 이야."

"어? 아……."

"이제 고작 16살밖에 안 된 소녀가 우리 주변에서 벌어질 일을 아무렇지 않게 넘어갈 수 있을 거라 생각하진 않아."

그레인의 가슴속에 남아 있는 아딜나는 회귀 직전, 34살의 나이로 자신의 품에서 숨을 거뒀다.

그러나 지금 뒤따라오고 있는 아딜나는 귀족 가문에 입양된 16살의 소녀. 피로 점철된 길을 같이 걸어가던 결사대 시절과는 다르다.

"최소한 내가 보는 앞에선 가급적 손에 피를 묻히게 하는 것만은 막고 싶어. 내 손에 피를 묻히는 모습도 보여주고 싶지 않고."

빙룡의 어금니가 이식된 왼팔을 내려다보는 그레인의 표정은 어느 때보다 심각했다.

"에이, 그렇다고 너무 심각하게 받아들이지는……."

크루겐은 하던 말을 급하게 끊더니 뒤따라오는 이들에게 멈추라는 수신호를 보냈다.

앞으로 쭉 뻗어 있는 길의 지평선 너머에서 누군가가 다가오고 있었다.

먼지바람을 일으키며 달려오는 말은 총 다섯 기.

그레인은 등 뒤에 찬 트윈 엣지의 검 자루를 살며시 쥐었다. 이전처럼 적이 아니기만을 바라면서.

"어?"

눈썹 위에 손을 대고 앞을 바라보던 아딜나의 낯빛이 창백해졌다.

맹렬히 달려오는 말 위에서 휘날리는 깃발의 문양을 본 그녀는 고개를 가로저었다.

"어떻게 알고 온 거지?"

그녀는 자신의 예상이 틀리기만을 바랐지만, 말들이 가까워질수록 안색은 더욱 나빠지기만 했다.

말고삐를 잡아당기며 말을 멈춰 세운 청년은 말에서 내리더니 그레인 일행 쪽으로 걸어왔다.

아딜나의 시선은 청년을 향했지만, 청년은 아딜나를 거들떠보지도 않았다. 대신 어느새 앞으로 나온 펠릭스를 향하고 있었다.

"베릴란트 왕국의 고명하신 펠릭스 대공 전하를 뵙게 되어 영광입니다. 저는 트리아노 성의 영주인 갈리온의 아들이자, 네빌가의 진정한 피를 물려받은 브로이안이라 합니다."

청년은 펠릭스를 향해 정중하게 예를 표했다.

"오라버님! 여길 어떻게……."

'오라버님?'

그레인은 브로이안이라 불린 청년과 아딜나를 번갈아가며 쳐다봤다.

브로이안은 귀족 특유의 거만함을 조금도 감추지 않았다. 반면 아딜나가 브로이안을 바라보는 시선은 오라버니라고 칭한 것에 비해 너무 어두웠다.

"이렇게 소중한 건 항상 지니고 다니든가 해라."

아딜나에게 오라버니라 불린 청년은 기분 나쁜 미소와 함께 품에서 무언가를 꺼냈다.

그러자 잽싸게 편지 봉투를 낚아챈 아딜나가 편지지를 꺼내 펼쳐 들었다.

"이, 이건……."

아딜나는 아래로 내린 왼손을 꽉 움켜쥐었다.

정황상 스코트가 그녀에게 보낸 편지임이 분명했다.

"같이 읽어봐도 되겠습니까?"

그레인의 요청에 아랫입술을 강하게 깨문 아딜나가 고개를 끄덕거렸다.

결사대와의 연관성이나, 전생에 대한 언급은 없었다. 아딜나가 베릴란트 성에 머물 당시의 친분을 언급하며 펠릭스가 머물 장소를 정중히 부탁하는 선으로 서술되어 있었다.

짧은 내용 속에 숨겨진 깊은 속사정을 알고 있지 않는 한, 문제될 내용은 없었다. 편지를 쓴 사람이 스코트라는 걸 파악하기 어렵게 써놓기도 했고.

그렇다고 브로이안이 한 행동이 용납되는 건 결코 아니었다.

"문도 잠그고, 서랍 안쪽에 넣고 자물쇠를 걸어놔서 절대 발견할 수 없었을 텐데……."

아딜나의 혼잣말에 청년은 피식 웃더니 '별거 아닌 걸로 난 리로군'이란 표정을 지었다.

그레인은 물론이고 다른 일행의 인상이 확 일그러졌다.

여동생의 방에 함부로 들어간 것도 모자라, 안의 물건을 맘 대로 뒤진 브로이안의 행동을 납득하는 이는 아무도 없었다.

'아차! 멜린다는?'

혹시 다른 이들이 멜린다를 알아보지 않을까 우려된 그레 인은 멜린다 쪽을 응시했다.

다행히도 펠릭스용으로 만들어놨던 로브를 걸친 상태라 얼 굴을 감추고도 남을 정도였다.

그레인은 브로이안을 당장에라도 죽일 듯한 눈빛으로 노 려봤다. 아딜나의 오빠라는 사람을 만난 건 처음이지만, 절대 좋은 이미지로 볼 수 없었다.

"이렇게 귀하신 분을 만나러 가는데 왜 알리지 않았냐? 실 망이구나."

"오라버님! 이건 어디까지나 은밀하게 진행되어야 하는 일입 니다!"

"도련님이라고 불러라. 네빌가의 고귀한 피가 한 방울도 섞 이지 않은 주제에 감히……."

아딜나에게 으름장을 놓은 브로이안은 펠릭스를 향해 허리를 숙였다.

"대공 전하와의 대화에 함부로 끼어든 저 애의 무례를 대신 사과드립니다."

"글쎄, 가족이라고 해도 함부로 여동생의 방을 뒤진 네가 내 눈에는 훨씬 더 무례해 보이는데?"

펠릭스의 지적에 브로이안의 표정이 경직되었지만, 언제 그랬냐는듯 다시 싱긋 웃었다.

"다음부터 주의하도록 하겠습니다. 아, 그리고 저 애가 가진 별장은 말이 별장이지 누추할 뿐입니다. 훨씬 안락하며 몇 배는 더 큰 제 개인 소유의 별장으로 안내해 드리겠습니다."

브로이안은 자신의 별장으로 안내해도 되겠냐는 권유가 아닌, 안내하겠다는 결정의 통보를 아무렇지 않게 툭 내던졌다.

"필요 없다."

"대공 전하가 트리아노 성을 지나갔는데도 제가 제대로 모시지 못했다는 소문이라도 퍼지면 곤란합니다."

"애초에 내가 이곳에 왔다는 것 자체가 소문이 나면 안 되는 사안이다. 무엇보다 날 안내한 아딜나 양도 엄연한 네빌가의 핏줄 아니던가?"

"아닙니다."

브로이안은 한 치의 망설임도 없이 단호하게 대답했다.

이야기가 진행되는 와중에 분위기는 차갑게 식었고, 아딜나의 손을 베스티나가 말없이 붙잡아줬다.

비밀로 해야 하는 일이 드러났다는 점이 우선 컸다. 그리고 그게 하필이면 자신의 오빠 때문이라는 사실에 아딜나는 죄책감을 떨쳐낼 수 없었다.

그레인은 트윈 엣지의 검 자루를 쥐었다 놓기를 반복했다. 당장에라도 뽑아 저 오빠라는 인간의 목을 날리고 싶었지만, 꾹 참을 수밖에 없었다.

"그레인, 저쪽."

크루겐이 그레인의 옆구리를 툭 건드리며 정면을 가리켰다.

아까 브로이안이 달려왔던 속도 못지않게 한 대의 마차가 지평선을 넘어 질주 중이었다.

"쳇, 벌써 따라잡혔나."

브로이안은 짜증을 부리며 부하들과 함께 마차를 피해 길 옆으로 비켜섰다.

다음에 올 누군가를 기다리며 다들 입을 다물자 침묵이 감돌았다.

"워, 워."

마부석의 집사가 말고삐를 잡아당기며 마차의 속도를 천천히 줄였다.

마차가 멈춰 서자, 집사 복장의 노인은 펠릭스 앞으로 걸어가더니 공손히 예를 표했다.

"오래간만에 뵙게 되었습니다, 펠릭스 대공 전하."

"그대는⋯ 오래간만이로군, 근위대장 플로이드 경."

자신의 옛 지위를 언급하는 펠릭스를 향해 플로이드는 더욱 허리를 숙였다.

"근위대장이 아닌 저는 더 이상 경이라 불릴 자격이 없습니다."

"그대가 지금 어떤 처지든 간에 나에게는 플로이드 경이 맞다."

전생에는 주군이었고, 그 주군을 숨이 끊어지기 전까지 섬기던 자.

그레인에게서 전생의 진실을 들었기 때문일까.

오래전에 근위대장에서 물러난 플로이드를 바라보는 펠릭스의 눈빛은 브로이안에게 보여준 것과는 정반대였다.

"그런데 이런 곳에서 만나다니, 어찌 된 일인가?"

"제가 모시는 가문의 따님께서 친구 되시는 분의 집에 머무르고 계셔서……."

플로이드는 오른손으로 정중하게 아딜나를 가리켰다.

"설마 그 애까지 같이 온 건가요?"

"네, 그렇습니다. 아딜나 아가씨."

바로 그때, 마차의 문이 열리더니 하녀 트리아나가 마차에서 내렸다.

그리고 뒤를 이어 나온 소녀는…….

"다시 만났네."

"에르닌? 너는 왜 여기에?"

아딜나에 이어 에르닌까지.

비밀리에 진행되어야 할 일이 더 복잡해질 거라는 생각에 그레인은 머리가 아파왔다.

그리운 얼굴들을 다시 본 건 기뻤지만, 엄습한 불안감에 표정이 굳었다.

"그레인 오빠, 반응이 왜 그래?"

"어, 으음… 미안. 지금 상황이 꽤 복잡해서 그래."

그레인은 아딜나에게 했던 실수를 반복하지 않기 위해 재빨리 사과부터 했다.

"에르닌!"

아딜나는 에르닌에게 달려가더니 작고 앙증맞은 손을 꼭 붙잡았다.

그레인은 슬며시 옆으로 비켜섰고, 아딜나는 그레인과 에르닌을 번갈아가며 쳐다봤다.

"혹시 에르닌과 아는 사이인가요?"

"그게……."

"전에 말했던, 같은 고아원에 있었던 그 오빠야."

"아! 그 오빠?"

귀에 못이 박힐 정도로 들었던 에르닌의 '오빠'라는 사람이 그레인이라는 걸 확인한 아딜나의 입가에 미소가 어렸다.

그녀들 사이에서 무슨 이야기가 오갔는지 그레인으로서는 알 수 없었다. 분명한 것은 아딜나가 그레인을 보는 시선에 호의가 더해졌다는 점이다.

아쉽게도 그레인이 원하는 방향의 호의는 아니었지만.

"그런데 에르닌, 너는 어떻게 알고 여기까지 왔어?"

"저 사람이 호들갑을 떨길래 주변 사람들에게 물어보고 왔어."

브로이안의 성격을 잘 알고 있는 에르닌은 그의 이름을 언급하는 것조차 꺼려했다.

"그런데 왜 몰래 나갔어? 나에게도 비밀로 할 정도의 일이었어?"

"그게, 폐하께 부탁받은 일이어서 그랬어. 너무 섭섭하게 여기진 말아줘."

아딜나는 브로이안에게 들리지 않게 귓속말을 건넸고, 에르닌은 고개를 끄덕거렸다.

"정말 중요한 일이었구나."

"그런데 그레인이 네가 말하던 그 오빠라는 사람이라니, 인연이라는 게 참 묘하구나."

"오빠를 알고 있었어?"

"예전에 날 도와줬다는 교단분이 바로 그레인과 크루겐이었어."

"그래?"

두 여성의 시선이 자신에게 쏠리자 그레인은 멋쩍어하며 볼을 살짝 붉혔다.

하지만 그것도 잠시.

아딜나에게 있어서 자신은 '도움을 준 사람'에 머물렀음을 알고 시선을 하늘로 향했다.

그가 원했던 아딜나와의 인연은 이런 것이 아니었기에 서글펐기 때문이다.

'인연이라……'

그레인은 회귀 후 만난 이들의 얼굴을 하나씩 떠올려 봤다.

전생과 똑같이 결사대원으로서 만난 인연은 예상보다 확실히 적었다.

적이었던 이가 아군으로, 반대로 같은 편이었던 자가 적으로 돌아선 경우도 있었다.

'그러면 아딜나는?'

지금은 단순한 연락책에 머무르는 수준이다.

그러나 더 깊게 관여한다면 앞으로 본격적으로 진행될 교단과의 사투에서 전생처럼 휘말릴지도 모른다.

반대로 쉐일처럼 적으로 나타난다면?

잠시 생각에 잠긴 그레인은 두 눈을 감고 격하게 고개를 휘저었다. 그런 상상만으로도 가슴이 쓰려왔다.

'결국 또 제자리로군.'

그레인은 이전처럼 스스로에게 던진 질문에 명확한 답을 찾지 못했다.

"그나저나 둘이 서로 친구 사이일 줄은 미처 몰랐는데?"

크루겐은 두 소녀 사이에 슬쩍 끼어들면서 특유의 넉살 좋은 미소를 지었다.

"아딜나가 아빠의 제자가 될 때 만나서 친구가 되었어."

"저나 에르닌이나, 입양된 입장이어서 그런지 남 같지 않아서요."

에르닌의 손을 꼭 잡고 있는 아딜나를 크루겐은 흐뭇한 표정으로 바라봤다.

겉으로는 이제 막 20살 청년이 된 크루겐이지만, 속은 어디까지나 40살을 넘어선 중년이다. 아직 앳된 두 소녀의 우정에 입가에 미소가 절로 피어 나왔다.

그러나 아직도 상념에 벗어나지 못한 그레인은 지평선을 응시할 뿐이었다.

에르닌은 왠지 모르겠지만 말을 걸어서는 안 될 것 같은 느낌을 받고 그레인 옆으로 시선을 옮겼다.

"못 보던 언니네?"

셋의 대화에 끼어들지 못하고 그레인을 물끄러미 쳐다보는 베스티나의 시선을 에르닌은 놓치지 않았다.

"아, 이쪽은 베스티나. 나와 같은 곳에서 수련받았고, 지금은 같이 전하의 경호를 담당 중이야."

정신을 차린 그레인이 베스티나를 에르닌에게 소개했다.

에르닌은 얼굴에 비해 커다란 눈망울을 위에서 아래로, 그리고 다시 위로 올리며 베스티나를 찬찬히 훑어봤다.

아딜나가 감탄할 정도로 윤기가 넘치고 길게 자라난 푸른 색의 머리카락.

다소 과하다고 느껴지는 노출 속에서 아름답다고 느껴지는 흰 피부.

하이브리드라는 증거이긴 하지만, 에르닌의 눈에도 보석처럼 보이는 오른쪽 눈동자.

에르닌은 무의식적으로 자신과 베스티나와의 차이점을 하나하나 비교하기 시작했다.

"흐응… 그렇구나."

호감인지 적의인지 알 수 없는 애매모호한 눈빛이었다.

"이 녀석들, 아가씨들하고만 이야기하고 나는 뒷전이냐?"

굵직한 목소리와 함께 누군가의 손이 에르닌의 머리 위를 지나 그레인의 어깨를 툭 건드렸다.

펠릭스보단 작지만 거대한 덩치의 남자를 본 그레인과 크루겐은 입을 멍하니 벌렸다.

회귀 전이나 후나 변함이 없는, 둘이 익히 알고 있는 얼굴이었다.

"잉? 너도 왔어?"

"리카르도까지?"

"녀석들, 용케도 다들 살아 있었구나!"

누가 먼저랄 것도 없이, 옛 결사대원이었던 세 명이 서로 얼싸안았다.

전쟁터에 나갔다 돌아온 것도 아님에도 대뜸 '살아 있었구
나'라니…….

당연히도 다른 이들은 리카르도의 말을 이해하기 힘들었
다. 그러나 회귀 전의 진실을 알고 있는 펠릭스와 베스티나에
게 그 인사말은 남다르게 다가왔다.

"여기에는 어떻게 온 거야? 베릴란트 성으로 간 거 아니었
어?"

"가긴 갔는데, 결국 포르테 가문 아래에서 일하기로 결정했
다. 아무튼 그렇게 되었다."

"스코트와 만나기는 했고?"

크루겐이 속삭이듯 물어보기 무섭게 리카르도가 둘의 목에
손을 대더니 아래로 숙이게 했다.

"우리들끼리만 하는 이야기인데, 그 왕자님… 이젠 왕이지.
성격 안 변했더라. 아니, 더 악화되었어."

리카르도는 주변에 안 들리도록 목소리를 낮췄지만 확 일
그러진 표정만은 감출 수 없었다.

"그 녀석 사정을 들어보니 이해는 돼. 그래서 뜻은 같이하
겠지만, 그 녀석 수하로 일할 수는 없어서 말이지."

"그래서 포르테가를 택한 거였군."

"그런데 내가 모시는 아가씨, 42호와 친구 사이였더라? 여
기 와서 깜짝 놀랐어. 하마터면 아는 척할 뻔했다고."

"나도 몰랐다."

"자세한 이야기는 나중에 따로 우리들끼리 하자. 아무래도 난 고용된 몸이라서 말이야."

세 명은 서로 고개를 끄덕이면서 그들만의 '비밀 이야기'를 끝냈다.

"어머, 정말 저분들과 친구 사이였어요?"

에르닌의 하녀, 트리아나가 놀란 눈으로 리카르도를 바라봤다.

그러자 리카르도는 어깨를 으쓱거리며 의기양양해했다.

"그래! 아직 20살도 안 되었다는 말, 이젠 믿겠지?"

두 장의 소개서 중 포르테 가문 쪽을 택한 리카르도는 자신이 앳된 10대 소년이라 주장했다.

그러나 그의 외모와 실제 나이가 전혀 들어맞지 않았기에 내심 속을 앓던 중이었다.

그런 와중에 드디어 자신의 말이 진짜임을 확인받게 되자 흥분을 감추지 못했다.

"난 그레인보다 고작 한 살 연상이라고! 크루겐과는 그 반대고!"

"그러면 앞으로 날 누나라고 부르렴, 리카르도."

"어?"

"누님이어도 상관없단다."

"이게 아닌데……."

트리아나가 기세등등하게 나오자 리카르도의 어깨가 축 처졌다.

진짜 나이를 인정받긴 했지만 그녀의 대답은 리카르도가 원하는 방향과 미묘하게 벗어나 있었다.

"아저씨, 정말 나보다 세 살 연상이야?"

"그, 그렇습니다! 에르닌 아가씨, 그러니 절 너무 어렵게 여기실 필요는 없습니다. 저 두 녀석들처럼 편하게 불러주시면 됩니다."

"웅, 알았어. 리카르도 아저씨."

"……."

진실을 들었음에도 에르닌이 리카르도의 이름 뒤에 붙인 호칭은 여전히 바뀌지 않았다.

하지만 그 덕분에 브로이안 때문에 험악했던 분위기가 순식간에 화기애애해졌다.

펠릭스는 '정말 그랬군'이라며 고개를 끄덕거렸고, 베스티나는 '나보다 어리다고?'라며 놀람을 감추지 못했다. 아딜나마저 놀란 눈으로 바라보자 리카르도는 또 한 번 좌절하며 울상을 지었다.

반면 대화에서 완전히 소외되어 버린 브로이안은 어금니를 질끈 깨물었다.

"대공 전하, 정말로 제 별장으로 오실 생각은 없으십니까?"

"아직도 있었나?"

왜 떠나지 않고 이 자리에 있냐는 무언의 질책.

등 뒤로 감춘 브로이안의 오른손이 꽉 주먹 쥐어졌다.

"…그러면 저는 이만 물러나겠습니다."

인사를 마친 브로이안은 말에 올라탔다.

부하들과 함께 왔던 방향으로 되돌아가던 브로이안은 그레인 일행을 스쳐 지나가면서 두 소녀를 흘낏 쳐다봤다.

"입양된 것들끼리 아주 잘들 노는군."

브로이안이 툭 내뱉은 말에 그레인은 반사적으로 검집에서 트윈 엣지를 뽑아 들었다.

그리고 거의 동시에 크루겐이 그의 손목을 붙잡고 아래로 잡아끌었다.

"그레인, 지금은 참아야 해."

트윈 엣지를 움켜쥔 그레인의 왼손이 부들부들 떨리고 있었다.

본능에 따르려는, 그리고 그 본능을 억제시키려는 둘 사이의 힘겨룸이 계속 이어졌고, 결국 그레인 쪽에서 먼저 포기했다.

그레인은 올 때와는 반대로 느리게 멀어져 가는 브로이안의 뒷모습을 계속 노려봤다.

당장에라도 달려가 그의 등 뒤에 트윈 엣지를 꽂아버리고 싶은 충동을 억누르고서.

"에르닌, 나 때문에… 정말 미안해."

"아냐. 전혀 화 안 나."

졸지에 브로이안의 화풀이 대상이 되어버린 에르닌에게 아딜나가 사과했지만, 에르닌은 천천히 도리질을 했다.

"아빠가 그랬어. 화는 인간을 상대로 내는 거라고. 말을 못 알아듣는 존재에겐 잘못을 해도 화내는 게 아니라고 설명하셨어."

에르닌은 브로이안과의 첫 만남을 아직도 잊지 않았다.

아딜나처럼 입양된 처지라고 말하는 순간, 마치 벌레라도 보는 듯한 경멸로 바뀌었던 브로이안의 눈빛을.

"맞는 말이다. 하지만 그렇기에 다른 방법이 필요하지."

펠릭스는 두 팔로 안고 있던 멜린다를 조심스럽게 내려놓았다.

그러고선 커다란 돌덩어리를 오른손으로 주워 들었다.

"만약 이곳이 베릴란트 왕국 내 영토이며, 저 남자가 내 동생의 녹을 받는 귀족이었다면……."

콰직.

펠릭스가 주먹을 움켜쥐자 모두가 숨을 죽였다.

잠시 후, 손바닥을 펼치자 작게 부서진 돌덩어리의 파편들이 아래로 후드득 떨어졌다.

"당장 이 자리에서 이렇게 만들어 버렸을 것이다."

"전하, 정말 죄송할 따름입니다."

"아딜나, 그대가 사과할 일은 아니다. 죄책감을 느낄 일도 역시 아니다. 이 자리의 모든 이가 그렇게 생각하고 있을 테니

염려치 마라."

"정말로 면목 없습니다."

"우선은 이 아가씨를 마차 안으로. 아직 부상이 완치되지 않았다."

"맡겨만 주십시오."

트리아나가 멜린다를 부축해 마차 안으로 이끌었다. 나머지 세 여성이 뒤따라 마차 안으로 들어갔고, 항상 그러했던 것처럼 마지막으로 마차에 올라타려던 리카르도는 황급히 도로 내리더니 마부석 옆자리에 올라갔다.

"너, 정말 눈치 없다. 부상을 치료하기 위해 여자들끼리만 안에 들어간 걸 봤으면 뭘 할지 알아채야 할 거 아냐?"

"시끄러!"

크루겐의 지적에 리카르도는 발끈하며 살짝 달아오른 양쪽 뺨을 손바닥으로 탁탁 두들겼다.

"전하, 아무래도 전하를 태우기엔 이 마차가 부적합할 것 같습니다만."

"상관없다. 옆에서 따라가겠다."

펠릭스는 개의치 않으며 마차 오른쪽에서 걸음을 옮겼다.

마차를 모는 플로이드는 멜린다를, 그리고 걸어서 따라오고 있는 펠릭스를 배려해 속도를 늦췄다.

마차 왼쪽에서 그레인과 크루겐이 마차 속도에 맞춰 나란히 걷기 시작했다.

그레인의 시선은 앞서 떠난 말들이 남긴 발자국을 향했다. 아직도 그 아딜나의 오빠라는 인간이 내뱉은 말이 뇌리에서 떠나질 않았다.

"너만 화나는 거 아니니까 이제 흥분 좀 가라앉혀."

"그래도 그 인간을 그냥 놔둘 수는 없어."

"아까 내가 한 말 제대로 못 들었어?"

크루겐은 그레인의 어깨에 오른손을 올리면서 얼굴을 가까이 가져갔다.

"지금은, 이라고."

*   *   *

카르디어스 신성력 1398년 6월 20일.

"그레인, 크루겐. 그리고 베스티나."

마차의 창문 밖으로 얼굴을 내민 멜린다는 제자들의 이름을 하나씩 불렀다.

"정말 고맙구나. 고맙다는 말밖에 할 수 없다는 게 참으로 안타까워."

"빚을 졌다고 생각하시면, 나중에 저희들 좀 도와주시면 되요. 사제 관계라고 해서 제자가 스승에게 받기만 하라는 법은 없잖아요? 반대도 있을 수 있는 거죠."

크루겐의 너스레에 멜린다는 말없이 웃었다.

벤트 섬에 지낼 때에도 보여준 적이 거의 없었던, 오래간만의 미소였다.

"그러면 잘 부탁드립니다."

그레인은 마부석을 향해 고개를 꾸벅 숙였다.

마부석의 옆자리에서 앉아 있던 용병단장, 드리콜린은 같이 고개를 끄덕였다.

마차가 출발하고, 제자들을 향해 멜린다가 손을 흔들었다. 말로 다 표현하지 못한 고마움 때문인지, 그녀는 별장과 거리가 계속 멀어짐에도 손을 흔드는 걸 멈추지 않았다.

"멜린다 교관님은 전생에는 너와 적으로 만났다고 했지?"

"…네, 이번에는 사제 관계로 만나게 되었죠."

베스티나의 말에 그레인은 대답을 잠시 망설이다가 천천히 대답했다.

"그래서 벤트 섬에 있을 때, 교관님을 보는 시선이 묘했던 거였네. 교단에 오기 전까지의 생활 덕분인지, 남자가 여자를 바라볼 때의 시선의 차이를 조금 잘 알거든."

"그랬습니까?"

벤트 섬에서 보냈던 2년 동안, 그레인은 마지막 대련을 제외하고는 베스티나와 접점은 거의 없었다.

그랬기에 자신이 떠올리지 못하는 기억에 대해 말하는 베스티나가 신기하게만 보였다.

"나와 같은 계열의 힘을 쓰면서도, 교관들 사이에서 평가가 높은 너를 주시 안 할 수는 없었어."

"당신이 그랬다니 의외로군요."

"그때의 너는 한 가지 일에 몰두하느라 남의 시선에 일일이 반응하지 않았어."

베스티나의 입꼬리 한쪽이 살짝 올라갔지만, 이내 원래의 무표정으로 돌아갔다.

"당시에는 내 쪽이 더 평가가 좋았지만, 지금은 네가 확실히 위지. 아니, 그렇게 될 수밖에 없겠지."

회귀라는 반칙에 가까운 방법으로 강해진 그레인.

하지만 그만큼의 대가를 치르고 강해졌기에 베스티나는 분하다는 생각은 들지 않았다.

아니, 치른 대가에 비해 그가 지금 얻은 힘은 아직 부족해 보였다.

크루겐에게 들었던 전생의 그레인은 단신으로 적진 한가운데를 파고드는 화염 그 자체.

지금은 정반대의 힘을 소유했기에 당연히 예전에 익혔던 전투 방법을 모두 사용할 수 없다.

그럼에도 여전히 그레인은 강해 보였지만.

"네 입장에서 교관님은 미래를 변화시킬 또 하나의 변수겠지?"

"하지만 이렇게 될 줄은 몰랐습니다."

"그리고 변수가 또 다른 변수를 낳을 테고."

"그러게 말입니다."

그레인은 착잡한 눈빛으로 멀어져 가는 마차에서 눈을 떼지 못했다.

이미 내린 결정에 대한 우려와 후회. 이번에도 그 두 가지 감정에서 완전히 벗어나기엔 무리였다.

'전생의 멜린다와 현생의 그녀는 분명히 달라. 하지만 과연 내가 잘한 짓일까?'

조력자는 당연히 많을수록 좋다.

하지만 전생에서 적으로, 그것도 결사대에 맹렬히 맞섰던 이를 믿고 받아들이기에는 감정적으로 힘들다. 아까 베스티나가 말한 변수 때문에 지금 당장은 적으로 맞서지 않게 운명이 바뀌었지만, 언젠가 다시 반대로 바뀔지도 모른다.

무엇보다 추가로 만나게 될 다른 회귀자들의 의견도 감안해야 한다.

그레인과 크루겐에게 현생의 멜린다는 사제 관계지만, 다른 회귀자들에게 그녀는 여전히 전생 때의, 결사대원들과 혈전을 벌였던 적에 불과할 테니까.

'그래서 그쪽으로 보내야 한다고 말하긴 했는데, 과연 잘될는지 모르겠군.'

멜린다는 스코트가 아닌, 펠릭스가 거느리고 있는 암흑가의 부하들과 지내게 될 예정이다.

추후 상황을 지켜보고 그녀를 어떻게 대해야 할지 결정하기로 했다. 아직도 그의 머릿속에선 여러 선택지 중에 하나를 골랐다가, 다시 취소하고 또 다른 결정을 하기를 반복했지만.

그사이 베스티나는 멜린다로부터 건네받은 정사각형의 '금속'을 찬찬히 살펴봤다.

"이건 더 이상 나에게 필요하지 않지만, 너에게는 필요할 것 같구나."

납작한 금속판의 한쪽 모서리에서 나오는 빛은 바로 옆의 그레인을 향했다.

언젠간 이 작은 금속판이 멜린다 때처럼 자신을 구해줄 거라 여기며, 베스티나는 허리 주머니에 금속판을 넣었다.

"아함… 그러면 갈 사람은 갔으니, 남은 사람들끼리 앞으로 어떻게 해야 할지 고심할 시간이지?"

크루겐은 기지개를 켜더니 길게 하품을 했다.

원래대로라면 별장에 머무르면서 스코트를 통해 맥스의 연락을 기다릴 예정이었다.

"그 브로이안이란 놈만 안 나타났으면 일이 쉽게 해결되는 거였는데. 젠장, 지금 생각해도 열받잖아."

갑자기 나타난 망나니 때문에 계획이 상당히 틀어져 버렸다.

몇 번이나 아딜나는 그 망나니가 언급될 때마다 고개를 조아렸다. 결국 브로이안에 대한 이야기는 아딜나가 없을 때 해야만 했다.

"이번에는 간단하게 생각해 볼까?"

"간단하게?"

크루겐의 제안에 그레인은 뭔가 찔리는 기분이 들었다.

"내가 예전에 비해 생각하는 시간이 길어졌다고 생각해?"

"날카로우면서 과감한 면은 많이 사라졌지."

"역시."

막상 결정을 내리고도 고심한 적이 한두 번이 아니었기에 그레인은 인상을 살짝 찌푸렸다.

이전에 비해 변한 자신이 썩 마음에 들진 않았다.

"하지만 어쩔 수 없긴 해. 왜냐하면 회귀한 지 시간이 꽤 흘렀잖아? 그만큼 전생에 비해 달라진 것도 많아졌고. 그러니 어릴 때처럼 단번에 결정할 것도 이젠 두 번, 세 번 고민해 봐야 하는 거야. 당연한 흐름이야."

크루겐은 그레인의 어깨에 손을 얹고 가볍게 툭툭 건드렸다.

"그러니 너무 혼자서만 고민하지 마. 우리들은 이미 한 번 실패한 삶을 겪었으니, 신중해져도 이상할 건 없어. 아무튼 어떻게 할까?"

"우선은 여기서 지내다가 남들 몰래 새 은신처를 마련해야 할 것 같아."

"아니야, 이렇게 된 이상 제대로 미쳐보는 거야."

"미쳐보자고?"

"무슨 의미지?"

나머지 둘의 시선이 자신에게 쏠리자 크루겐은 황급히 손을 내저었다.

"아니, 말 그대로의 의미가 아니고. 잘 생각해 봐. 교단의 일원들을 두 번이나 몰살시키고도, 아무 일 없었다는 듯 별장에서 쉬고 있는 미친놈들이 어디 있겠어?"

"당연히 없겠지."

"그러니 그 미친놈들이 되어보는 거야."

*   *   *

그레인 일행이 아딜나가 제공해 준 별장에서 머무르기로 결정한 후.

교단의 추적도, 몬스터들의 습격도 없는 평화로운 시간이 계속 이어졌다.

그사이 크루겐은 단독으로 교단 측과 접촉했고, 스코트가 보낸 첩자와도 은밀히 만났다.

상황을 봐서 정식으로 추가 인원을 보내 펠릭스를 맞이하겠다는 대답이 교단 측에서 나왔고, 교단 측의 일정에 맞춰 자신이 직접 나가겠다는 맥스의 답변이 돌아왔다.

한편, 소박하고 한적한 아딜나의 별장에는 때아닌 손님들의 방문이 이어졌다.

대부분 트리아노 성의 관리나 귀족들이었고 그들의 목적은 단 하나, 펠릭스와의 만남이었다.

베릴란트 왕국은 대륙 내에서도 손꼽히는 강국 중 하나.

대공인 펠릭스를 통해 베릴란트 왕국과 어떻게든 연줄을 만들려는 의도로 접근했지만, 펠릭스는 그들의 방문을 정중하게 거절했다. 자신은 어디까지나 타국의 공작으로서 교단의 초청을 받아 성지로 이동 중일 뿐, 쓸데없는 분란을 일으키긴 싫다는 대답을 덧붙이면서.

*　　　*　　　*

카르디어스 신성력 1398년 7월 22일.

그레인은 팔짱을 낀 채로 별장 입구에 서 있었다.

초조함 때문인지 팔뚝 위에 올려놓은 오른손 손가락을 계속해서 까닥거렸다.

'처음에는 하루하루가 길게만 느껴졌는데……'

한 달이란 시간이 훌쩍 지나가 버렸다.

그레인의 우려와 달리 교단 측의 움직임에는 큰 변화가 없었다. 앞으로 이대로 아무런 일 없이 시간이 흘러간다면, 앞으로 보름 뒤엔 맥스를 만나게 된다.

드디어 완전히 교단과 결별하여 결사대에서 활동하게 된다는 의미다.

남은 것은 보름의 시간뿐.

'그 시간 동안 해결해야 해.'

지금 그가 기다리는 건 아딜나에 대한 정보.

정확히는 그녀가 입양된 네빌가의 속사정이었다.

왜 브로이안이 아딜나를 그렇게 대하는가에 관해 그냥 넘어갈 수는 없었다.

"오래 기다렸지?"

팔뚝을 톡톡 두들기던 손가락의 움직임이 멈췄다.

크루겐은 본인이 직접 이름을 붙인 기술, 다크 터널을 이용해 먼 거리를 단숨에 이동했다. 브로이안의 별장에서 바로 이곳으로.

"휴우, 확실히 날씨가 더워지긴 했네. 어둠 속에 있을 때는 안 그런데 말이야."

크루겐은 도착하자마자 수통의 마개를 열었다.

벌컥벌컥.

단숨에 수통의 반을 비운 크루겐은 나머지 반을 머리 위에 뿌렸다. 그럼에도 몸의 열기는 쉽사리 가라앉지 않았고, 그레인은 얼음이 담긴 주머니를 그에게 건넸다.

"그래, 이거야! 으으… 시원하고 좋아."

크루겐은 희희낙락하며 전신으로 서서히 퍼져 나가는 냉기를 즐겼다.

"알아낸 건?"

"예상보다 많긴 한데, 많다고 다 좋은 건 아니더라."

트리아노 성에 들른 뒤, 말을 타고 브로이안의 결장까지 들른 크루겐은 인상을 찌푸렸다.

현재 트리아노 성의 영주인 네빌 백작가의 가주 갈리온의 자식은 두 명.

이미 고인이 된 부인의 자식인 장남 브로이안과 고아원에서 입양된 아딜나.

갈리온은 브로이안이 훌륭하게 성장하기 바라는 마음으로 아딜나를 수양딸로 들였다. 자신과 다른 환경에서 자라난 동생을 보면서 많은 걸 느끼라는 의도였다.

"브로이안에 대해서는?"

"그 사람이 많이 알려주더라. 너, 기억하지? 아딜나를 처음 만났을 때의 그 용병단장이었던……."

"드리콜린?"

"응. 그 사람에게 들었는데, 아딜나에 대한 증오가 보통이 아니래."

브로이안은 갈리온의 의도대로 아딜나를 통해 많은 것을 느낄 수 있었다.

단, 갈리온이 원하던 방향과는 정반대로.

"아딜나에 대한 다른 사람들의 평은?"

"꽤 좋아. 네빌가와 친분이 있는 귀족 가문 몇 곳을 들렀는데, 입양 한번 진짜 잘했다며 칭찬을 아끼지 않더라. 네빌가의 고용인들에게도 마찬가지고."

그러나 아딜나에 대한 칭찬을 늘어놓은 크루겐의 표정은 결코 밝지 않았다.

"문제는 평이 너무 좋아서가 아닐까?"

브로이안 입장에서는 굴러들어 온 돌인 아딜나의 평이 좋을수록 초조해질 수밖에 없다.

정작 아딜나 본인은 가주 자리에 대한 집착이나 미련을 보이지 않았다. 고아였던 자신을 네빌가에서 받아들여 준 것만으로도 항상 감사해하며, 그녀의 목적인 선행에 전념했다.

그렇기에 아딜나야말로 차기 가주감이 확실하다는 것이 주변의 평이었다.

그녀가 원한 것이 아님에도.

게다가 네빌가는 가주 자리를 순수하게 실력으로 결정하는 전통을 따르는 곳.

브로이안이 그런 태도로 나오는 것이 '감정적'으로는 이해되었다.

물론 이해된다고 브로이안의 행동을 묵인할 수는 없었지만.

"브로이안과 교단과의 연관성은?"

앞선 두 개의 질문과는 다르게, 입을 여는 그레인의 입술이 바짝 말라 있었다.

기껏 분리된 교단과 아딜나와의 악연이 다시 이어질지도 모르는, 그레인이 가장 우려하던 부분이기도 했다.

"교단과 관련된 건 못 찾았어. 나도 너처럼 브로이안이 교단과 연관되지 않았을까 추측했는데, 현재로선 전혀 관련이 없었어."

"나는 교단으로부터 정보를 받아 우리들 앞에 나타난 거라고 여겼는데, 아니었군."

"그럼에도 왜 전하에게 집착하는지 단순하게 생각해 봤어. 그러니까 해답이 쉽게 나오더라?"

"어떻게?"

"그냥 그 브로이안이란 놈은 차기 가주 경쟁에서 밀리지 않기 위해 전하와 연을 만들려는 거 같았어."

"펠릭스 전하가 타국의 대공임에도?"

"그래. 모든 사람이 우리들처럼 앞날에 대해 심사숙고하는 건 아니니까. 그냥 단순히 내키는 대로 행동하는 인간도 있는 법이야. 그냥 높은 사람 만나서 연줄을 만들면 자기 입지도 올라가겠지… 라는 정도?"

"……."

"그리고 우리 같은 인간은 어디까지나 소수지."

"하아……."

그레인은 기운이 빠진 나머지 소파에 등을 기대며 몸을 맡겼다.

'허무하군.'

아딜나가 항상 행복할 거라는 기대는 처음부터 하지 않았다.

그러나 그 행복을 위해 그레인은 현생의 아딜나에게 조심스럽게 다가갔다. 그녀가 행복하게 살아가도록, 전생의 추억까지도 혼자만의 것으로 가둬 버렸다. 되도록 그녀가 직접 피를 보는 것도 막도록 애썼다.

그런데 아딜나의 오빠라는 인간은 그저 단순히 차기 가주 자리에서 밀리지 않기 위해 일을 엉망으로 만들었다.

"아무튼 브로이안, 그놈을 그냥 놔둘 수는 없어. 어떻게 할까? 암살이라도 해버릴까?"

"그건 안 돼. 두 사람의 평이 극단적으로 갈리는 상황에서 그놈이 죽으면 자동으로 아딜나에게 가주 자리가 돌아가게 될 거야. 그렇게 된다면 그놈의 죽음에 대해 누구를 제일 먼저 의심하겠어?"

"으으, 골치 아프네. 막상 그놈은 뒷일 생각하지 않고 제멋대로 행동할 텐데 말이야. 그래서 더 까다로워."

크루겐은 머리를 싸매더니 눈썹 사이를 좁혔다.

그레인은 되도록 네빌가에 피해가 가지 않는 선에서 브로이안을 어떻게 처리할까 고심 중이었다.

네빌가가 아딜나를 입양하지 않았다면, 그녀는 전생과 똑같은 길을 걸어갔을지도 모른다. 하이브리드가 아닌, 인간으로 계속 살아갈 수 있는 선택지를 준 네빌가가 그레인은 고마웠다.

그렇다고 브로이안에게 핍박을 당하는 모습을 보고 그냥 넘어갈 수는 없었기에 어떤 선에서 어떻게 처리해야 할지에 대해 고민은 계속 이어졌다.

"아, 슬슬 시간이 된 것 같네."

크루겐은 하늘 정 가운데에 떠 있는 해를 바라보며 허리에 찬 단검을 매만졌다.

"그레인, 너 표정 장난 아니야. 오늘은 그냥 쉬는 게 어때?"

"괜찮아. 머리가 피곤한 거지, 몸은 문제없어. 그러는 너야말로 괜찮겠어?"

"나 혼자만 쉴 수는 없잖아."

손해가 있으면 이득도 있는 법.

둘은 예상하지 못한 '이득'을 취하러 별장 뒤 공터로 걸음을 옮겼다.

*   *   *

"전부터 느꼈던 거지만, 기초가 아주 튼튼하군요."

포르테가의 집사인 플로이드는 지팡이 검을 검집 안에 집어넣었다.

그의 앞에 서 있는 그레인은 숨을 몰아쉬며 호흡을 골랐다. 오래간만에 단검이 아닌 장검을 뽑아 들었던 그레인이었지만, 플로이드의 검술 앞에서는 고전을 면치 못했다.

"지금 18살이라고 들었습니다만."

플로이드는 자신이 섬기는 가문의 무남독녀가 오빠라 부르는 대상에게 말을 높였다.

"네."

"만약 교단 소속만 아니었다면, 제 연줄로 당장 근위대에 추천했을 겁니다. 근위대장까진 무리라도, 부대장은 충분히 가능하고도 남을 실력입니다."

"너무 과한 평가입니다."

"저는 지금 일개 집사에 불과하지만, 검에 대해서만은 결코 거짓을 말하지 않습니다."

플로이드의 단호한 표정에 그레인은 빙긋 미소를 지었다.

"에르닌에게 들었습니다. 아가씨에겐 정말로 검술은 무리라고 말했다가 봉변을 당하셨다면서요?"

"흠흠! 그때를 생각하면 아직도 식은땀이 납니다. 그 일 이후, 아가씨께서 사흘이나 방에 틀어박혀서 나오질 않아 정말 고생했습니다."

전생의 플로이드는 베릴란트의 왕국의 근위대장이면서 동시에 검술의 대가로 이름을 날렸다.

그런 그가 작은 소녀 앞에서 쩔쩔매는 모습을 떠올리니 그레인은 자신도 모르게 웃을 수밖에 없었다.

"오늘로서 그레인 도련님과 대련이 보름째로군요. 정말 가르치는 보람이 있습니다."

"도련님이란 말은 제발 빼주십시오."

"사실, 처음 만났을 때 제가 까다롭게 나온 걸… 아가씨가 아직도 기억하셔서 말입니다. 최소한 아가씨 앞에선 그렇게 부르도록 해주십시오."

두 사람은 서로를 마주 보며 동시에 쓴웃음을 지었다.

반면 옆에서 진행 중인 또 하나의 대련은 다소 상반된 분위기였다.

"아, 진짜… 너와 내가 쓰는 무기 상성이 너무 안 좋아!"

"또 상성 타령이냐?"

크루겐과 리카르도와는 서로 언성을 높이며 의견을 굽히지 않았다.

"아무리 연습용 검이라도 네가 든 그거, 크기를 보라고! 한 방이라도 맞으면 골절당할 거야! 아까 실수로 네 공격을 직접 막아보니 확실하더라! 아직도 부들부들 떨리는 내 손 안 보이냐?"

"그러는 너는? 연습용 단검이라도 같은 부위를 계속 찌르면 피멍 들어! 이걸 보라고! 좀 다양하게 공격 좀 하라고!"

리카르도는 오른손으로 뒷머리를 들어 올리더니 크루겐에게 공격당한 부위를 보란 듯이 내밀었다.

"한 대 좀 맞힐까 싶으면 요리조리 어둠 속으로 숨어드니 이거야 원… 마법 사용도 허락되면 너 정도는 그냥 한 방감이야, 한 방!"

"그러니까, 그 한 방이 무서워서 그러는 거라니깐?"

"알았으니까 그만하자. 모래시계 다시 뒤집는다?"

티격태격하면서도 휴식 시간이 끝나자마자 다시 서로 검을 맞댔다.

휘이잉!

리카르도가 강하게 휘두른 대검이 허공을 갈랐다.

"아오, 또 사라졌어!"

카앙!

리카르도는 등에 비스듬히 걸쳐 맨 검집을 잡아당기며 크루겐의 공격을 막아냈다.

"아, 막혔네."

"이제 목 뒤는 작작 노려!"

"억울하면 너도 코어를 이식받든가!"

한 치의 물러섬도 없이 언쟁을 주고받으면서 크루겐과 리카르도는 거리를 벌렸다.

비아냥거림과 푸념이 계속 이어지며 둘 사이에 흙과 먼지가 흩날렸지만, 대결은 계속 이어졌다.

"젊군요."

플로이드는 근위대 시절을 떠올리며 둘을 흐뭇한 눈으로 바라봤다.

자신에겐 오래전 사라졌던 혈기와 열정이란 두 단어를 떠올릴 수 있는 것만으로도 즐거웠다.

"저희들의 수련을 도와주셔서 정말 감사합니다."

"아가씨의 은인인 그레인 도련님의 실력 향상에 도움이 된다면 저야말로 고마울 따름이지요. 무엇보다 다른 분의 부탁도 아닌, 전하의 부탁인데 어찌 거절하겠습니까?"

브로이안이 떠난 이후, 아딜나의 별장에 도착한 펠릭스는 의외의 제안을 했다.

이왕 이렇게 된 거, 에르닌도 이곳에 같이 머무르지 않겠냐는.

그리고 여유가 된다면 자신을 경호하는 세 명과 대련할 수 있냐는 부탁까지 덧붙였다.

에르닌을 포함해 함께 온 네 명은 검술과 마법에서 각각 뛰어난 실력의 소유자였다. 당연히 그레인과 크루겐, 베스티나의 실력은 그들을 상대하면서 눈에 띄게 늘어났다.

무엇보다 아딜나는 친구인 에르닌과 오래간만에 함께 있을 수 있었다. 지금은 브로이안의 부름을 받아 잠시 자리를 비운 상태이지만.

"오빠, 괜찮아?"

별장 후문을 통해 밖으로 나온 에르닌이 그레인에게 말을 걸었다.

"좀 지치긴 했는데, 별문제 없어."

"응, 알았어. 트리아나, 준비해 줘."

"알겠습니다."

에르닌과 함께 온 트리아나는 양손을 지면에 대고 빠르게 주문을 읊기 시작했다.

트리아나를 중심으로 형성된, 반구형의 거대한 마나의 장벽. 곧 펼쳐질 에르닌과 트리아나, 그리고 그 둘을 함께 상대할 그레인의 대련을 준비하기 위해서였다.

"이제 시작해도 돼?"

마력총을 꺼내 든 에르닌이 그레인의 맞은편에 섰다.

트리아나가 마법서를 펼치는 순간, 불타오르는 마법진이 지면 위로 떠올랐다.

"오늘도 잘 부탁한다."

장검을 검집에 집어넣더니 트윈 엣지를 꺼내 양손에 쥐었다.

검술 위주였던 플로이드와의 대련과 달리, 이번에는 냉기의 힘만을 적극적으로 다룰 작정이었다.

바로 그때.

"마차 소리네?"

아딜나를 태운 마차가 별장 앞에 도착했다.

"오빠, 미안하지만⋯⋯."

"친구가 왔는데 당연히 친구부터 봐야지. 대련은 그 후에."

그레인은 트윈 엣지를 검집에 집어넣었다.

에르닌은 종종걸음으로 별장 앞으로 달려갔고, 트리아나가 뒤따라갔다. 이렇게 된 이상 혼자 수련을 할까 생각하던 그레인은 고개를 젓고선 별장 앞으로 걸어갔다.

그런데⋯⋯.

'무슨 일이지?'

마차를 몰고 온 드리콜린의 표정이 딱딱하게 굳어 있었다.

마차에서 맨 먼저 내린 베스티나가 안쓰럽다는 표정으로 마차 안을 응시했다. 뒤이어 나온 아딜나는 오른손으로 한쪽 뺨을 가린 채로 걸어왔다.

'잠깐, 설마?'

그레인은 오늘 아침, 브로이안의 별장에 다녀오겠다던 아딜나의 이야기를 떠올렸다.

"너무 걱정하지 마세요. 별일 없을 거예요."

하지만 지금 아딜나의 표정만으로도, 별일이 없을 거라는 기대는 산산이 무너졌다.

＊　　　＊　　　＊

"아딜나……."

에르닌은 맞은편 소파에 앉은 아딜나를 애처로운 눈으로 바라봤다.

"그 사람이 또 그런 거야?"

"……."

아딜나는 말없이 뺨을 가리고 있던 손을 내렸다.

빨갛게 달아오른 오른쪽 뺨을 보는 순간 그레인은 이성을 잃을 뻔했다. 분명히 누구에게 맞은 것으로 보였고, 그 대상이 누구인지 뻔했기 때문이다.

크루겐은 머플러 안쪽에 있던, 얼음이 담긴 주머니를 꺼내 아딜나에게 건네주었다.

"고, 고마워요."

빨갛게 부어오른 부위에 얼음주머니를 문지르는 아딜나의 모습을 그레인이 뚫어져라 응시했다.

에르닌은 탄식하면서 친구를 향해 얼굴을 내밀었다.

"자세히 말해줘."

"별일 아니야."

"나에게는 절대로 별일 아닌 게 아니야. 우리 친구지? 무슨 일이 있었는지 말해줘."

에르닌의 거듭된 설득에 아딜나는 숙였던 고개를 천천히 들어 올렸다.

"오늘, 오라버님이 나를 불렀어. 며칠 뒤에 자신의 별장에서 파티를 열 예정이니 전하가 꼭 참석하도록 설득해 달라고 했어."

"파티? 그 사람, 도대체 무슨 생각이야?"

"자세한 사정은 잘 모르지만, 전하께선 이목이 집중되는 걸 피하려고 몰래 이곳에 머무를 작정이었잖아? 그래서 안 된다고 말했어."

"단지 그것 때문에? 너를?"

"응……."

아딜나가 말끝을 흐리며 대답하자, 별장 안 분위기는 차갑게 식어버렸다. 같은 자리에 있었던 베스티나는 브로이안이 아딜나의 뺨을 때렸던 순간을 떠올리며 두 눈을 지그시 감았다.

"왜 아딜나, 당신이 참아야 합니까?"

결국 분을 참지 못한 그레인이 자리에서 일어섰다.

"이런 일이 한두 번 있었던 게 아니죠? 아무리 남매간에 서로 처지가 다르다고 해도, 이건 있어서는 안 되는 일입니다!"

단순히 남매간의 다툼으로 치부하기엔 아딜나의 처지가 너무나 딱했다.

그녀의 성격상 맞서 싸웠을 리도 없다. 브로이안이 일방적으로 그녀를 몰아붙이며, 급기야는 뺨을 때렸을 장면을 상상하자 그레인의 분노는 더욱 커져만 갔다.

"만약 당신이 편지에라도 고민을 털어놨다면 제가……"

그레인은 말끝을 흐리며 더 이상 말할 수 없었다.

아딜나의 볼을 타고 흘러내린 눈물을 보는 순간, 그를 사로잡았던 감정 대신 이성이 돌아오면서 말을 이을 수 없었다.

"제가……"

자신의 '착각'을 뒤늦게 깨달은 그레인은 아까 한 말을 반복할 뿐이었다.

"…죄송합니다."

그레인은 아딜나에게 사과를 하며 자리에 앉았다.

'내가 너무 많은 것을 아딜나에게 요구했어. 나와 그녀 사이는… 예전과는 다른데 말이야.'

그때의 인연으로 몇 차례 편지를 주고받았지만, 단지 그것뿐.

마음속 깊은 고민까지 털어놓을 사이는 결코 아니었다.

지금 그레인이 할 수 있는 최선의 방법은 그녀의 이야기를 들으면서 조용히 분노하는 것에 불과하다. 왜 이제까지 가문에서 겪은 고통에 대해 말하지 않았냐고 물어볼 자격은 없었다.

"그레인, 손! 손!"

"손? 아……"

그레인이 꽉 움켜쥐고 있던 오른손을 펼치자, 끝 부분이 피에 젖은 포크가 탁자 위로 툭 떨어졌다.

뒤늦게 손바닥 전체로 퍼져 나가는 고통에 그레인의 눈썹이 꿈틀거렸다.

크루겐은 머플러를 풀어 그레인의 손을 둘둘 감았다. 결국 그레인은 거실을 떠나 손님용 방으로 이동했다. 지금의 그는 아딜나와 에르닌의 대화에 방해만 될 뿐이었기에.

그레인과 함께 크루겐과 베스티나가 자리를 비우자 에르닌은 차를 한 모금 마셨다. 찻잔을 감싼 양손을 통해 따스한 기운이 전달되었다.

"아딜나, 지난번에 내가 보냈던 편지 내용 기억해?"

"편지? 편지라면… 아."

아딜나는 에르닌과 주고받았던 편지 중 가장 최근의 내용을 떠올리더니, 다시 고개를 숙였다.

"그건… 무리야."

"아빠는 딸이야 하나든 둘이든 상관없이 많을수록 좋다고 했어."

아딜나가 브로이안에게 어떤 대접을 받고 있는지는, 렌딜도 에르닌을 통해 익히 알고 있었다.

그는 아딜나에게 더 이상 고통받지 말고, 포르테가의 새로운 일원이 되어달라고 제안했다.

"난 네빌가에 입양된 덕분에 많은 걸 누릴 수 있었어. 그런 네빌가를 이제 와서 떠날 수는 없어."

"어차피 아딜나가 하는 일을 가문이 하나도 도와준 적 없잖아?"

"날 베릴란트 성으로 유학까지 보내줬고……."

"그건 아빠가 준 장학금으로 해결된 거잖아."

모두에게 공평하게 기회를 줘야 한다는 것이 렌딜의 모토.

그렇지만, 그 기회를 잘 살려 열심히 노력하는 자에겐 더 좋은 기회가 제공되어야 한다고 입버릇처럼 말했다. 렌딜에게 있어서 아딜나는 딸의 친구이자 성실한 제자였기에, 쓰고도 남을 정도의 장학금을 매달 주었다.

"오히려 네가 하는 일을 네빌가가 방해했다면 모를까."

정확히는 아딜나를 눈엣가시로 여기는 브로이안의 짓이었지만.

에르닌은 지금의 짧은 머리가 아닌, 허리까지 내려올 정도로 길었던 아딜나의 흑발을 떠올렸다. 그렇게 남들을 돕고 싶으면 괜히 가문의 재산을 축낼 생각 말고 머리카락이라도 팔아서 쓰라고 면박을 준 이가 바로 브로이안이었다.

"예전 아빠에게 가르침을 받을 때 들었던 이야기, 기억나?"

"어떤 이야기?"

"누군가에게 은인이 된 자는 계속 은인으로 남아 있어야 한다는 말."

렌딜은 인간관계에 있어서 유독 은혜를 받은 자와 준 자와의 관계를 중요시 여겼다.

"은인이 된 자는 한번 도운 자를 계속 도와줄 의무는 없다.

하지만 은인이라는 핑계로 도와줬던 자를 괴롭히거나 은혜 자
체를 약점으로 삼으면 안 된다, 라는 설명이었지?"

"잘 기억하고 있구나."

아딜나나, 에르닌이나 귀에 못이 박히도록 들었던 이야기.

그다음 이야기는 굳이 말할 필요가 없었다.

"…그렇기에 은인이었던 자가 악행을 저지르더라도 도움을 받
은 입장에선 잘못을 쉽게 지적하지 못하지. 누군가에게 도움을
준다는 의미는, 생각보다 무겁다는 걸 명심해라."

누군가의 은인이 된 자의 의무.

그걸 지키지 못한 자는 당연히 은인보다 못한 처지로 떨어
지게 된다.

"지금의 네빌가는… 더 이상 아딜나의 은인이 아니야."

몇 번이나 말하고 싶었지만, 그럴 때마다 매번 망설이면서
가슴속에 담아두었던 말.

에르닌은 지금이야말로 묵혀놨던 말을 해야 할 때라고 판
단했다.

"난 아딜나가 언제나 행복하기를 항상 바라고 있어."

"에르닌……."

"그러니 나와 같이 가자. 너와 친구로 지내는 것도 좋지만,
자매 사이라면 더 좋을 거 같아."

에르닌의 작고 앙증맞은 두 손이 아딜나의 오른손을 움켜쥐었다.

"둘 다 생일을 모르니, 그러면 먼저 아빠의 딸이 된 쪽이 언니가 되는 건 어때?"

"그러면 에르닌이 내 언니가 될 텐데?"

"아, 그건 좀 그러네."

두 소녀가 서로를 마주 보며 키득키득 웃기 시작했다.

덕분에 아딜나는 우울한 표정에서 벗어나 이야기를 이어나갈 수 있었다.

계속 친구를 설득하는 에르닌과 여전히 망설이는 아딜나.

문틈 사이로 두 소녀의 이야기를 엿듣던 크루겐은 천천히 손님용 방의 문을 닫았다. 지금부터 방 안에서 할 이야기는 혹시라도 두 소녀가 들어서는 안 되는 내용이기에.

"베스티나, 아딜나와 같이 다녀왔지? 분위기는 어땠어?"

"내가 억지로 끌고 나오지 않았다면 더 심한 꼴을 당할 수도 있었어."

아딜나의 뺨을 때리고도 분이 풀리지 않았던 브로이안은 책상 위의 물건을 손에 잡히는 대로 마구 집어 던졌다. 폭언과 욕설을 마구 쏟아내면서.

결국 참다못한 베스티나가 냉기의 힘으로 작은 얼음벽을 형성해 아딜나를 보호했다. 그러나 아딜나의 입장을 생각해 소극적으로 방어할 뿐이었다. 분위기가 소란스러워지자 별장

밖에서 대기 중인 드리콜린까지 끼어들면서, 브로이안의 별장 안은 살벌하기 그지없었다.

베스티나의 상황 설명을 듣는 그레인의 표정이 딱딱하게 굳어갔다. 두 주먹을 꽉 움켜쥔 채로 창문 너머를 바라보는 눈빛은 그 어느 때보다 차가웠다.

"휴우, 여기서 가장 괴로운 사람은 너겠지."

크루겐은 한숨을 내쉬더니 팬텀 대거를 뽑아 들더니 위로 휙 던졌다.

"나 같았으면 앞뒤 안 가리고 그 개자식의 목부터 따버렸을 텐데……."

그러나 그렇게 말한 크루겐도 진짜로 실행할 생각은 못 하고 팬텀 대거를 저글링할 뿐이었다.

"그랬다간 진짜로 미친놈이 되어버리니 그럴 수도 없고, 젠장."

"크루겐, 아딜나가 이대로 계속 네빌가에 있어서는 안 되겠지?"

"꼬마 아가씨가 제대로 설득해 주기를 바라는 수밖에 없어."

아딜나 입장에선 네빌가는 은인에서 은인조차 못한 입장이 되어버렸다.

지금이야말로 더 갈등이 깊어지기 이전에 끊어내야 할 시점이라고 방 안의 모두는 판단했다.

"다들 여기에 있었군."

문이 열리면서 펠릭스가 방 안으로 들어오자 세 명은 자리에서 일어섰다.

"사정은 대충 들었다. 나와 내 동생 사이가 일반적인 형제 사이는 아니지만, 네빌가의 남매 사이는 한 술 더 뜨더군. 그것도 안 좋은 의미로 말이다. 그런 놈을 두고 보고만 있지는 않겠지?"

"물론입니다."

그레인의 대답에 펠릭스는 미소를 지으며 품 안에서 작은 주머니를 꺼냈다.

"그전에 그 근본 없는 브로이안이란 놈에게 평화적인 방법으로 한 방 먹여야 하지 않겠나?"

툭.

주머니 안에 있던 보석들이 탁자 위에서 휘황찬란한 빛을 발했다.

                    *   *   *

카르디어스 신성력 1398년 7월 27일.

"오, 생각보다 많은 인원이 모인 것 같군."

"참석해 주서서 감사합니다, 케르발 남작님."

"저기 안쪽에 있는 아가씨가 소문으로만 듣던 포르테가의 무남독녀, 맞죠?"

"네, 맞습니다. 테르아나 님."

조용하던 아딜나의 별장은 평소와 다르게 인파로 북적거렸다.

예복을 입은 남성들과 화려한 드레스를 걸친 소녀들과 귀부인들이 차례대로 별장 안으로 들어갔고, 아딜나는 한 명 한 명에게 일일이 인사를 했다.

모인 이들 대부분은 귀족이나 부자들이었다. 아딜나가 네빌가의 일원으로서 '마지막'으로 주최하는 자선 파티에 참가하기 위해서였다.

"알렌토 백작님. 지난번에 주신 도움, 정말로 감사합니다."

"허허, 별거 아니었는데 기억하고 있었구먼."

아딜나는 금액의 크고 적음에 상관없이 자선에 참여해 준 이들의 얼굴과 이름을 잊지 않았다.

초대한 사람들이 모두 참석하자, 아딜나가 주최한 자선 파티가 시작되었다.

초청된 자들은 아딜나가 네빌가에 온 이후, 그녀가 자선을 할 수 있도록 후원해 주었던 모든 이들.

파티에 제공된 요리는 값비싼 식자재 대신, 정성 어린 조리로 완성된 음식들이었다. 다른 파티였으면 더 들어갔을 비용을 자선 비용으로 남겨놨고, 참석한 이들은 각자 지니고 있던 애장품을 경매 형식으로 내놓으면서 비용을 보탰다.

아딜나가 계속 추구하던, 자선이라는 취지에서 크게 벗어나지 않는 파티.

화려함과 검소함이 공존하는 별장 안의 분위기는 훈훈했다.

*   *   *

자선 파티가 시작된 지 어느덧 1시간이 흘렀다.

아딜나는 참석한 이들에게 다시 일일이 인사를 건네며 감사하다는 말을 건넸다.

파티가 본격적으로 진행되자 참석한 자들의 관심은 베릴란트 왕국의 대공 펠릭스와 대마법사의 외동딸 에르닌에 쏠렸다.

펠릭스는 평소의 복장과 달리 예복을 갖춰 입었다. 말투나 행동 역시 평소의 과격함과는 거리가 먼, 왕실 예법에 맞춰 모두를 대했다. 한 술 더 떠, 거대한 덩치와 어울리지 않게 그가 보인 춤은 왕족 출신임을 여실히 증명했다.

한편, 귀부인들에 둘러싸여 있던 에르닌은 수많은 질문 공세에 시달려야만 했다. 그럼에도 싫은 기색 하나 없이 또박또박 대답해 주면서 귀여움을 맘껏 발휘했다.

그레인은 혹시 있을지 모르는 브로이안의 술수를 방지하기 위해 모두의 얼굴을 찬찬히 훑어봤다. 참석자 수는 기존 파티에 비해 그리 많지 않았지만, 별장 안을 둘러보는 그의 눈빛은 어느 때보다 날카로웠다.

그렇게 시간이 또 흘러갔고, 잔잔한 음악과 함께 참석자들이 짝을 지어 춤을 추기 시작했다.

그레인은 벽에 놓인 소파에 앉아 주위를 둘러봤다. 아딜나의 파티가 마지막까지 무사히 끝나기를 바라면서.

바로 그때, 한 청년과 춤을 마친 에르닌이 그레인을 향해 조용히 다가왔다.

"휴우……."

"괜찮아?"

"좀 힘들긴 해도 버틸 만해. 친구를 위해서라면 이 정도는 아직 괜찮아."

그레인의 왼편에 앉은 에르닌은 양손을 깍지 꼈다.

그녀는 시선을 아래로 내리며 엄지 끝을 비비면서 뭔가 망설이는 느낌을 풍겼다.

"그레인 오빠."

에르닌은 그레인이 바라보는 방향으로 시선을 고정시켰다.

"아딜나와 아는 사이였어?"

"아딜나 양하고? 그건……."

뜬금없는 질문에 그레인은 하려던 말을 멈추고 대답을 유보했다.

"1년 전쯤에 처음 만났지."

"그 전부터가 아니라?"

"그때 크루겐도 같이 있었어. 그 녀석에게 물어보면 확실할 거야."

"이미 물어봤어. 오빠와 같은 대답이더라. 정말 그때 만난 게 처음이었어?"

그레인의 변명에도 진실을 파고드는 에르닌의 질문은 계속 이어졌다.

어떻게 대답해야 할까.

그레인은 잠시 고민했지만, 결국 처음에 했던 대답의 반복 밖에 떠오르지 않았다.

"그때가 처음이었어."

아딜나와 전생에 있었던, 지금은 그레인의 일방적인 추억이 되어버린 첫 만남.

회귀한 이들이나 뜻을 같이하는 자들이 아닌 이상 절대 알려져서는 안 되는 진실이었다.

"거짓말."

에르닌은 고개를 그레인 쪽으로 돌리면서 뾰로통하게 대답 했다.

유독 아딜나를 볼 때만 그레인이 보여주는 애절한 눈빛에 서 그의 감정을 읽을 수 있었다.

오랫동안 시간을 공유해 온 연인에게나 보일 법한 시선이었 다.

"거짓말하는 오빠는 싫어."

"그게 아니라……."

"미워."

자리에서 일어난 에르닌이 테라스 쪽으로 걸어갔다.

도중에 한 번 멈춰 서서 그레인 쪽을 돌아봤지만 토라진 얼굴만 보여줬을 뿐, 다시 걸음을 옮겼다.

"이럴 줄 알았다. 잘 좀 둘러대지 그랬어?"

에르닌이 있었던 자리에 턱 하니 앉은 크루겐이 그레인의 어깨를 살짝 두들겼다.

"그게 잘 안 되더라."

"하긴 그렇겠네."

거짓말이 분명했지만, 거짓말 외엔 할 수 있는 말이 그레인에겐 없었다.

그렇다고 이전 생에 그녀와 연인 사이였다는 진실을 말할 수도 없는 상황이었다.

"그래도 네가 부러워. 여자들이 알아서 다가오잖아?"

크루겐은 깍지 낀 양손을 앞으로 쭈욱 뻗으며 몸을 풀었다.

"난 여자들이 안 다가오니, 내가 다가가야겠다. 그레인, 나 아딜나하고 춤춰도 괜찮겠지?"

"나에게 허락받을 일이 아닐 텐데?"

"아딜나와 춤추는 남자들을 죽일 듯한 눈초리로 노려봤으면서 말은 잘한다."

"그랬어?"

그레인은 코 위의 눈물샘 위를 꾹꾹 누르더니 눈을 깜박거렸다.

그레인 본인은 살기 같은 건 뿜어낸 적 없었지만, 전생에 두 남녀가 어떤 관계였는지 잘 아는 크루겐의 눈에는 질투로 비춰졌다.

"아무튼 좀 양해해 줘. 내가 딱히 아는 여자들도 없고… 무엇보다 심성이 착해서 그 누구의 부탁이라도 거절 안 할 아가씨라서 그런다."

말을 끝낸 크루겐은 사람들 사이를 조심스럽게 파고들더니 아딜나에게 춤을 청했다.

크루겐의 말을 의식해서였을까.

그레인은 아딜나 주변을 둘러보는 대신, 시야 한가운데에 그녀를 두었다.

잠시 끊겼던 연주가 다시 시작되면서 크루겐과 아딜나는 춤을 추기 시작했다.

"아…….."

그레인은 멍하니 입을 벌리고 그녀의 표정을 읽었다.

전생에는 거의 보여준 적이 없었던 환한 미소.

그리고 아딜나를 바라보는 이들 역시 웃음을 지었다.

"아딜나……."

전생의 그녀가 이식받은 코어는 마주치는 것만으로도 상대를 석화시켜 버리는 메두사의 눈.

당연히 결사대원을 제외한 다른 이들을 그녀를 두려워했다.

전투 상황이 아닐 때에는 항상 안대에 가려져야 했던 그녀의 눈은 슬픔을 담고 있었다.

그랬던 그녀가 지금은 많은 이의 시선을 한 몸에 받으며 웃고 있었다.

"그래, 다행이야……."

아딜나의 얼굴을 바라보던 그레인이 시선이 아래로 내려가더니 하얀 장갑에 감싸인 자신의 두 손에 머물렀다.

하이브리드라는 숙명을 극복하기 위하여 그녀는 자신의 소망을 미뤄야 했다. 그리고 교단이라는 족쇄에서 벗어나기 위해 그녀의 두 손은 피로 붉게 물들었다.

그랬던 아딜나는 지금, 크루겐의 손을 붙잡고 우아하게 춤을 추고 있었다.

"정말로……."

그녀는 더 이상 적군과 아군의 시체가 서로 뒤엉킨 전장에 서 있지 않았다.

다소 소박하지만, 아름다운 드레스에 몸을 감싼 그녀는 무도회의 중심이 되었다.

현생의 아딜나는 그레인이 기억하던 전생의 아딜나와 달라졌다.

그랬기에 지금의 그녀는 행복한 얼굴로 웃을 수 있게 되었다.

목숨을 걸고 교단과 싸워하는 운명에서 비켜나, 다른 이들을 도우며 살아갈 수 있는 진정한 운명에 다가가는 중이었다.

하지만 왜일까.

행복하게 미소 짓는 그녀를 바라보는 그레인의 눈 아래로 한 줄기 눈물이 뺨을 타고 내려와 턱 끝에 고였다.

행복하길 바라는 이가, 행복해하는 모습을 보면서 왜 가슴이 조여오는지 이해할 수 없었다.

"아이쿠!"

돌연 별장 안의 분위기가 어수선해졌다.

춤을 추다 미끄러진 크루겐이 왼쪽 무릎에 손을 대고 인상을 찌푸렸다.

아딜나는 괜찮냐며 크루겐의 안색을 살폈고, 에르닌의 하녀 트리아나가 사람을 사이를 비집고 크루겐에게 다가갔다.

하지만 고개를 숙이고 있던 그레인은 크루겐을 보지 못했다. 한쪽 다리를 절룩거리며 그레인에게 다가온 크루겐이 인상을 살짝 찌푸렸다.

"으윽, 역시 난 춤과 안 어울려. 안 하던 짓을 하니 모두 앞에서 망신당했네."

크루겐은 여전히 고개를 숙인 그레인의 얼굴 앞에 손수건을 슬그머니 내밀었다.

"슬퍼?"

"아니."

기뻤다.

회귀한 이후 우연히 재회했을 때보다 훨씬.

"그런데 왜 그래?"

처음 재회했을 때와 달리 한 걸음 물러서서 보게 된 아딜나는 그 어느 때보다 행복해 보였다.

그럼에도 그레인의 감정은 여러 개가 뒤섞여서 흑과 백이 아닌 회색이 되어버렸다.

"모르겠어……."

*　　　　*　　　　*

"……."

에르닌은 테라스의 벽 모서리에 얼굴만 내밀어 그레인을 주시했다.

자신을 바라보지 않고 오직 아딜나만 시야에 담아두었던 그레인이 원망스러웠다.

게다가 그레인은 본심을 말하지 않고 거짓말로 진실을 회피하려고 했다. 그래서 투정까지 부렸지만, 결국 미안해서 사과하려고 했었다.

그러나 조용히 눈물을 흘리고 있는 그레인을 보고선 되돌아왔다.

아딜나를 바라보는 그레인의 시선에 담긴 감정이 단순한 애정이었다면…….

포기하거나, 아까처럼 또 투정을 부리거나, 무시하고 계속 이야기를 했을 것이다.

하지만 단순히 누군가를 갈구하는 눈빛이 아니라 깊은 슬픔이 담겨 있는, 애절한 눈빛을 확인하자 앞선 세 개의 선택지 중 어느 것도 선택할 수 없었다.

결국 그냥 지켜봐야 한다는 선택지밖에 없었다.

"응?"

인기척을 느낀 에르닌은 고개를 들더니 옆으로 돌렸다.

그레인을 바라보던 자신의 시선 위로, 또 하나의 시선이 같은 방향을 향하고 있었다.

"언니는 춤 안 춰?"

"나?"

베스티나는 뜬금없이 자신에게 말을 건네는 에르닌을 향해 시선을 내렸다.

아딜나와는 이야기를 종종했지만, 에르닌하고는 처음 봤을 때 이후로 이야기해 본 적이 거의 없었다. 게다가 에르닌 쪽에서 묘하게 자신을 경계하는 느낌이 들었기에 먼저 말을 건넨 적이 없었다.

"옷이 맘에 안 들어서 그래?"

에르닌은 베스티나가 걸친 푸른색 바탕의 드레스 끝자락을 물끄러미 내려다봤다.

원래 에르닌의 드레스 중 하나였지만, 트리아나가 베스티나의 몸에 맞게 급히 수선했다. 목과 어깨를 전부 드러내는 디자인이 베스티나의 아름다움을 더욱 두드러지게 했다.

"그게, 이런 옷은 익숙하지 않아서."

교단의 법의, 혹은 벤트 섬 시절부터 입었던 옷이 아닌, 맨 처음 입어본 드레스는 베스티나 본인의 눈에는 어색하게만 느껴졌다.

정작 주변에 있는 다른 남자들의 시선을 빼앗았다는 걸 인식하지 못한 체.

"베스티나 언니, 언니는 오빠하고 어떤 사이야?"

"그레인? 그레인은……."

베스티나는 눈을 감고 생각에 잠겼다.

짧은 순간에 여러 가지 감정이 교차했다.

"나의 은인이다."

"언니도?"

베스티나와의 접점을 발견한 에르닌의 입가에 작은 미소가 피어났다.

"아빠가 말했어. 오빠 덕분에, 난 오빠와 같은 운명이 되지 않았기에 은인이라고."

운명이라는 단어에 베스티나의 왼쪽 눈동자가 살짝 흔들렸다.

"나는……."

베스티나는 어떻게 대답해야 할지 망설였다.

에르닌이 말한 운명과 자신이 곧 말할 '운명'이 같은 의미일지, 아니면 각자 다른 의미일지 혼란스러웠다.

그러나 그레인이라면 같은 의미로 말했을 거라는 확신이 들었다.

"그레인과 같은 운명으로 살 수 있게 되었기에 은인이야."

"나와 반대네?"

공통점이 차이점으로 바뀌는 순간, 에르닌은 미소 대신 고개를 갸우뚱거렸다.

"뭔가 복잡해."

"나도 마찬가지야."

두 소녀는 하늘을 향해 시선을 돌렸다.

어두워진 하늘 가운데 달무리가 둘의 시선 한가운데에 자리 잡았다.

*　　　*　　　*

카르디어스 신성력 1398년 8월 1일.

"하하하! 정말 즐거워!"

브로이안이 말을 타고 숲을 가로지르며 달려갔다.

10년 묵은 체중이 싹 내려가는 듯한 통쾌함에 그의 얼굴에는 미소가 가득했다.

어제 저녁, 본가 저택에서 만난 아딜나는 한 장의 문서를 브로이안과 가주 갈리온에게 보여줬다.

그녀가 직접 작성한 문서에는 네빌가의 일원으로서 모든 권한을 포기하겠다는 내용이 적혀 있었다. 차기 가주에 대한 경쟁 자격은 물론이고 재산 상속권까지 포함해서.

"제가 네빌가에 있어서 불화의 씨앗이라면, 제가 사라지는 게 고아였던 절 거두어주신 가주님에 대한 보답이라 생각합니다. 보잘것없는 절 키워주셔서 정말로… 감사했습니다. 가주님."

마지막 작별 인사를 건넨 아딜나가 방 밖으로 나가자 병상에 누워 있던 갈리온은 탄식하면서 고개를 숙였다. 그러나 브로이안은 기쁨을 가누지 못하고 웃는 얼굴로 아딜나를 내보냈다.

그리고 다음 날, 아딜나의 방이 텅텅 빈 것을 확인한 브로이안은 수하들을 이끌고 근처 숲으로 사냥을 떠났다.

"그 망할 계집이 사라지니 정말 속 시원해!"

팍.

활시위를 벗어난 화살이 나무에 박혔다. 화살이 박힌 위치 바로 아래에 있던 여우가 잽싸게 수풀 속으로 사라졌고, 브로이안의 얼굴에 머무르고 있던 웃음이 금세 사라졌다.

"젠장! 활이 문제야, 활이!"

브로이안은 투덜거리면서 다음 사냥감을 찾아 말을 몰았다.

그러나 그가 쏜 화살은 사냥감을 맞추지 못하고 계속 빗나가기만 했다. 자신의 실력 대신 애꿎은 활 탓을 계속하더니 나중에는 타고 있는 말까지 덤터기로 욕하기 시작했다.

브로이안의 성과 없는 사냥은 계속 이어졌고, 그사이 수풀 안에서 무언가가 변하기 시작했다. 사냥감을 쫓아 브로이안에게 몰아주던 그의 수하들이 하나둘씩 자취를 감췄다.

"로이! 여우 말고 다른 건 없어?"

브로이안이 수하 중 한 명을 불렀지만, 돌아오는 대답은 없었다.

"브록, 화살이 거의 다 떨어졌어! 남는 거 있지?"

또 한 번의 외침에도 아까와 마찬가지로 대답은 없었다.

"내가 너무 멀리 떨어졌나?"

브로이안이 말고삐를 돌리기 위해 말의 속도를 줄이려던 찰나.

나무 사이에 팽팽하게 걸쳐져 있던 밧줄에 말이 넘어졌다.

"으악!"

앞으로 날아간 브로이안이 땅바닥에 처박히면서 앞으로 나뒹굴었다.

"으, 으윽……."

전신을 강타하는 고통 속에서 브로이안이 인상을 찌푸렸다.

간신히 몸을 일으키자, 어둠 속에 몸을 숨기고 있던 누군가가 그에게 다가가더니 브로이안의 몸에 난 상처들을 살펴봤다.

하지만 그건 상처를 치료하기 위해서가 아니었다.

"말에서 떨어졌는데도 고작 찰과상이라니, 지독하게 운 좋은 녀석이네."

"이곳에서 죽지 않을 운명이었나 보군."

"너, 너희들은······."

크루겐과 함께 나타난 그레인의 얼굴을 보는 순간, 브로이안의 낯빛이 창백해졌다.

딱 한 번 봤지만, 자신을 죽일 듯한 눈초리로 노려보던 그레인을 절대 잊을 수 없었다.

그레인은 다시 주저앉은 브로이안의 멱살을 붙잡아 억지로 일으켰다.

퍽!

"커헉!"

그레인이 내지른 주먹 한 방에 브로이안의 코가 주저앉았고, 코피가 주르륵 흘러내렸다.

퍽! 퍽!

고요한 수풀 한가운데에서 브로이안이 얻어맞는 소리가 연이어 이어졌다.

전생에는 스코트한테서 배웠고, 현생에는 펠릭스에게 추가로 익힌 맨손 격투술.

그레인은 힘껏 주먹을 내지르면서 둘에게서 터득한 맨손 격투술을 유감없이 발휘했다.

"으, 어……."

극심한 고통 속에서 브로이안의 입에서 신음이 새어 나왔다.

벌린 입 아래로 박살 난 이빨 조각이 피와 함께 땅바닥에 떨어졌다.

"브로이안, 네가 원하는 대로 아딜나는 네빌가를 떠났다."

아딜나는 결국 모두의 설득을 거절하지 못하고 자신을 키워준 가문을 떠나는 선택을 했다.

그러나 포르테가에 와달라는 친구의 부탁만은 거절했다. 브로이안에게 그토록 수난을 겪었음에도 네빌가에 입은 은혜를 잊을 수 없었기 때문이다.

"그럼에도 이후에 네가 아딜나를 괴롭히는 일이 생긴다면……."

인간의 증오란, 그 증오의 원인이 없어지더라도 쉽사리 사라지지 않는다.

특히 브로이안처럼 우둔하며 집착이 강한 타입이라면 더욱더.

"너의 손가락을 하나씩 잘라주겠다. 손가락으로 모자라면 발가락을, 그래도 더 잘라야 한다면 혓바닥도……."

"너, 너희들… 후환이 두렵지 않아? 내, 내가 아는 사제에게 말해서……."

"그래서?"

그레인이 주먹 대신 트윈 엣지를 뽑아 들자 브로이안의 바짓가랑이 사이가 축축하게 젖어들었다.

"히이익!"

"지금 너를 그냥 죽여 버리면 그럴 일도 없을 거다."

"그리고 잘 생각해 보라고. 우리들은 한 나라의 대공을 호위 중이야. 그런 우리들을 평범한 사제라고 생각하진 않겠지?"

크루겐의 으름장에 브로이안은 부들부들 떨며 엉덩방아를 찧었다.

"마음 같아서는 이 자리에서 도륙을 내고 싶지만, 그녀를 받아준 곳이 네빌가였고 넌 그 네빌가의 장남이지. 그래서 네가 빌어먹을 놈임에도 살려두는 거다."

그레인이 트윈 엣지를 도로 검집 안에 집어넣자 브로이안은 가슴을 쓸어내렸다.

"하지만 행여라도 다시 아딜나를 건드린다면 더 이상 참지 않겠다."

"……."

퍽! 퍽!

대답 대신 침묵을 택한 브로이안을 향해 그레인이 다시 주먹을 내질렀다.

"으… 어……."

신음만 내며 괴로워하는 브로이안을 그레인이 멱살을 잡아 일으켰다.

그의 피가 잔뜩 묻은 양손으로.

"다시 한번 물어보겠다. 아까 내가 한 말 기억해?"

"아, 알았어… 다시는… 다시는 안 건드릴 테니까……."

"내가 한 말을 명심해라. 다시는 아딜나에게 접근조차 하지 말고, 건드리지도 마라. 두 번 말했다."

그레인은 그가 발휘할 수 있는 최대한의 인내를 보여주면서 뒤돌아섰다.

그를 뒤따라가던 크루겐이 손가락을 튕기더니 멈춰 섰다.

"아, 하나 까먹었네."

잽싸게 브로이안에게 다가간 크루겐이 팬텀 대거를 브로이안의 목에 들이밀었다.

"넌 사냥감을 쫓던 중 타고 있던 말이 넘어지면서 앞니가 나간 거야. 그 와중에 얼굴도 이런 몰골이 되어버린 거고. 절대로 그레인에게 맞아서 그렇게 된 게 아니야. 무슨 의미인지 알겠지?"

브로이안이 고개를 연신 끄덕거리자 크루겐이 씨익 웃으면서 뒤돌아섰다.

＊　　　　＊　　　　＊

그날 저녁.

자신의 별장으로 돌아온 브로이안은 방 안에 틀어박혔다.

엉망진창이 된 그의 몰골을 보고 수하들은 무슨 일이 있었
냐며 호들갑을 떨었다. 브로이안은 크루겐이 시킨 대로 대답
을 한 뒤 치료를 받았다. 계속해서 물어보는 수하들에게 고함
을 지르며 분을 풀었다.

그렇게 시간이 흐르며 깊은 밤이 되자, 브로이안을 겁에 질
리게 만들었던 공포가 점점 옅어지기 시작했다. 억눌려 있던
분노가 다시 타오르기 시작했다.

"그놈들, 모두 죽여 버리겠어."

그는 탁자 위에 올려둔 두 주먹을 강하게 움켜쥐었다.

"가주가 되기만 해봐. 그년도 죽이고, 그년의 친구란 계집
도 죽여 버릴 거야."

생명의 위협에서 벗어나자마자 그의 머릿속에는 구겨진 자
존심을 우선적으로 찾을 생각만이 가득했다. 온갖 잡다한, 하
지만 빈틈투성이의 계획을 혼잣말처럼 마구 지껄였다.

"두고 봐. 어차피 아버지도 오래 못 사실 테니 조금만 기다
리면……."

브로이안이 주먹으로 탁자를 내려치려던 순간.

방 안을 밝히던 등불들이 동시에 꺼졌다.

"역시 사람은 절대 쉽게 바뀌지 않는구나."

"누, 누구냐!"

자리에서 벌떡 일어선 브로이안이 주위를 두리번거렸다.

온통 어둠으로 뒤덮인 그의 시야에는 아무것도 보이지 않았다. 그의 방뿐만 아니라 별장 전체가 어둠에 휩싸였기 때문이다.

"너 진짜, 아무 생각도 없구나?"

"히익!"

등 뒤에서 들린 목소리에 뒤를 돌아봤다.

여전히 방 안은 어두컴컴해 아무것도 보이지 않았다.

"왜 아직까지도 아딜나에게 사과를 안 했어?"

또다시 뒤에서 들린 목소리에 브로이안은 주저앉았다. 어느새 그의 바짓가랑이 사이가 축축하게 젖어 있었다.

"사, 사과하라고 시키지 않았……."

"네가 진정으로 죄를 뉘우쳤다면, 나나 그 녀석이 시키지 않았어도 우선적으로 아딜나에게 사과했어야 했어. 죄를 뉘우친 자라면 본능적으로 해야 할 일이거든."

"접근조차 하지 말라고 했잖아!"

"편지라는 좋은 수단은 놔두고 뭐 했어?"

"아무튼 나는……."

"너, 말이 너무 많다?"

크루겐의 지적에 브로이안은 다급히 입을 다물었다.

그레인에게 입안의 이빨 절반이 날아가도록 얻어맞은 것이 고작 몇 시간 전.

그때처럼 핑계를 대봤자 먹히지 않을 거라는 예상에 등골이 오싹해졌다.

"아, 알았어! 지금 당장에라도 사과하러 가겠어!"

"필요 없어. 그것보단 곰곰이 생각해 봤는데, 넌 아무리 봐도 나나 그레인의 말을 들을 것 같지 않아 보여."

한치 앞도 보이지 않는 깊은 어둠 속에서 크루겐이 걸음을 옮겼다.

무언가를 꺼내는, 부스럭하는 소리에 브로이안의 긴장감은 깊어만 갔다.

"내 친구는 다 좋은데, 살짝 무른 구석이 있거든. 뭐, 그래서 나 같은 녀석과도 어울려 주는 거겠지만. 아무튼 뒤탈 없이 내가 확실하게 일을 마무리 짓겠어."

탁자 위에 놓인 촛불이 불타오르자 어둠 속에 숨어 있던 크루겐의 얼굴이 드러났다.

"너, 너는……."

크루겐을 알아본 브로이안의 이마 아래로 식은땀이 흘러내렸다.

"자, 내가 말하는 대로 받아 적으라고."

크루겐은 탁자 위에 놓인 편지지와 깃털 펜을 가리켰다.

"대충 이렇게 쓰면 될 거야. 하나뿐인 여동생이 가문을 떠난 것에 뒤늦게나마 양심의 가책을 느꼈다. 주변 사람들이 나를 보는 눈이 차갑다는 것 역시 알고 있다. 그런 고로 차기

가주로서의 역량을 갖추기 위해 한동안 여행을 떠나겠다. 무
슨 이야기인지 알겠지?"

"아, 알았어."

브로이안은 부들부들 떠는 손으로 편지를 작성했다. 삐뚤
빼뚤한 글씨로 쓴 편지의 모서리에는 잉크 자국이 덕지덕지
묻어 있었다.

"이, 이러면 되었지?"

픽!

"장난치지 마."

"크, 크흑……."

브로이안이 양손으로 코를 감싸 쥔 채로 울먹였고, 편지지
위에 핏방울이 뚝뚝 떨어졌다.

"날 너와 같은 수준의 인간으로 보지도 마."

크루겐은 순식간에 붉게 물들어 버린 편지지를 손가락으로
쓱 훑었다.

편지에 적힌 문장의 맨 앞줄의 단어들을 세로로 읽어 내려
가니 '도와줘'라는 문장이 완성되었다.

브로이안은 왼손으로 코피가 흘러내리지 않게 수건으로 막
고, 오른손으로 급하게 편지를 휘갈겨 쓰기 시작했다.

"흐음, 좋아. 이 정도면 자아를 찾기 위해 먼 길을 떠나는
청년의 방황 정도로 읽히겠군."

크루겐은 편지지를 접어 편지 봉투에 넣고선 브로이안의 오

른팔을 잡아끌었다. 그러고선 그가 오른손에 차고 있던, 네빌 가의 문양이 새겨진 반지로 인장을 찍었다.

"그런데 말이야. 네가 떠날 길은 아주, 아주~ 머나먼 길이 될 거야."

"무, 무슨 의미야? 날 살려주기로 한 거, 아니었… 으악!"

우당탕.

유독 '아주'라는 단어를 거듭해 반복했던 크루겐이 브로이 안을 의자와 함께 뒤로 밀쳤다.

"다시는 돌아오지 못할 정도로 머나먼."

검집 안에서 팬텀 대거가 뽑히는 소리에 크루겐은 미소를 지었다.

"너, 그레인에게 신나게 얻어맞았지?"

"다, 다가오지 마!"

"솔직히 운이 진짜 좋았던 거야. 만약 내가 들은 내용들을 생략하지 않고 그 녀석에게 말했다면, 절대 이 정도로는 안 끝났을 거야."

브로이안의 주변 사람들에게 들은 그의 난폭한 행보는 예상보다 훨씬 심했다.

아버지인 갈리온의 눈을 피해 아딜나에게 채찍질까지 하는 한편, 겁탈하려고 시도했다가 실패하기도 했었다.

"너, 진짜 쓰레기더라. 그렇게나 마구 학대하다가 막상 아 딜나가 마법을 익히고 돌아오니 그건 또 두려워했지? 그 뒤론

정신적으로 괴롭히고, 주변에 자신을 지켜줄 사람이 있을 때만 손찌검하고."

"나, 나는⋯⋯."

크루겐이 그레인에게 모든 진실을 알려주지 않은 이유는 간단했다.

이성을 잃고 폭주하는 걸 막기 위해서였다. 크루겐이 알고 있는 그레인이라면, 네빌가에서 벌어졌던 진실을 알게 될 경우 앞뒤 가리지 않고 브로이안부터 죽였을 것이다.

지금의 크루겐처럼 뒤탈 없이 처리하려는 생각조차 못 하고서.

"그런 너를 단지 네빌가의 자식이라는 이유만으로 살려둔 네빌가는 더 이상 그녀의 은인이 아니야."

아딜나가 입양된 직후, 항상 동생을 원하던 브로이안은 그녀를 자상하게 대해주었다. 그러나 시간이 흐르면서 가주가 어떤 자리라는 걸 알게 된 브로이안의 태도는 서서히 변화했다.

예전의 브로이안은 아딜나에게 은인이었을지도 모른다. 하지만 은인이었던 자의 의무를 저버린 이상, 살아 있을 가치는 없었다.

적어도 크루겐의 판단으로는.

"마음 같아서는 네빌가 자체를 당장에라도 멸문시키고 싶지만, 나도 무른가 봐. 대신 네빌가의 진정한 혈통을 이은 가주는 현 가주가 마지막일 거야."

"사, 살려줘! 자… 잘못했어!"

가까스로 몸을 일으킨 브로이안이 무릎을 꿇더니 두 손을 모아 싹싹 빌기 시작했다.

눈물이 피와 함께 뒤섞여 그의 얼굴 아래로 뚝뚝 떨어졌다.

그러나 크루겐의 팬텀 대거는 브로이안의 목에 점점 가까워질 뿐이었다.

"늦었어."

유일하게 방 안의 어둠을 밀어내던 촛불의 불이 바람에 의해 꺼졌다.

*   *   *

"아딜나와 꼬마 아가씨는 이미 출발했지?"

어둠의 힘으로 구현되는 기술, 다크 터널을 사용해 별장으로 돌아온 크루겐.

그런 그를 그레인이 별장 앞에서 홀로 기다리고 있었다.

"이미 한 시간 전쯤에 떠났어."

그레인은 아딜나와 에르닌을 태운 마차가 떠난 방향을 응시했다.

아딜나는 그동안 진행했던 자선은 한동안 중단하고, 대신 제대로 마치지 못했던 마법 수련에 몰두하기로 결심했다.

렌딜의 양녀가 되라는 에르닌의 요청은 거절했지만, 장학생

신분으로 렌딜의 마탑에 머무르게 되었다. 비록 명문가의 딸이라는 신분을 잃어버리긴 했어도 앞으로 그녀가 갈 길에 방해물은 당분간 없어진 셈이었다.

실제로는 그 방해물이었던 인간이 영원히 없어졌음을 알지 못했지만.

"이런, 좀 더 일찍 올 걸 그랬나? 다시 볼 기회는 거의 없을 텐데. 그 녀석은?"

"리카르도가 전해달라고 했어. 다음에도 다시 살아서 보자고."

"녀석 답네."

크루겐은 겉늙은 외모와 대조적으로 유난히 감정 표현이 풍부한 리카르도의 얼굴을 떠올리며 가볍게 웃었다.

"그런데 도대체 뭘 하다 이제 온 거야?"

"별거 아니야. 베스티나와 전하는 어디 있어?"

"별장 안에서 짐 정리 중이야. 전하는 잠시 산책 중이고."

"마침 잘되었네."

크루겐은 그레인에게만 들리도록 귓속말을 건넸다.

"뒤탈이 없도록 손 좀 썼어."

"……!"

"진짜 쓰레기여서 살려두기엔 너무 위험했어."

크루겐은 평상시처럼 웃고 있었지만, 그레인은 따라 웃을 수 없었다.

"어차피 너는 그럴 수 없다는 거, 너도 잘 알지? 그럴 땐 그럴 수 있는 사람이 나서야지, 별수 있어?"

크루겐의 말대로 그레인은 브로이안을 자신의 손으로는 죽일 수는 없었다.

"원래 오라버님은 저런 사람이 아니었답니다. 가주라는 자리에 대한 집착과 주변의 부추김 때문에 저렇게 변해 버렸지요. 저에게 심한 짓을 많이 했지만, 나중에라도 원래의 오라버니로 돌아가기를 바라고 있답니다. 이런 제가 어리석어 보여도⋯ 어쩔 수 없네요."

아딜나가 에르닌과 함께 떠나기 전에 남긴 말이 그레인의 머릿속에서 반복되었다.

그레인은 아딜나 덕분에 전생에 죽지 않고 회귀 직전까지 살아남을 수 있었다. 그렇기에 그녀가 원하지 않는 일을 할 수는 없었다.

"크루겐, 미안하다."

"왜 네가 미안해해? 친구 대신 손 좀 더럽힌 게 뭐가 어때서?"

"너 혼자 짐을 짊어지게 만들긴 싫어."

"전에도 이야기했지? 때로는 간단하게 생각하고 결정해야 할 때가 있다고. 그게 이번 건이야. 사실은⋯ 흐음, 아니야."

크루겐은 하려던 말을 삼켰다.

어차피 브로이안이 죽은 이상, 그가 저질렀던 추악한 짓을 샅샅이 알려줄 필요는 없다. 크루겐의 이렇게 나오게 된 감정 역시.

"그냥 간단히 생각하자. 넌 아딜나에게 차마 눈물을 보일 수 없었지? 나 역시 아딜나 앞에서 피를 보여주기 싫어서 몰래 처리한 거야."

"그래도……."

"너무 마음 쓰지 마."

크루겐은 등 뒤로 감추고 있던 오른손을 살짝 흔들었다.

"여태처럼 비밀이 더 생겼을 뿐이야. 아딜나에게… 아니, 그녀에겐 알려줄 수 없는."

팬텀 대거의 끝부분에 매달려 있던 마지막 핏방울 하나가 아래로 툭 떨어졌다.

*   *   *

카르디어스 신성력 1398년 8월 3일.

짧은 회색 머리칼의 남자가 피에 흠뻑 젖은 검을 비스듬히 아래로 내렸다.

그의 오른팔에 이식된 화룡의 어금니에서 불길이 뿜어져 나오고 있었다.

반대편에 서 있는 붉은 머리카락의 청년이 천천히 숨을 고르고 있었다.

둘 사이에는 오십여 구의 시체가 나뒹굴고 있었다. 대다수
는 성당 기사단의 복식을 갖추거나 교단의 법의를 걸친 이들
이었다. 원래는 회색 머리칼의 남자 한 명만을 상대하던 그들
은, 붉은 머리카락의 청년의 난입으로 제대로 된 공격 한번
해보지 못하고 몰살당했다.

두 남자의 힘에 의해 사방이 불길에 휩싸였고, 땅바닥에는
무수한 핏자국이 남게 되었다.

"듀란……."

회귀 전 결사대를 이끌었던 대장, 맥스가 옛 결사대원이었
던 자의 이름을 나지막하게 읊었다.

"탈주했다는 소식을 들긴 했지만, 이런 식으로 만나게 될
줄은 몰랐다."

"살아 있었군, 맥스."

그레인과 크루겐을 만난 이후, 그들의 충고대로 맥스를 찾
아 떠난 지 어언 9개월.

듀란은 직접 정보를 모으는 것보다 맥스를 추적 중인 교단
에게 정보를 빼내는 것이 효율적이라고 판단했다. 그렇게 정
보를 하나씩 수집하던 듀란은 맥스의 행방을 알아냈고, 결국
에는 전투 중이던 맥스와 조우하게 되었다.

그러나 이는 어디까지나 크루겐이 보여준, 전생이라는 믿기
힘든 과거에 기반한 행동.

여전히 회귀가 안 된 듀란으로선 지금 눈앞에 있는 맥스는 옛 동료가 아닌, '벤트 섬을 탈주한 옛 수련생'에 지나지 않았다.

"듀란, 혹시 1416이란 숫자를 기억하는가?"

"듣긴 했지만, 회귀는 아직 안 된 상태다."

"말투만 봐도 그런 것 같군."

회귀 전의 듀란은 모든 이에게 존댓말을 썼다. 모든 결사대원은 누가 높고 낮음이 없이 공평하다는 맥스의 지시에 따른 결과였다. 맥스보다 먼저 듀란을 만난 그레인과 크루겐이 당시 급박한 상황 때문에 미처 떠올리지 못한 점이기도 했다.

하지만 맥스는 한 번 더 듀란을 시험해 보기로 했다. 만약 듀란이 회귀한 상태라면 절대 잊을 리 없는, 극소수의 몇 명만 알고 있는 감정에 대해서.

"페트로가 어디 있는지 아나?"

"페트로? 페트로가 누구지?"

듀란은 눈을 가늘게 뜨며 그동안 겪었던 일들을 회상했다.

"아."

크루겐이 보여줬던 기억의 한 조각에서 페트로를 떠올릴 수 있었다.

동료를 위한 거룩한 희생.

그것 이상의 판단은 내릴 수 없었다.

"우리들을… 아니면 우리들이라 조작되었을지도 모르는 집단을 위해 희생했던 자였군."

기억에는 반드시 그 기억과 함께 엉킨 감정이 있게 마련이다.

하지만 듀란이 본 전생은 어디까지나 크루겐의 입장에서 본 기억.

자신의 감정과 분리된 기억을 통해서는 자신이 페트로에게 어떤 감정을 품었는지 알 수 없었다.

"단지 그것뿐인가?"

"잠시만. 제대로 기억을 더듬어본다면… 아니다."

듀란은 허리에 차고 다니던 두꺼운 책을 집어 들고선 페이지를 펼치려다가 이내 관두었다.

"정말로 아직 회귀한 상태가 아니로군."

'그리고 그의 이름을 떠올리며 눈물을 흘리지도 않고.'

그럼에도 '회귀'라는 의미 자체를 조금이라도 받아들이는 듀란을 이해하기 어려웠다.

"듀란, 너는 회귀한 상태가 아니라면서 정작 내가 이야기하는 회귀에 대해서 납득하는 느낌인데……."

"나도 처음에는 받아들이기 힘들었지만, 너처럼 회귀한 자들을 만나서 어느 정도는 받아들이고 있다."

"회귀한 자들? 누구를 말하는 건가?"

듀란은 대답 대신 크루겐이 써줬던 쪽지를 맥스에게 건넸다.

"역시."

99, 12.

쪽지에 적힌 두 숫자만으로도 더 이상의 설명은 필요하지 않았다.

"그레인과 크루겐, 그 둘이 알려준 회귀 전의 과거를 들어서가 컸겠지만, 벤트 섬에서 네가 보여준 행동들은 확실히 일반적이지 않았다는 점도 컸다."

"확실히 내가 그때 그러긴 했지. 그렇다고 굳이 날 찾아볼 필요까진 없지 않나?"

"나는 이레귤러다. 교단이 살아가는 것조차 허락하지 않는 부류지. 그런 내가, 교단과 맞서 싸워야 할 다른 이유가 더 필요한가?"

"너 혼자서 싸우는 선택도 있을 텐데?"

"고작 하이브리드 한 명에 의해 쓰러질 교단이라면, 내가 이렇게 고생하지도 않았을 거다."

"날 어떻게 찾아냈는지도 궁금하군."

"탈주자들을 포기하지 않는 교단의 입장에서 너에 대한 수배도 계속 이어질 거라고 판단했다. 그래서 역으로 너를 추적하는 교단 측에서 정보를 빼내는 식으로 조금씩 뒤쫓았다."

"확실히 내가 알던 듀란이라면 그렇게 행동했겠지. 좋은 판단이다."

"아니, 이전의 나는 그렇지 않았을 거다. 크루겐이 알려준,

회귀 전의 과거를 곰곰이 되새기며 그때 내가 했던 행동들을 돌이켜 보니 성격도 그때와 비슷하게 변하더군."

"그래? 나중에 크루겐에게 감사해야겠군. 그렇다면 다음은……."

맥스의 질문에 듀란이 대답하는 패턴의 대화가 이어졌다.

계속 진행된 질문과 대답이 10번째에 달했을 때, 맥스는 검집에 검을 집어넣고선 오른손을 내밀었다.

"아직 너는 회귀한 상태가 아니지만… 확실히 듀란이 맞군. 이식받는 코어가 달라졌어도 너는 회귀 전의 듀란, 그 자체다."

냉철한 판단력으로 결사대의 중추적 역할을 담당하던 결사대의 30번째 대원, 듀란.

맥스는 옛 동료의 복귀를 환영하는 의미의 악수를 청했다.

『30인의 회귀자』 5권에 계속…